FANDANGO
LIBRI

Viale Gorizia 19
00198 Roma

ISBN 978-88-6044-461-5

Progetto grafico di copertina:
Francesco Sanesi
fotografia *Italy*. Milano 2002

I brani in corsivo sono tratti dal libro di Carlo Palermo *L'attentato* (Publiprint 1993)

www.fandango.it

Stampato su carta Oikos delle Cartiere Fedrigoni. Carta riciclata non patinata, composta dal 50% di fibre riciclate e dal 50% di pura cellulosa ecologica certificata FSC.

Margherita Asta
Michela Gargiulo

Sola con te in un futuro aprile

Ad Antonina, Enrico, Giuseppe Salvatore

A Sara Anna

È la "speranza" una creatura alata
che si annida nell'anima -
e canta melodie senza parole -
senza smettere mai -

Emily Dickinson

2 aprile 1985

Quest'anno le nostre vacanze sono cominciate prima. Mio padre ha litigato con un vicino, nel condominio dove abitiamo a Trapani. Per questo ci siamo trasferiti tutti a Pizzolungo, nella casa di villeggiatura. Un regalo imprevisto, insperato, un anticipo d'estate.

In questa casa ci sono i miei ricordi più belli, i giorni più felici. Le corse in bicicletta nei viali sterrati, con le amiche e i miei fratelli dietro, i picnic in giardino, i pomeriggi spensierati in spiaggia, i tuffi dal molo di fronte all'hotel Tirreno. E le domeniche in motoscafo con tutta la famiglia, il mare piatto davanti a noi, le Egadi così vicine che sembra quasi di poterle toccare.

È il 2 aprile 1985, sì e no le sette del mattino, e come sempre in questa casa non si riesce a dormire. Le voci dei miei fratelli attraversano i muri, entrano in camera mia anche se c'è la porta chiusa. Nascondere la testa sotto il cuscino è inutile.

Allora per forza che mi alzo. Vado in cucina, la mamma ha già apparecchiato il tavolo con una bella colazione.

È malinconico lo sguardo di mia madre questa mattina.

Un'ombra lieve che riconosco solo io. I suoi pensieri li filtro da lì. I suoi occhi sembrano agli altri quelli di sempre, ma io ci leggo dentro le sue preoccupazioni.

A volte penso che i suoi occhi vadano via, per un attimo, a cercare sua madre, morta quando lei era ancora una bambina. Rimane solo un guscio vuoto, gli occhi sono altrove. Forse sono io che mi riempio la testa di strane fantasie, come dice lei, oppure sono i pensieri per mio padre a portarla via. Merita subito un bacio, la mia mamma, so che è questa la sua medicina preferita.

Salvatore e Giuseppe, i miei due fratelli, sono già svegli da chissà quanto tempo. Si stanno rincorrendo. Per terra c'è di tutto, dai biscotti ai quaderni.

Quando sono nati loro, io già c'ero. Anche se avevo solo cinque anni, quella notte me la ricordo bene. Dormivo nel letto di mamma mentre lei era in ospedale. Quando ho riaperto gli occhi accanto a me c'era zia Vita, la sorella di mia madre, con un sorriso troppo largo stampato sul viso.

"Sono nati."

"Che vuol dire, sono nati?"

Ci aspettavamo un bambino solo. L'altro nessuno lo immaginava.

"Sono due angioletti."

È stato un pensiero strano, all'inizio dover dividere i baci di mia madre per tre. Ma poi ho capito quanto posto ci fosse nel suo cuore, e non sono più stata gelosa.

Erano gemelli ma non si somigliavano per niente. Salvatore, sì, può anche sembrare un angelo, ma solo perché è biondo con i riccioli. Per il resto è una vera peste, non sta mai fermo ed è sempre allegro. Giuseppe invece è moro come me, testardo e puntiglioso.

Io sono diversa da loro. Più riflessiva, più tranquilla. Ho dieci anni io, loro soltanto sei. Io sono grande, loro solo dei picciriddi.

"Buongiorno mamma."

"Buongiorno gioia mia."

Mi siedo e addento una fetta di pane col miele. Mia madre intanto è riuscita a far sedere Salvatore. Le loro tazze di latte sono ancora piene. Senza il nesquik, questa mattina, non lo vogliono bere.

Giuseppe invece è finito sotto il tavolo. Mi sto già innervosendo, con questo terremoto come si fa a mangiare?

"Porta pazienza Margherita." Le è bastato uno sguardo per capire a cosa penso. Devono finire la colazione e non sono ancora vestiti. Non voglio fare tardi di nuovo. Ho educazione artistica alle prime ore, la mia materia preferita.

A tre chilometri di distanza da Pizzolungo, in un'altra villetta vicino al mare, vive un uomo solo. Si è trasferito lì da neanche una settimana, vicino Bonagia, in una zona residenziale abitata solo d'estate. Ma non è stata una vacanza cominciata prima del tempo, la sua. Non ha avuto altra scelta, è l'unica casa che gli hanno voluto affittare.

Fuori, in giardino, Jar e Koral gli corrono incontro per il buongiorno. Sono stati separati a lungo, lui e i suoi cani. Dove stava prima non era proprio possibile tenerli.

Rientrato in casa apre uno sportello della credenza, poi un altro, poi uno ancora. Non ricorda dove ha messo il caffè. È una casa nuova, le cose devono ancora trovare il loro posto. Mentre avvita la caffettiera il telefono squilla senza sosta. Lo lascia suonare, poi perde la pazienza. A passi svelti raggiunge la cornetta.

"Chi parla? Chi sei?" Nessuno risponde, ormai ci ha fatto l'abitudine a queste telefonate mute.

L'uomo indossa la giacca e guarda l'orologio. È magro, l'abito grigio gli calza bene. Ha i baffi, e degli occhiali quasi rotondi. Le labbra strette, la fronte corrugata, non deve avere un carattere facile.

Nell'attesa apre la cartella di pelle, sparge dei documenti sul tavolo, controlla delle date. Ci gira intorno per pensare meglio. Non è ancora a lavoro ma ha una fretta difficile da trattenere. Sembra voler rubare del tempo al tempo. Come se questo non fosse un lavoro ma una corsa. E quando corri respiri veloce.

Dopo il caffè si accende una sigaretta, tossisce. Il suono è forte, quello di un uomo che non ha ancora raggiunto i quarant'anni, di un uomo che si trova al centro perfetto della sua vita.

Raccoglie di nuovo le sue carte, le infila a forza dentro la borsa e fa per uscire. Poi torna sui suoi passi e raccoglie un timbro dimenticato sul tavolo. Sulla gomma macchiata di blu, in un corsivo elegante, il suo nome si legge bene. *Carlo Palermo – sostituto procuratore.*

Spazzolo in fretta i denti, lavo la faccia, mi do una controllata allo specchio e torno in cucina. La rivoluzione dentro casa continua. Invece di vestirsi i miei fratelli hanno iniziato a litigare per gli stessi pantaloni. Non si capisce più a chi appartengono, se a Giuseppe o Salvatore, ma di certo vogliono infilarseli entrambi. È una gara di resistenza, per il momento nessuno dei due molla la presa.

"Andiamo mamma, è tardi."

"Porta pazienza, gioia mia. Lo vedi, sono pronta."

È già vestita, è vero, un vestito verde a fiori, gli anelli alle dita, i capelli perfetti. Ma non si è accorta di avere le pantofole ai piedi. Non glielo dico, ma non posso fare a meno di sorridere.

Amo mia madre, è come lei che voglio diventare da grande. Mai fuori dalle righe, mai un gesto fuori posto, mai che si arrabbi oltre il limite. Lei è "porta pazienza", io purtroppo molto meno.

"Senti mamma, non voglio fare tardi. Chiamo Maria Elena se non ti dispiace."

Maria Elena è la mia migliore amica, abita vicino. Sono sicura che sua madre non mi dirà di no.

Pochi minuti dopo ho già chiuso lo zainetto e sono davanti alla porta. Mia madre è dietro di me. Quando mi raggiunge le dico solo: "Ciao mamma vado".

"Aspetta", dice lei. "Prima dimmi cosa vuoi domani, per la gita."

Già, la gita. Me n'ero completamente dimenticata.

"Mmh, non lo so mamma. Ci penso, ok?"

"Vuoi che ti compro una brioche fresca? Mi fermo al forno."

"Non te lo posso dire quando torno?"

La macchina della mia amica è già davanti al cancello. Sua madre, la signora Dina, mi fa cenno di sbrigarmi.

Mentre apro lo sportello l'illuminazione arriva. Ecco cosa voglio.

Mi giro e mia madre è ancora lì, aspetta di vedermi

andar via prima di tornare dentro. Glielo grido da lontano.
"Le fette biscottate."

Non sono sicura mi abbia sentito, e allora lo ripeto. "Per domani, le fette biscottate."

Adesso ha capito e mi sorride: "Va bene Margherita".

La saluto con la mano. Poi salgo in macchina e partiamo.

Due auto intanto stanno sfrecciando sulla strada provinciale 20 che da Trapani porta a Bonagia. Sono auto di scorta. Una fiat ritmo bianca con il capo pattuglia Raffaele Di Mercurio, l'autista Antonino Ruggirello e l'agente di custodia Salvatore La Porta, e una 132 blindata, grigia, con il solo agente Rosario Maggio alla guida.

Margherita è sul sedile posteriore, in mezzo a Maria Elena e a suo fratello. Le bimbe parlano della gita, la madre si concentra alla guida. Lascia la via sterrata per imboccare la provinciale che porta a Trapani. Dopo poche centinaia di metri incrociano le due auto che viaggiano in direzione contraria. Margherita le vede ma non nota niente di strano. Sono macchine come tutte le altre, solo un po' più veloci. Le sirene sono spente, nessun lampeggiante, ordini dall'alto. Si sono lamentati in troppi per il rumore.

Pizzolungo, Crocifissello, Tonnara di Bonagia. In dieci minuti sono davanti alla villetta del giudice. Carlo Palermo è già fuori con la sua borsa. Appena un "buongiorno" agli uomini della scorta.

Solitamente sale in auto dalla parte destra ma per fare in fretta, questa mattina, Rosario Maggio si è accostato troppo al muro, da quello sportello è impossibile salire. Cambia posto e si infila nel sedile posteriore di sinistra, dal lato della guida.

Un rapido controllo con i mitra spianati e gli uomini di scorta risalgono in auto. Si ripercorre la provinciale al contrario, fino al palazzo di giustizia di Trapani.

Dopo essersi seduto il giudice prova ad abbassare la sicura, ma la sicura si rialza.

"È rotta?", chiede

"Come giudice?"

"La sicura, qui dietro. Non funziona."

"Sì giudice. L'ho già fatto presente. Ma sa com'è, queste cose vanno per le lunghe."

Zia Vita è appena scesa dalla macchina del fratello Vincenzo. Da qualche giorno era via e non vedeva l'ora di tornare a Pizzolungo, da Margherita e dai gemellini. Da quando sono nati loro, ormai vivono insieme. Spera di trovarli ancora a casa per salutarli. La porta si apre mentre lei si avvicina al cancello. Salvatore la vede e inizia a correre, la chiama, vuole abbracciarla. Barbara sorride.

"Bentornata Vita, non spaventarti quando entri in cucina, non sono riuscita a riordinare."

Prende i figli per mano e li mette in macchina. Salvatore apre il finestrino, Giuseppe cerca di impedirglielo ridendo e bloccandogli il braccio.

Finalmente ci riesce, la macchina parte mentre lui urla alla zia: "Sono contento che sei tornata. Così ci vediamo quando rientro da scuola".

La strada fiancheggia, con continue curve, poche case lungo la costa. Carlo Palermo si perde nella vista di quella distesa d'acqua cristallina oltre gli scogli. Da quanti anni, ormai, ha smesso di avere una vita normale?

Da una stradina laterale si immette sulla provinciale una volkswagen scirocco, azzurro metallizzato. È la macchina della mamma di Margherita. Nell'auto con Barbara Rizzo ci sono Giuseppe e Salvatore. Fanno la primina quest'anno, per questo gli è permesso arrivare a scuola un po' più tardi.

La ritmo e la 132 percorrono a tutta velocità il rettilineo di contrada Pizzolungo. Costeggiano l'hotel Tirreno prima di avvicinarsi a una curva. Rosario Maggio vede la volkswagen davanti a sé ed è costretto a rallentare, non ha visibilità sull'altra corsia di marcia, non può superare.

Quando la strada ripiega di nuovo a destra, la 132 su cui viaggia Palermo smette di frenare, Maggio alla guida accelera di nuovo. C'è un'altra auto in sosta a bordo strada, ma la sua presenza non disturba la manovra, è accostata a un muro di contenimento. La via è libera, inizia il sorpasso.

Le tre auto adesso, quella parcheggiata, quella di Barbara Rizzo al centro, e quella di Palermo che sorpassa sono perfettamente allineate.

In quel momento esatto qualcuno schiaccia il bottone del telecomando. Solo una frazione di secondo. Tutto si ferma.

La macchina parcheggiata, carica di tritolo, esplode.

Carlo Palermo vede il finestrino posteriore destro farsi più piccolo, il vetro rigarsi in mille frammenti, come una ragnatela. Un'ondata di calore investe tutto l'abitacolo. Un rumore talmente potente da non essere nemmeno percepibile.

L'auto si accartoccia. La carrozzeria si squarcia e lascia entrare spicchi di cielo. *Il tempo è fermo. Sto morendo. Questo è l'attentato. Dio mi pento... il buio.*

Nunzio Asta è nella casa di Pizzolungo. Si è appena alzato, dopo l'intervento al cuore va al lavoro più tardi. Barbara e i bambini sono usciti da pochi minuti, in cucina i gemellini hanno fatto una gran confusione e lui è chino a raccogliere i giochi sparsi per terra quando sente il boato di un'esplosione.

I vetri di casa tremano, trema anche il pavimento sotto i suoi piedi. Il suo cuore inizia a battere forte, ma lui sa che non si deve agitare. Esce di corsa, pensa che abbiano fatto saltare in aria una villa lì vicino, si ferma in giardino e vede salire una nuvola di fumo nero, oltre le case, verso il mare, in direzione Trapani.

Come sono uscito fuori?

All'esterno dall'auto, salvo, in piedi. Si ritrova così Carlo Palermo, lo spostamento d'aria ha fatto tutto da solo. Se la sicura non fosse stata rotta forse sarebbe morto. Nelle orecchie gli è rimasto un ronzio che non vuole andarsene. Intorno a lui non c'è nessuno. Dall'auto, quello che ne resta, si alza del fumo scuro.

L'esplosione ha incrinato i muri di recinzione delle ville, ha infranto i vetri delle finestre. L'inferriata che chiudeva il muro di contenimento dove avevano parcheggiato l'autobomba è stata scagliata nel bar dell'hotel Tirreno.

Carlo Palermo stacca dai capelli un pezzo di lamiera bruciata. È bollente, la lascia cadere. Cerca gli occhiali, li trova. Le lenti sono entrambe rotte.

Antonino Ruggirello ha un buco sulla guancia, sul collo, gli occhi coperti di sangue. Il suo casco è volato via. Rosario Maggio è chino su di lui, bianco di polvere, accanto anche Raffaele di Mercurio gli presta aiuto. Anche Salvatore La Porta è ferito, ma vivo.

Palermo incespica, raggiunge il suo autista. "Ho ferite?", chiede.

"No, dottore. Ce l'abbiamo fatta", dice Rosario Maggio.

La carcassa della fiat 132 non ha più la parte anteriore, il cristallo è bianco di crepe e accartocciato da un lato. Il tetto dell'auto è aperto come il coperchio di una latta. La fiat ritmo non ha più i fari né i vetri. La carrozzeria è interamente butterata, come da proiettili di vario calibro.

Accanto alle auto c'è una voragine di metri, migliaia di frammenti di lamiera di colori diversi. L'asfalto è cosparso di detriti.

Nel prato accanto oggetti alla rinfusa, privi di ogni logica. Una targa di macchina che dice Roma. Una custodia per occhiali. Dei lembi strappati di un tessuto verde, a fiori. Un dito annerito, sembra quello di una donna, al dito c'è una fede. Il giudice tira via lo sguardo.

Una macchia rossa sul muro di una villa, a cento metri dalla voragine, attira la sua attenzione. Si incammina in quella direzione.

"Dove sono le altre auto?", grida agli agenti di custodia. "Eh? Dove sono?"

Dietro l'inferriata della villa, ciuffi di capelli neri sparsi sull'erba. Un libro riverso, come messo giù per tenere il segno. *Un libro per crescere*, si intitola.

Il giudice va avanti fino al distributore.

Ci sono delle persone. Sono immobili, attonite, coprono la bocca con i fazzoletti. Chiede un bicchiere d'acqua, guarda l'ora.

Sono le otto e quarantacinque.

Si fruga le tasche in cerca di una sigaretta. Nella tasca del giubbotto trova la sua penna, l'esplosione l'ha frantumata.

Si accende una sigaretta e si siede sul prato accanto alla macchina.

Poco più in là c'è un quaderno aperto. Le sue pagine le sfoglia il vento.

Rizzanrili, 11 Febbraio 1

Dettato

La mamma,

il papà i fratelli

e le sorelle formano

la mia cara famiglia

Asta Giuseppe

Asta Giuseppe

Asta Giuseppe

bravo

Il giorno dei Misteri

Ho provato a disegnare il vento, questa mattina, senza riuscirci. Gli specchi d'acqua delle saline, divisi da tante strisce di terra sottili, le montagne bianche, la sagoma da campanile con la pancia dei mulini e le pale di legno, sul foglio erano immobili senza il vento, come muti. Allora ho deciso di cambiare soggetto, ho scelto il porto di Trapani con i pescatori, le barche e le bancarelle del mercato, perfino i pesci impigliati nelle reti ho disegnato, ognuno di un colore diverso. Sono soddisfatta del mio lavoro, sono sicura che il professor Valfrè lo apprezzerà e mi darà un bel voto.

Guardo le tempere troppo spremute, i tubetti del giallo e dell'azzurro sono finiti. Devo ricordarmi di dirlo alla mamma di comprarne di nuovi. Per quando, dopo Pasqua, si tornerà a scuola. Rimetto in ordine il banco, c'è una confusione incredibile, sistemo i colori nello zaino, tra poco la campanella suonerà la prossima ora.

Prima però devo andare a svuotare le ciotole, alzo la mano per chiedere al professore se posso andare in bagno, e anche per sottolineare il fatto che, a differenza degli altri, ho già finito. Sono brava in educazione artistica. Quando vuole può venire ad ammirarlo il mio capolavoro.

La bidella, intanto, ha aperto la porta, senza bussare come fa di solito. Alle sue spalle, due macchie nere, ci sono i carabinieri. Si sono affacciati solo un attimo, sembrava che ci contassero, hanno fatto cenno a Valfrè di uscire fuori. Il professore si è alzato in piedi, e nello stesso istante ci siamo alzati tutti quanti. È in questo modo, ci hanno insegnato, che vanno salutati gli adulti quando entrano e escono dalla classe. È una questione di educazione, ma questa volta che siamo stati bravi Valfrè non sembra neanche averci fatto caso, è uscito dall'aula con la faccia scura. Si è tirato subito dietro la porta.

Resto in piedi, con i contenitori pieni di acqua sporca tra le mani. Sono strani i carabinieri a scuola, non era mai successo. Infatti i miei compagni, che quando un professore lascia l'aula ne approfittano per far festa, si sono rimessi a sedere e incredibilmente stanno fermi. Cerco gli occhi di Maria Elena, anche lei mi guarda perplessa. Di sicuro sono stati i maschi, mi sa che stavolta l'hanno combinata grossa.

Il professore è rientrato in classe e si è lasciato cadere dietro la cattedra. Non ci ha degnato di uno sguardo, tiene la testa bassa sulla prima pagina del registro, i nostri nomi in ordine alfabetico, io sono sempre stata la prima.

"Professore, mi scusi, posso andare in bagno?"

Quando rialza lo sguardo sono già davanti a lui, le ciotoline colme d'acqua in una mano, il pennello sporco nell'altra. Mi osserva a lungo, come fosse la prima volta che mi ha davanti. Uno di quegli sguardi che ti fanno sentire importante.

"Professore, posso andare a lavare i pennelli?"

Ci pensa per alcuni secondi, non è mica la domanda più difficile del mondo.

"Va bene, Margherita. Vai, ma rientra in fretta..."

Nel corridoio non c'è nessuno, i carabinieri forse se ne sono andati. C'è il silenzio di quando arrivi tardi e le lezioni sono già iniziate. La porta del bagno è aperta, sistemo le ciotole nel lavandino e lascio scorrere l'acqua. Le lavo bene finché non ritornano trasparenti poi le asciugo con la carta.

In classe, mentre stavo in bagno, è tornata la bidella. Sta parlando fitto fitto con il professore. Quando si accorgono che sono tornata smettono. Valfrè mi appoggia una mano sulla spalla, mi dice Margherita, Margherita devi andare a casa, prepara tutto. Con me è stato sempre molto gentile, il professore, ma fino a questa mattina mi aveva chiamato sempre e solo Asta, con il mio cognome. E adesso, all'improvviso, sono diventata Margherita.

La bidella si avvicina al mio banco e mi aiuta a preparare lo zaino, a mettere tutto dentro. Saluto i miei compagni e dico a Maria Elena che nel pomeriggio ci sentiamo per i compiti.

Camminiamo l'una accanto all'altra fino alla presidenza. Nessuno mi ha spiegato perché devo andare a casa. Per un attimo sono felice di uscire prima da scuola, ma appena metto piede in presidenza l'entusiasmo mi passa. C'è lì Enza, la segretaria di mio padre. Hanno mandato lei a prendermi.

"Enza, per favore, me lo dici cos'è successo? Perché non è venuta mamma?"

Nessuno mi risponde. Il preside è seduto sulla sua poltrona, dietro la scrivania, sotto la foto di Pertini. Continua a fissare la segretaria di mio padre, in piedi vicino alla finestra, ma nessuno di loro dice niente. Come se entrambi aspettassero un segnale che alla fine non arriva.

"Vieni, Margherita. Dobbiamo tornare a casa."

Evidentemente non c'è da parlare, c'è solo da mettersi in spalla lo zaino, che avevo dimenticato tra le mani della bidella, e andare via senza tanti complimenti. Fuori nel parcheggio c'è la macchina di mio padre che mi aspetta a motore acceso. Ma non c'è lui al posto di guida, c'è uno dei suoi operai, uno di quelli che ho visto qualche volta in officina. Non c'è tempo per le presentazioni. La scuola media Simone Catalano è già alle nostre spalle, siamo nel traffico del centro.

"Enza, dimmi la verità. Papà sta di nuovo male?"

Ho paura che gli sia venuto un altro infarto. Solo pochi mesi fa è stato operato al cuore e si è salvato per miracolo.

"Tuo padre è a casa, adesso ti portiamo da lui."

Enza non aggiunge altro, appoggia la testa al finestrino e guarda fuori. Si barrica nel silenzio e a questo punto non mi sembra il caso di indagare, cosa è successo me lo dirà direttamente lui. Prima della litoranea, inaspettatamente, la macchina gira. Non è la strada che facciamo ogni mattina, la conosco bene, credo si stiano sbagliando e glielo dico.

"Così finiamo a Erice."

La strada giusta è la più breve, la più dritta e la più bella, perché costeggia il mare.

"Dobbiamo passare di qui per forza. L'hanno chiusa, la provinciale."

Ecco di nuovo i carabinieri, c'è un posto di blocco. Rallentiamo, ci guardano un attimo e poi ci fanno segno di andare. A poche centinaia di metri incontriamo la polizia. C'è una macchina a ogni incrocio, a volte addirittura due. La macchina della guardia di finanza è grigia, quella della polizia è azzurra, poi tante macchine nere, dei carabinieri. Non ne ho mai viste così tante a Trapani. Per fortuna ci fanno sempre passare, a noi non ci fermano mai.

Il giardino della casa di Pizzolungo è pieno di gente.

Tante persone, alcune mi sembra di riconoscerle, almeno di vista. Conoscenti, cugini di secondo grado, parenti alla lontana. Qualcuno, invece, non ho idea di chi sia. Non capisco cosa ci fanno tutti a casa mia. Non saluto nessuno, nessuno mi saluta.

La porta di casa è spalancata, devo farmi largo in un muro di persone. Non vedo mia madre e nemmeno i miei fratelli, forse loro sono ancora a scuola. Qui invece, in corridoio, le facce sono più familiari. Ci sono i parenti di mio padre, i miei cugini. Tutti mi guardano, nessuno dice niente. Perché? In cucina trovo i fratelli di mia madre, zio Vincenzo e zia Dorina.

"Qualcuno ha visto mia madre?"

Mancano solo lei e zia Vita.

Forse sono diventata improvvisamente trasparente, ma se alzo la voce qualcuno mi dovrà sentire.

"Mamma! Mamma, dove sei?"

C'è zia Vita davanti a me, quando non c'è mia madre in giro per casa lei in qualche modo è la sua supplente. Ci dice cosa dobbiamo o non possiamo fare, li mette in riga lei i miei fratelli.

"Vieni con me Margherita, ti devo parlare."

Neanche il tempo di aprire la bocca. Mi ha preso la mano e mi sta portando via lungo il corridoio.

Non mi sono nemmeno tolta la giacca, non mi ricordo dove ho lasciato lo zaino, un attimo fa era sulle mie spalle adesso non ne sento più il peso. Il disegno del porto, l'ho dimenticato sul banco.

Non lo so dove stiamo andando, mi lascio guidare da zia Vita. In questa casa, che era la mia casa, e che all'improvviso non riconosco.

"Mamma dov'è, dimmelo zia Vita."

La sua risposta è nella stretta che si fa più forte, la mia mano scompare nella sua. Siamo in bagno. È pulito come l'ho lasciato stamattina quando ho fatto la pipì, odora di candeggina. Sono seduta sul water, e la zia è accanto a me, sul bidè. Le nostre ginocchia si incrociano, mi prende anche l'altra mano. Solo adesso mi accorgo che è vestita di nero, che i suoi occhi non sono mai stati così stanchi, che è diventata più vecchia dall'ultima volta che l'ho vista.

"Gioia mia", dice zia Vita. "Gioia mia devi essere forte", dice. "C'è stato un incidente."

Le sue parole, anche se in questo bagno c'è un silenzio perfetto, anche se la sua faccia è vicinissima alla mia, nelle mie orecchie arrivano confuse.

Le sue parole dicono che la mia mamma e i miei fratelli non esistono più. Zia Vita dice "volati in cielo".

Non ho neanche il tempo di chiederle com'è possibile, cos'è successo, cosa significa esattamente "c'è stato un incidente". Dovrei parlare ma non ci riesco. Siamo in piedi, abbracciate, piangiamo insieme come una persona sola.

Il tempo della mia mamma è finito, è finito il tempo dei miei fratelli. E in questo stesso istante è finito per sempre anche il tempo di me bambina. Con questo dolore troppo grande che non ha avuto rispetto per i miei dieci anni.

Domani non andrò in gita. Maria Elena con i suoi fratelli non verranno più a giocare nel nostro giardino. Non faremo più le gare in bicicletta fino al loro cancello. Quel tempo lì ha smesso di esistere. Nessuna strada può riportarmi indietro.

Ci siamo spostati nello studio, adesso. Continuo a piangere nelle braccia di zia Dorina e zio Vincenzo, i fratelli di mia madre. Loro lo sanno come mi sento, hanno perso la mamma quando erano bambini.

Giuseppe e Salvatore dormivano qui, in questo grande divano letto dove siamo seduti, insieme a zia Vita. Qualcuno ha rifatto il letto ma ci sono ancora in giro i loro giochi, i loro vestiti. Questi sono i pantaloni che si stavano litigando questa mattina. Per farli smettere mia madre deve averglieli tolti, non li ha più messi nessuno. Sono rimasti qui, pendono dalla spalliera di una sedia.

La porta di fronte a noi si chiude e si riapre in continuazione, arriva ancora gente. Non c'è nessuno della mia età, ci sono solo adulti. Non sono situazioni da portarsi dietro i bambini, queste. Nessuno ha voglia di parlare con me, si avvicinano un attimo per baciarmi le guance poi se ne vanno. Nessuno sembra sapere cosa dirmi.

Le donne sono vestite completamente di nero, gli uomini il nero ce l'hanno sulle cravatte. È un segno di rispetto per la mia famiglia e per i nostri morti.

Trovo un bottone nero in camera mia e lo appunto sulla camicia bianca. È un segno che voglio mostrare. Voglio anch'io qualcosa che parli questa lingua terribile, il lutto, che qui dentro conoscono tutti. Le unghie di un'altra delle mie zie, invece, dicono qualcosa che non va per niente bene. Lo smalto rosso in mezzo a tutto questo dolore disturba. Quel colore brillante fa male ai morti e offende i vivi. È una mancanza di educazione. Quelle unghie me le sento conficcate nella pelle. Le costava tanto un po' di acetone prima di uscire?

Lo dico a zia Vita. Lei a queste cose ci tiene. Mi ricordo che quando è morto lo zio di mamma, mio cugino aveva acceso la televisione per guardare i cartoni e lei gliel'aveva fatta subito spegnere. Ci sono certe cose che in certi momenti non si possono fare.

"Zia, le hai viste le unghie pittate?"

"Non te la prendere, gioia mia." Zia Vita viene a sedersi vicino a me e mi carezza i capelli, proprio come faceva la mamma. "È successo tutto così in fretta, sicuramente non ci ha neanche pensato."

Voglio mio padre, subito. Devo dirlo a lui, questa è una mancanza di rispetto. Prima non me l'hanno fatto vedere, il dottore l'ha messo a letto, gli hanno dato dei sedativi per farlo riposare.

Finalmente zia Lina mi ci accompagna.

Papà è girato di spalle, sdraiato. Mi stendo accanto a lui, nel lato del letto dove ha sempre dormito la mamma. Le tapparelle sono chiuse, l'abat-jour è accesa. Mio padre sta piangendo. È la prima volta che glielo vedo fare.

Nessun figlio dovrebbe vedere la disperazione del proprio padre, è una cosa ingiusta. Dice che è rimasto solo, che la sua vita ormai è finita.

Lo stringo forte, cerco di consolarlo accarezzandogli la testa.

"Non sei solo, Nunzio. Qui, accanto a te, c'è Margherita", gli dice zia Lina.

La sua testa, i suoi capelli sono una cosa cara. La mia mano cerca di farsi ancora più delicata. Sentirlo piangere, all'improvviso, mi dà sollievo. Sentirlo respirare, se pur a fatica. Significa che lui è con me, è ancora vivo.

Zio Vincenzo entra piano nella stanza. Ha aperto l'armadio. È qui per prendere un vestito di mia madre. Farà la stessa cosa per i miei fratelli. Servono per le bare.

Quando torno di là, seduta in un angolo, trovo proprio quella zia che mi ha fatto tanto arrabbiare. Ha le mani in bocca, come se volesse mangiarsi le dita. Senza farsi vedere gratta con i denti, perché quello smalto finalmente vada via. Dall'altro lato della stanza zia Vita mi guarda solo per capire se ora sono più tranquilla.

Nel tempo che segue nessuno va a dormire. Tutte le luci di casa rimangono accese. È la veglia del "bisito", l'inizio dei nove giorni di lutto che dobbiamo rispettare. Siamo rimasti in pochi adesso in casa. Fisso la televisione spenta, per non pensare. C'è la tua giacca, mamma, appesa all'attaccapanni. Cerco di ricordarmi com'eri vestita, questa mattina, e cosa ci siamo dette quando sono uscita. Penso alle fette biscottate. Sono passate poche ore e mi sembra già di dimenticare la tua voce, sparito dalla memoria anche il suono delle voci di Giuseppe e Salvatore. Non voglio chiudere gli occhi, non mi posso addormentare, eppure lo vorrei più di ogni cosa. Dormire con voi tre. Non la voglio più la cameretta tutta per me, adesso. Dormire un'ultima notte accanto a te, mamma, come da piccola quando mi svegliavo di notte.

E voglio un'ultima domenica al mare tutti insieme, c'è anche papà con noi. Arriviamo a piedi al porticciolo dell'hotel Tirreno. Lì saliamo sul nostro motoscafo e prendiamo il largo in una giornata di sole con il mare calmo e la pasta al forno che hai preparato, quando è fredda è ancora più buona. Le Egadi sono qui davanti e noi tra tutte scegliamo quella più distante, Marettimo, la mia preferita. Così passo la prima notte senza di voi a parlare con voi, a immaginare momenti felici nella mia testa.

A colazione arrivano un thermos di caffè e i cornetti. Sono amici e parenti, nei giorni del lutto, che provvedono a quello che serve. Papà è ancora in camera, le zie mi stanno accanto e non dicono niente e fanno le cose dandosi il cambio. Dopo un po' arriva zio Vincenzo. Dice che domani, giovedì santo, ci saranno i funerali.

"Abbiamo provato a chiedere se sospendevano la processione dei Misteri. Ci hanno detto che non è possibile", dice lo zio. "Va bene così, noi di certo non si può rimandare."

Ogni anno ho sempre aspettato la Pasqua e i suoi Misteri. Anticipavo con i pensieri quei giorni con un misto di curiosità e paura. Quelle statue giganti trasportate per le vie della città nella lunga processione mi facevano impressione. Pensavo che all'improvviso si muovessero da sole e cominciassero a scappare.

Ma questo era prima, questo era quando ancora ero bambina.

Fuori dalle finestre c'era il giorno e poi c'è già un'altra notte e poi di nuovo il sole.

La cattedrale di San Lorenzo è piena di gente, io e mio padre non riusciamo a passare. Entriamo da un ingresso laterale. Il nostro posto è davanti all'altare.

Davanti a noi ci sono le bare di mia madre e dei miei fratelli. Al centro quella scura di mogano, con i gladioli rosa sopra, accanto a lei quelle più piccole e bianche, con i gigli, di Salvatore e Giuseppe. Quando sono uscita di casa, questa mattina, ho trovato il pallone di Giuseppe, era dietro la magnolia.

Non riesco a piangere, in mezzo a tutta questa gente. Mio padre invece non riesce a smettere. Ha la giacca e la cravatta nere. È molto debole. Io sono stretta in quel cappottino blu che la mamma sosteneva non andasse bene per giocare. Ora serve per i funerali.

Ai lati delle bare ci sono i compagni di scuola dei miei fratelli. Non conosco i nomi ma i loro visi sì. Ci sono i bambini della prima elementare dentro questa chiesa. Si guardano intorno smarriti, impauriti. Non dovevano essere qui oggi, non dovevo esserci neppure io.

Il vescovo, monsignor Romano, si commuove ricordando i miei fratelli. Li conosceva. Lo scorso anno, alla recita di Natale, Salvatore era Gesù Bambino e Giuseppe un angelo.

Mi guardano tristi i due carabinieri davanti a me. Reggono una corona di fiori, c'è scritto Pertini. Accanto ce n'è un'altra del presidente del consiglio Craxi. Vista così da vicino sembra una cosa immensa, grande e ordinata, con tutti i fiori stretti a rubarsi lo spazio.

Ci sono fiori dappertutto, e polizia e carabinieri anche in chiesa. Ci sono tutti questi uomini in divisa e i gonfaloni del comune, e non so spiegarmelo. Forse è per la morte dei miei fratelli, che erano dei bambini, forse è per questo che tutti hanno voluto partecipare.

Mio padre mi stringe la mano e guarda per terra. Un bambino sta salendo le scale del pulpito. Lo riconosco è Michele, Michele Marchingiglio, un compagno di scuola di Giuseppe e Salvatore. Ha in mano un foglio di quaderno. Sembra ancora più piccolo su quell'altare.

"Gesù rendi buoni i cuori dei malviventi del barbaro attentato di ieri e dai la pace eterna alle vittime innocenti, alla mamma e ai bambini Salvatore e Giuseppe Asta."

Penso a quanto sia piccolo quel bambino sull'altare, e a quanto sono piccoli i miei fratelli dentro le bare e finalmente piango.

Il vescovo chiude la sua omelia.

"Purtroppo la morte è venuta a bussare alle nostre case. Una morte cieca, voluta da una mente perversa e da mano omicida. E ancora una volta la rabbia mafiosa ha macchiato le nostre strade..."

Mi volto verso mio padre. Cosa c'entra la rabbia, voglio chiedergli, cosa c'entra la mafia con quello che è successo a mia madre e ai miei fratelli. Noi con certe cose non c'entriamo niente. Ma papà continua a piangere e queste sono domande che non ho il coraggio di fare.

La messa è finita. Solo ora mi rendo conto di quante persone hanno partecipato. Non avevo mai visto una cerimonia funebre così a Trapani. Solo alla televisione mi era capitato di vedere tanta gente e tante corone. Ma nei funerali di persone importanti: attori, ministri, capi di stato. Oggi, invece, sono tutti qui per mia madre e i miei fratelli.

Per noi, gente normale. Lo imparo in questo preciso momento il significato della parola folla. La folla io, per la prima volta, l'ho vista oggi. Una folla è quando in una chiesa non c'è più spazio.

La gente inizia a uscire. Io e papà invece restiamo fermi. Molte persone si avvicinano a noi, tutti vogliono farci le condoglianze.

Un signore distinto che non ho mai visto prima stringe forte la mia mano, poi abbraccia mio padre.

"Signor Asta, sono Antonio Palermo. Le porto anche le condoglianze di mio figlio che è ancora in ospedale."

Lo sguardo di mio padre si fa più attento, come per dire qualcosa di importante che non gli viene, non ce n'è il tempo. È già il turno di qualcun altro, condoglianze, altri baci sulle guance, altre strette di mano.

Accanto a me c'è una signora anziana vestita di nero. Ha in mano un rosario, i suoi occhi hanno pianto per tutta la cerimonia. L'accompagno mentalmente mentre recita l'ultima preghiera:

"L'eterno riposo dona loro, o Signore,
e splenda ad essi la luce perpetua.
Riposino in pace.
Amen."

Fuori dalla cattedrale seguiamo le tre bare. La folla si apre intorno a noi per farci passare. Tutti gettano fiori sul sagrato. Una pioggia leggera di petali. La strada è un tappeto colorato e noi ci passiamo sopra mentre accompagniamo mia madre e i miei fratelli nel loro ultimo viaggio. Metto un piede davanti all'altro ma piano, sono morbidi, ho paura di fargli male. Da quel giorno non sono più riuscita a camminare a piedi nudi su un prato.

Percorriamo a piedi la strada fino al cimitero. Piazza Vittorio Emanuele è piena di gente, un corteo che sfila, ci sono anche i ragazzi delle scuole con i loro zainetti colorati. No, queste persone non sono qui per i funerali, deve essere una manifestazione in difesa di qualcuno, uno sciopero.

"La mafia a Trapani esiste."

Lo hanno scritto su un cartello enorme e ora se lo portano dietro facendolo correre sulle loro teste, le braccia in alto. "Coraggio giudice" urla qualcuno. Altre persone, contemporaneamente intonano in coro: "Dieci, cento Palermo".

La folla è compatta ma scorre quando ci vedono passare. Arriviamo al cancello, sfioro delicatamente le bare della mia mamma e dei miei fratelli come a volerle accarezzare.

Zio Vincenzo viene a prenderci con la macchina. Abbiamo tutti delle facce stanchissime. Tra pochi minuti saremo di nuovo a casa, in qualche modo che non capisco saremo al sicuro.

Imbocchiamo la provinciale, mio padre è seduto accanto a me con gli occhi chiusi, sembra stia dormendo. Guardo il mare oltre il finestrino, sono due giorni che dalla litoranea non si poteva passare, la strada era chiusa per via dell'incidente.

Arriviamo al distributore, siamo vicini a casa, davanti a noi c'è l'hotel Tirreno. La macchina rallenta improvvisamente, c'è una buca enorme sull'asfalto, sembra sia esploso un vulcano.

Sul muro bianco della villa davanti a noi c'è una macchia rossa. Non faccio neanche in tempo a vederla bene.

"Papà, è sangue nostro questo?"

Le zie hanno rassettato casa, non so quando l'hanno fatto. Tutto è pulito e ordinato. Non abbiamo il tempo di rimanere soli, io e papà, e questo è un bene. Zia Vita e gli altri sono già arrivati, le loro voci riempiono di nuovo la casa, anche se con discrezione.

Dalla finestra vedo una macchina della polizia che si ferma nel vialetto. Due uomini si avvicinano alla porta, suonano, sono io quella che va ad aprire.

"Asta?"

"Sì, sono Margherita."

"La figlia di Barbara Rizzo?"

Non ho mai sentito ripetere tante volte il cognome di mia madre da nubile come in questi due giorni, "sì, sono io."

Sento dietro di me i passi di papà e della zia Vita, mi faccio da parte. La presenza di mio padre sembra imbarazzare ancora di più il poliziotto.

"Signor Asta, questi sono gli oggetti di sua moglie. Qui ci sono quelli dei suoi bambini."

Sono due sacchetti di plastica bianca, sembrano quelli della spesa. Il poliziotto allunga le braccia e li porge a mio padre.

In quello di Giuseppe e Salvatore ci sono delle pagine dei libri di scuola, alcuni fogli strappati con i loro disegni. Ci sono due scarpe da tennis, mi sembrano quelle di Salvatore. Rosse con la linguetta autoadesiva perché ancora non aveva imparato ad allacciarle da solo.

Dove sono i vestiti, la cartella, i quaderni?

Apro quello di mia madre

C'è il suo portafoglio, la fede, la custodia degli occhiali, l'anello con lo zaffiro e i brillanti e quello d'ambra, il suo preferito.

C'è solo questo, di mia madre non è rimasto altro.

Le regole del lutto dopo i funerali concedono di nuovo il riposo. Domani è il Venerdì Santo e tumuleremo le salme. La cena non me la ricordo, non ricordo chi c'era, non ricordo le parole. Presto siamo nei letti, ognuno con il suo dolore, un sonno senza sogni, in questa emergenza che sembra non avere mai fine.

Quando mi sveglio la casa è vuota, c'è un silenzio che non conosco. Mio padre dorme ancora.

Quello che posso fare è preparare io la colazione, l'avevo già fatto qualche volta, per i miei fratelli. Ora lo farò per mio padre. Vado in cucina, apro il frigorifero, cerco le cose che piacciono a lui.

"Buongiorno gioia mia, sei già sveglia? Non vuoi dormire ancora un po' che è presto?"

Prima che riesca a dire una parola la zia è già dietro i fornelli, mi toglie tutto dalle mani, con determinata dolcezza, così la lascio fare. Glielo vorrei spiegare che ho deciso di prepararla io la colazione per mio padre, ma sento che questo è il suo modo per dirmi che mi vuole bene, che non mi lascerà mai sola.

Non passa molto che la casa è di nuovo piena di persone. Si alza anche mio padre, ha un'espressione indecifrabile, mi guarda.

"Vieni papà, c'è la colazione."

È il venerdì santo, il giorno dei Misteri. Seppelliamo mia madre e i miei fratelli il giorno della passione di Cristo.

La nostra via Crucis, oggi, va da Pizzolungo al cimitero. Non ci sono più fiori, ieri ce n'erano migliaia. Hanno portato via le corone, i gigli bianchi dei miei fratelli e i gladioli di mia madre. Forse sono stati utilizzati per la processione.

Mettiamo mamma con Giuseppe e Salvatore dentro la cappella della famiglia Rizzo. Sono troppo piccoli quei loculi, ho l'impressione che le bare non riusciranno nemmeno a entrare. Le spingono dentro una alla volta, prima Giuseppe, poi Salvatore. Per ultima mia madre.

Ecco, le bare adesso sono al loro posto, in queste bocche spalancate sul muro. Il prete sparge le ultime gocce di acqua benedetta, poi si chiude con il cemento.

I loro nomi scritti sul marmo, accarezzo ognuna di quelle lettere d'oro.

Quelle date: nati il 22 di febbraio, tutti e tre lo stesso giorno, e morti insieme il 2 di aprile. Il loro destino è scritto nell'implacabile semplicità che hanno i numeri. Nella loro cabala io non ero prevista.

Ogni cosa ha trovato il suo ordine crudele.

Quando siamo di nuovo sulla provinciale mi impongo di stare più attenta. Voglio capire qualcosa di più di questo strano incidente. Di nuovo il distributore, è questo il posto.

La macchia è ancora lì. Una nuvola di sangue impressa sul muro. La buca sull'asfalto è veramente enorme, le ringhiere delle ville sono deformate, scintillano sotto il sole i frammenti dei vetri rotti. Per terra ci sono pezzi di lamiera, macchie d'olio. L'asfalto è pieno di crepe.

Ci sono pozze d'acqua dappertutto ma in questi giorni non è piovuto mai.

Quando arrivo a casa ci sono molti amici. Ce n'è uno che conosco poco, forse è un vicino di casa.

“Scusate, ma i vetri delle case si sono rotti tutti?”, provo a chiedere senza mostrare la mia curiosità.

“Sì, l’esplosione è stata così forte che l’hanno sentita anche in città. Meno male che siamo in primavera e nelle ville non c’era nessuno.”

Sento che questo è un segreto che non dovrei sapere. Non ancora.

“Scusate, ma la bomba dov’era?”

“Era dentro la macchina parcheggiata nella piazzola dietro alla curva, dove c’è la buca.”

Si avvicina una donna, credo sia la moglie. Gli bisbiglia qualcosa nell’orecchio. Mi salutano e se ne vanno. Tutti gli amici, a poco a poco, vanno via. A cena restano i parenti. Sono soprattutto gli zii a parlare, mentre le zie fanno avanti e indietro con la cucina. Io faccio finta di niente e mi metto in un angolo ad ascoltare.

“Volevano uccidere il giudice questi bastardi, non si sono fermati di fronte agli innocenti. Barbara neanche li ha sentiti che arrivavano, non c’erano le sirene. Questione di un attimo. La polizia dice che dovevano essere su un terrazzo di qualche villa, da lì hanno premuto il pulsante del telecomando.”

Non si sono accorti di me, parlano sottovoce ma se mi concentro posso sentire tutto.

“Il giudice era a Bonagia solo da pochi giorni.”

“Se Barbara avesse ritardato di qualche secondo tutto questo non sarebbe successo.”

“Hanno già trovato una macchina abbandonata a San Cusumano, una fiat uno, dicono sia stata usata per l’attentato.”

“È stata la mafia?”

“Il giudice è uscito dall’ospedale ma due uomini della scorta sono ancora a Palermo. Uno è grave.”

"Poteva morire anche Margherita. Ringraziamo Dio che nella tragedia almeno lei si è salvata."

Ancora non so da che cosa mi sono salvata, ma ora so che c'è stato un attentato contro qualcuno. Questo qualcuno si è salvato ma sono morti mia madre e i miei fratelli.

A un certo punto cala il silenzio. Gli zii accendono le sigarette, dalla cucina arriva il rumore dei piatti.

"È ora di andare a letto gioia mia, vai a metterti il pigiama."

Zia Vita arriva che ho già la testa sul cuscino e un sorriso rassicurante che non mettevo da giorni.

"Zia Vita, chi è quel signore, quello che si è salvato?"

Mi sorride, si siede sul mio letto e mi prende una mano.

"È un giudice. Si chiama Carlo Palermo."

Carlo Palermo, questo nome me lo stampo in mente.

"Ora dormi, gioia mia. Ti lascio la luce accesa sul comodino."

La zia accosta la porta e torna dagli altri. Sento che di là si parla ancora ma piano, per non disturbare.

È un giudice, si chiama Carlo Palermo, adesso lo so.

È colpa sua se mia madre e i miei fratelli sono morti.

Armi e droga

Coincidenze uniche e irripetibili. È per questo che l'auto di Carlo Palermo si trovava perfettamente allineata a quella di Barbara Rizzo e dei suoi bambini alle 8.35 di quella mattina del 2 aprile 1985.

Per capire perché il giudice istruttore doveva morire a tutti i costi bisogna fare un salto indietro nel tempo. Ritornare a cinque anni prima, in una città lontanissima da Trapani. Partire da Trento e ripercorrere una lunga concatenazione di eventi iniziata con una pratica il cui numero di ruolo, n. 5075/80 G.i, rimarrà impresso indelebilmente nella memoria del giudice.

È il 10 novembre 1980 quando il presidente del Tribunale di Trento, Rocco Latorre, comunica a Carlo Palermo la sua decisione di affidargli l'ufficio istruzione. Fino a quel momento aveva svolto l'attività di giudice civile e penale, con il nuovo incarico avrebbe dovuto occuparsi di indagini e inchieste. Palermo accetta, il nuovo lavoro sarà più impegnativo, avrà meno tempo da trascorrere con la sua famiglia e le sue bambine, ma è una bella sfida.

Suo padre Antonio, magistrato in pensione, in quei giorni si trova a Trento. È preoccupato e decide di parlare con il presidente del tribunale. Vuole convincerlo a lasciare il figlio al suo vecchio incarico. Latorre però è irremovibile. Pochi giorni dopo Palermo entra nel suo nuovo ufficio.

Nel passaggio di consegne con il collega che l'ha preceduto si imbatte subito in un fascicoletto di una cinquantina di pagine. Lo sfoglia senza capirci molto, sono quasi tutti nomi di cittadini turchi coinvolti in traffici di stupefacenti provenienti da località turche, bulgare, jugoslave. Come centro di smistamento di grandi partite di eroina pura e morfina base è indicata Trento, una città da sempre ritenuta tranquilla ed estranea alle logiche criminali.

Palermo legge meglio quel fascicolo, il sentimento iniziale è un senso di inadeguatezza. Un sentirsi troppo piccoli di fronte alle trame intricate del traffico internazionale di stupefacenti. È il mercato della morte, pensa.

Immaginavo i mercanti della droga come grandi cavalieri senza nome, che attraverso le loro tragiche cavalcate disseminavano morte e distruzione, offrivano con i loro banchi di vendita il macabro banchetto per i poveri drogati che ogni giorno morivano per le strade, nascosti come i topi quando sanno di dover morire.

Inizia a studiarsi i verbali di Asim Akkaia, un cittadino turco che un anno prima si era presentato alla questura di Milano per rilasciare delle dichiarazioni spontanee. La morfina base partiva dalla Turchia e arrivava in Italia viaggiando su autotreni di una compagnia jugoslava. Quella droga si fermava a Trento prima di essere consegnata alla mafia siciliana per essere raffinata e trasformata in eroina. Conti alla mano quel sistema che descriveva Akkaia in soli due anni, dal 1978 al 1980, avrebbe immesso sul mercato quattromila chili tra morfina ed eroina. Un affare da multinazionale del crimine.

Le prime indagini portano subito a risultati importanti: a dicembre vengono rinvenuti a Trento, a Verona e a Bolzano dei depositi di eroina e morfina base: 120 kg di stupefacenti, in bidoni e sacchi sotterrati a qualche metro di profondità.

I ritrovamenti principali avvengono a Bolzano, in due alberghi piuttosto anonimi. Nessuno avrebbe mai pensato di andare a cercare lì la droga se non fosse stato per le indicazioni precise di Akkaia. Il proprietario, prima dell'arrivo degli uomini della polizia riesce a scappare. Si chiama Karl Kofler, è un altoatesino dal passato burrascoso. Ha trascorso molti anni in Medio Oriente, in Turchia ma soprattutto in Libano, quando Beirut era un'oasi per ricchi. Nelle prigioni libanesi ha consolidato alcune conoscenze che gli torneranno utili quando deciderà di lasciar perdere il contrabbando di auto rubate.

La sua fuga dura poco, i poliziotti lo sorprendono alle cinque di mattina a Bassano già vestito, con soldi e documenti falsi cuciti nei pantaloni, pronto a fuggire.

L'albergatore viene rinchiuso nel carcere di Venezia ma i suoi nervi non reggono. L'uomo prova a uccidersi tagliandosi le vene e viene salvato per miracolo. Nei giorni seguenti Carlo Palermo inizia a interrogarlo ma si rende subito conto che Kofler non regge la tensione del carcere. Nei suoi occhi la morte è sempre presente insieme al rimorso di avere rovinato la sua vita e quella dei suoi familiari.

Di fronte alla disperazione del detenuto il giudice istruttore cerca di aiutarlo. Kofler rifiuta il cibo e Palermo gli porta cornetto e cappuccino agli interrogatori, cercando di farlo mangiare. Quando il detenuto gli chiede di poter vedere la sua convivente, Giovanna, anche se avrebbe dovuto respingere la richiesta per il rischio di inquinamento delle prove, dà la sua approvazione. *Vederla può essere un appiglio, se pur fragile, una ragione per continuare a vivere e, si spera, a collaborare.*

Ma l'autorizzazione per l'incontro arriva quando è troppo tardi: Kofler aspetta un momento di distrazione della sorveglianza e si uccide nella cella tagliandosi la gola con un rasoio usa e getta. Palermo apprende la notizia per telefono, mentre scambia qualche parola con un cronista locale, e inizia a piangere nervosamente. Sono le prime lacrime della sua vita adulta.

La morte, che avevo visto nei suoi occhi, ha incominciato a penetrare dentro di me, a turbare profondamente quella coscienza che pur si vorrebbe distaccata dalla realtà processuale.

Sul cadavere dell'uomo viene trovato un buco all'altezza del cuore. "È un omicidio" pensa Palermo, ma l'indagine sulla morte del trafficante verrà chiusa con un'archiviazione. Il foro era la traccia lasciata da un'iniezione al miocardio, l'ultimo tentativo di salvarlo.

La battuta di arresto che segue il suicidio è solo momentanea. L'indagine va avanti, dall'ufficio istruzione escono a ciclo continuo i mandati di cattura. Alla fine dell'estate del 1981 sono già state arrestate 78 persone.

Karl Kofler è il primo collegamento con Cosa nostra. La morfina base proveniente dalla Turchia, che transita da

Trento attraverso l'organizzazione del Kofler, finisce in Sicilia dove viene trasformata in eroina.

Qualche settimana dopo il giudice istruttore si reca a Palermo per interrogare direttamente il boss di Cosa nostra Gerlando Alberti, detto "U paccarè". È uno degli uomini che gestisce le raffinerie di droga intorno al capoluogo siciliano.

Nel corso di uno degli interrogatori Palermo si imbatte per la prima volta nel cosiddetto codice delle "regole". Un imputato, che aveva dichiarato di non voler rispondere alle sue domande, si lascia scappare un'esclamazione che dimostrava una conoscenza dei fatti e che Palermo si affretta a far mettere a verbale. Al termine dell'interrogatorio viene messo in guardia da uno dei presenti: si rende conto, dottore, che ha fatto uno sgarbo?

Il 1982 si apre con le confessioni di un siriano, Salah Al Din Wakkas. Messo di fronte alle troppe prove che si sono accumulate contro di lui, ha iniziato a parlare. Ha fatto i nomi di quelli che a detta sua sono i più importanti fornitori turchi.

Palermo vola ad Ankara. In una nazione, la Turchia, che fino a quel momento non aveva mai collaborato molto alle indagini dei magistrati italiani.

I personaggi che ha chiesto di interrogare, inoltre, sono uomini d'affari rispettati, con importanti attività imprenditoriali e i mandati di cattura emessi in Italia non sono eseguibili in quel paese.

Forte dei testi degli accordi internazionali che ha portato con sé, il giudice istruttore riesce però a convincere le autorità turche della fondatezza giuridica delle sue richieste.

I tre principali sospettati vengono presi in consegna, ma gli interrogatori si sarebbero svolti ad Adana, nel sud della Turchia.

Su una vecchissima auto americana Palermo attraversa la Cappadocia, centinaia di chilometri su strade desertiche e assolate. Prima di giungere alla meta un allarme da Ankara lo costringe a fermarsi: alle porte di Adana ci sono bande armate che lo stanno aspettando. Il giudice torna indietro e riparte in aereo per raggiungere il carcere militare.

Uno dei boss fermati, Mustafa Kisacick, interrogato dal giudice militare turco, tenta di sottrarsi alle accuse in maniera originale: il giudice italiano è in possesso di una foto di suo fratello morto qualche anno prima. Quella faccia non è la sua, c'è uno scambio di persona.

Palermo supera lo smarrimento iniziale, aguzza la vista e lo inchioda: c'è una piccola cicatrice sulla parte destra del volto che non lascia dubbi.

Il giudice turco può tornare all'offensiva con le sue domande. L'imputato è in piedi da diverse ore, completamente sudato, barcolla vistosamente. Palermo chiede tramite l'interprete se l'imputato può sedersi, ma il turco gli fa capire in maniera sbrigativa che sono i suoi metodi, quelli, la gentilezza non è prevista.

L'interrogatorio di un altro imputato, Nehir Assan, un altro pezzo grosso, termina con una cantilena sprezzante che l'interprete turco preferisce non tradurre. Sono parole cariche d'odio gettate in faccia a Carlo Palermo. Solo dopo le sue richieste insistenti gli svelano il senso: una minaccia di morte e una maledizione alla sua stirpe.

Al ritorno in Italia Palermo apprende che per gli imputati la pubblica accusa ha chiesto la condanna a morte.

In estate, mentre Palermo è al mare con la moglie e le figlie, riceve una telefonata del direttore del carcere di Belluno. Un detenuto, già condannato per traffico di stupefacenti, ha chiesto di parlargli urgentemente.

Palermo non ha dubbi, interrompe le vacanze e torna a Trento da solo. Quel detenuto inizia a svelargli in che modo l'eroina viene immessa nel traffico locale.

Per colmare il vuoto di queste strane vacanze passate in città Palermo si compra una moto, una guzzi 125 rossa fiammante. Dalla mattina alla sera fa la spola tra il tribunale e le case circondariali, dove gli interrogatori si susseguono senza sosta. Il tempo che rimane lo dedica a cercare quei riscontri in grado di dare attendibilità alle dichiarazioni.

Il suo ufficio si riempie di documenti, di verbali di interrogatori. Migliaia di carte da leggere e interpretare.

Il giudice emette un centinaio di mandati di cattura, smantellando le reti criminali che reggono le vendite al dettaglio di diverse piazze di spaccio. Per tante famiglie colpite duramente dal dramma della tossicodipendenza Palermo diventa il paladino della lotta alla droga. Gli attestati di stima si moltiplicano. Ma con i messaggi di incoraggiamento si infittiscono anche le minacce. Per la prima volta il giudice si rende conto del pericolo che corre. Il ministro dell'Interno gli affida la scorta, due finanzieri iniziano a seguirlo dappertutto. La sua vita blindata ha inizio e quella motocicletta, comprata per sentirsi libero, torna in garage dopo neanche un mese.

Le minacce che a volte arrivano fin sulla porta di casa, il lavoro che ormai occupa tutto il suo tempo, è difficile in questo modo tenere unita una famiglia. Una mattina il giudice si sveglia e sua moglie non c'è più, ha deciso di lasciarlo.

È colpa tua, è colpa mia, sei responsabile tu, sono responsabile io, sei egoista tu, sono egoista io. Esiste una verità nei rapporti umani?

Le bambine sono in casa, stanno ancora dormendo. *Laura, Stefania, svegliatevi*, sussurra. *Oggi la mamma non c'è. Farete un bel viaggio, vengono a prendervi i nonni, starete qualche giorno a Roma, per qualche giorno niente scuola.* Gli uomini di scorta sono sotto casa che aspettano, il giudice deve andare a Milano in mattinata per interrogare cinquanta nuovi arrestati. *Scusate, ho un problema, è tutto rimandato a domani, partiamo presto.*

Forza Stefania, sei la più brava, aiutami a far le valigie. La sorellina è piccola, come un uccellino che non sa volare. Mentre cerca di distrarre le bambine ripensa a quella storia finita. Arrivano i nonni, Laura e Stefania salgono in macchina, lo salutano dal finestrino.

E poi... sono rimasto solo. Solo in questa casa. Quanto è grande questa casa, è enorme. Come è tranquilla. Quanto silenzio. Quanti giochi che ho visto muoversi e che ora sono immobili senza segni di vita. Il cane abbaia. Non sono ancora del tutto solo. Ma da stasera non ci sarà più nessuno che mi dirà: buonanotte papà. Non ci saranno più strilli, non ci saranno più liti. Ci sarò solo io con la mia coscienza nel buio e nel silenzio di lunghe notti.

La prima grande svolta nell'inchiesta arriva con l'arresto di un siriano. Si chiama Henry Arsan e sono le sue dichiarazioni a convincere Palermo che accanto al traffico di stupefacenti, su un doppio binario, c'è un traffico d'armi.

Aria dimessa, il volto scavato dalle rughe Henry Arsan sembra un innocuo pensionato più che un grande trafficante ma nelle migliaia di carte sequestrate nella sede della sua società il giudice legge un'altra realtà.

Scova un rapporto di un agente speciale, in seguito diventato capo dell'ufficio di Roma della D.E.A., l'agenzia federale antidroga statunitense, secondo cui l'Arsan risulterebbe essere un informatore già dal 1973, periodo in cui il suo coinvolgimento nei traffici di droga era già noto. Cerca di capire quali sono i suoi referenti e le protezioni di cui ha goduto.

Il giudice è convinto che quell'uomo abbia trafficato non solo droga ma anche grosse partite di armi da guerra, con tanto di elicotteri e carri armati. La sua ipotesi è che il commercio delle armi avvenga attraverso due canali: uno ufficiale garantito dai governi e uno non ufficiale che avviene con il benestare dei governi ma su canali privati. Il paese produttore di armi ha un interesse particolare per il secondo sistema perché le "trattative private" non lasciano tracce, permettono la vendita anche a paesi in guerra o sotto embargo. Senza i rigidi controlli formali, secondo Palermo, è anche molto più facile corrispondere tangenti ai vari soggetti interessati.

Il siriano sostiene di aver sempre operato senza violare le normative vigenti. Messo alle strette, si lascia andare a una considerazione cinicamente realistica sul proprio ruolo: "Se non ci fossimo noi privati commercianti, le fabbriche potrebbero chiudere, perché nei paesi produttori non ci sono guerre".

L'attenzione mediatica su Carlo Palermo diventa sempre più alta. Il settimanale *Il Mondo* lo inserisce tra i dieci personaggi dell'anno, accanto al presidente di Confindustria Vittorio Merloni, al cardinale siciliano Salvatore Pappalardo e al ministro della Difesa ed ex presidente del consiglio Giovanni Spadolini. La scorta del giudice viene raddoppiata. Nel suo ufficio, oltre la porta vengono blindate anche le pareti e la finestra. Sulla sua scrivania un monitor trasmette le immagini delle telecamere del corridoio e quando rientra a casa, sempre più tardi, c'è solo il suo cane che lo aspetta.

Sono passati appena due anni dal suo nuovo incarico e dentro quel fascicoletto ora ci sono decine di arresti, migliaia di carte e nuove piste. Le indagini adesso si spostano a est, oltre la Cortina di ferro.

Palermo nelle sue indagini ha maturato la convinzione che la Bulgaria sia uno snodo centrale del traffico di armi e droga.

Tra vari mandati di cattura il giudice istruttore firma anche quello di Bekir Celenk, un trafficante turco. Un nome già conosciuto perché sospettato di essere il mandante dell'attentato al papa. Aveva aiutato Ali Agca, l'uomo che sparò due colpi di pistola a Giovanni Paolo II, prima facendolo fuggire dalla Turchia e poi durante la sua permanenza a Sofia. Diverse indagini, italiane ed estere, ipotizzavano che Celenk oltre ad essere un contrabbandiere fosse anche il tramite tra i lupi grigi e i servizi segreti bulgari.

Palermo parte per la Bulgaria per interrogarlo. Quando si trova di fronte al Celenk si rende conto che quello che per lui è un imputato per le autorità bulgare è un semplice testimone, contro cui non è stata mossa alcuna accusa precisa.

L'interrogatorio è una farsa ben congegnata in cui mentre il giudice bulgaro pone le domande, un interprete traduce in turco, un altro dal turco all'italiano. Una stenotipista pigia su una macchinetta, collegata con un'altra nella stanza accanto, che converte in caratteri cirillici, mentre un'altra ancora riporta tutto in caratteri romani. Un grande concerto, ripreso dalle telecamere, in cui risuona tutto meno che la verità. Addirittura il Celenk prima di rispondere alle domande può consultare dei documenti che si è portato dietro in una valigetta. Palermo a queste condizioni non ci sta. Vuole essere lui a interrogarlo, e vuole anche che immediatamente siano sequestrati al turco tutti i documenti in suo possesso. Altrimenti tanto vale tornarsene a Trento, senza perdere altro tempo.

Le sue richieste vengono accettate ma l'uomo nega tutte le accuse che gli vengono mosse. Palermo inizia la sua partita a scacchi col testimone. Gli chiede conto di una correzione apportata sul passaporto, c'è un visto di proroga apposto dal consolato turco di Berlino, ma in quella data su Celenk pendeva già un mandato di cattura. Evidentemente il passaporto è stato falsificato.

Dalle menzogne dette in relazione al passaporto, emerge evidente l'inattendibilità delle sue dichiarazioni, sottolinea Palermo. È tornato in Italia senza nessun elemento utile alla sua inchiesta, ma sempre più convinto che la pista bulgara non sia una fandonia.

Bekir Celenk morirà di infarto il 14 ottobre del 1985 portandosi dietro i segreti sul suo ruolo nell'inchiesta sulle armi e allontanando la verità sulle trame dell'attentato al papa e prima di lui, nel novembre 1983, è morto anche Arsan, colpito da un arresto cardiaco mentre si trovava in carcere.

Dopo aver diretto le sue indagini oltre confine per mesi il giudice istruttore torna a guardare ai collegamenti italiani.

Tra i telex sequestrati all'Arsan è indicata una società di Roma che sembra essere quella che mette a disposizione i carri armati, gli elicotteri, i missili: le armi pesanti. Il nome viene segnalato alla Criminalpol senza esito. Ci riesce il nucleo di polizia tributaria della guardia di finanza a rintracciarla. Vengono fuori altre società collegate alla prima. Il 30 marzo, di mattina presto, scatta il blitz.

Palermo arriva negli uffici centrali della Criminalpol all'Eur di Roma dopo un incidente a tutta velocità sul raccordo anulare, tra la sua macchina e quella della scorta. Un tremito alle gambe lo accompagna per diverse ore, ma lentamente la tensione nervosa si sposta sui risultati delle perquisizioni che iniziano a confluire. I documenti sequestrati sembrano indicare forniture a quei paesi che notoriamente si rifornivano di armi da guerra: Irak, Iran, Argentina, Somalia, Taiwan e altri ancora.

Finiscono nell'inchiesta, a vario titolo, anche personaggi di rilievo. Tra gli indagati ci sono anche Massimo Pugliese, colonnello dei carabinieri in congedo, iscritto alla P2, e il generale Giuseppe Santovito, ex capo del Sismi, anche lui negli elenchi di Licio Gelli.

La sera tardi, dopo le undici, è solo alla scrivania con una domanda assillante: *Che fare?*

Le sue intuizioni hanno spinto Palermo ad addentrarsi in una vicenda piena di insidie e pericoli e le reazioni non si faranno attendere. Il primo attacco pesante contro l'inchiesta è quello di Massimo Pugliese che si difende così, sulle pagine dei quotidiani, dalle accuse del giudice istruttore.

"Non riesco a comprendere che cosa il Dottor Palermo

intenda dire quando parla di traffico internazionale di armi. Giuridicamente è un'espressione impropria, inesistente nel nostro ordinamento... Dopo i pretori d'assalto sono arrivati i magistrati sceriffi, i giudici che organizzano i blitz, cioè incursioni di tipo militare seminando sgomento e sfiducia. A questi si aggiungono magistrati che non sanno svolgere la loro professione senza dare spettacolo, che si muovono trascinandosi al seguito nugoli di fotografi e cine-operatori. L'anticamera del Dottor Palermo sembrava la sala di un teatro di prosa."

L'attacco è pubblico e violento ma l'inchiesta va avanti a passo spedito. Le vicende trattate dal giudice istruttore sono sempre più complesse e lui, che dovrebbe stare molto attento a come procedere, compie invece un passo falso.

I carabinieri di Roma gli comunicano il contenuto di una telefonata tra due avvocati di Trento, difensori di uno degli imputati del nuovo filone di indagine. Gli inquirenti sostengono che nella conversazione intercettata si dice che uno dei due avvocati sarebbe riuscito "a prendere" il verbale di un interrogatorio segretato. Il giudice istruttore viene preso dal panico e pensa che qualcuno in procura lo abbia tradito. Rivela le sue paure ai suoi superiori, e all'unico confidente che ha, suo padre, che gli consiglia di non fare troppi calcoli.

Il 16 giugno del 1983 decide di arrestare i due avvocati Bonifacio Giudiceandrea e Roberto Ruggero. Passano solo poche ore e si scopre che quella frase intercettata e incriminata era un errore di trascrizione: "apprendere" era diventato "a prendere". Le immagini dei due avvocati in manette scatenano la protesta degli ordini forensi e anche il fermo disappunto della procura.

I due vengono immediatamente scarcerati e parte un esposto al tribunale di Trento contro il giudice Palermo.

"Ha effettuato intercettazioni non autorizzate e non ha informato i Pm e il procuratore generale dei cambiamenti avvenuti nell'inchiesta" sostengono i legali.

Il fuoco incrociato di procura e avvocati interrompe i ritmi forsennati del giudice istruttore.

A Trento i consigli dell'ordine forense proclamano uno sciopero contro Palermo che si allarga a tutta Italia.

Il giudice istruttore, per ristabilire un clima più sereno, decide di lasciare la sua inchiesta ma il presidente del tribunale respinge l'istanza di astensione.

Palermo si riprende le indagini, sempre più solo e con la sua immagine pubblica ancora più controversa. Quella sarà un'estate molto difficile. Le telefonate anonime e le minacce continuano ad arrivare senza sosta. Qualche tempo prima aveva ricevuto un'informativa dalla procura generale che gli comunicava che la polizia di stato a Venezia aveva sequestrato in un covo dei nuclei comunisti un foglio contenente un'annotazione: "Carlo Palermo, giudice istruttore di Trento: inchiesta sul traffico di armi e droga".

Poche settimane dopo un altro rinvenimento in un altro covo: "Palermo Carlo si occupa del traffico di armi in Medio Oriente e Bulgaria".

In un pezzo d'Italia apparentemente lontanissimo da Trento il 28 luglio la mafia colpisce con una violenza mai vista e uccide un suo collega, il giudice istruttore Rocco Chinnici. I due si erano incontrati pochi mesi prima in un convegno a Sorrento e la sua morte risveglia dentro di lui timori rimossi. Ma il coraggio e l'incoscienza hanno il sopravvento anche sulla paura della morte.

Carlo Palermo è sempre più isolato, vive sotto scorta e sono migliaia i documenti che ha sequestrato negli ultimi mesi, centinaia gli interrogatori, tutti da studiare e verificare. Un'impresa praticamente impossibile per un giudice solo.

Ma in quei mesi di indagini a tappeto, di notti insonni a leggere carte e a preparare richieste era accaduto qualcosa di molto importante. Una mattina, a fine maggio, insieme all'abbondante posta che riceve gli arriva una busta chiusa, senza mittente, che al suo interno contiene due fotocopie di lettere, datate, intestate e firmate. Due documenti scottanti, micidiali. Per i nomi, per i contenuti.

Palermo ripenserà a lungo, negli anni successivi, all'indirizzo che avrebbero dato alle sue indagini quei due fogli di carta. Domande senza risposte, il sospetto di essere stato messo da qualcuno su una pista precisa, senza sapere chi e perché l'abbia fatto.

Fino a qual giorno, il 30 maggio 1983, potevo dire, serenamente, che quel che avevo fatto, quel che facevo, era frutto di un mio paziente lavoro di ricerca della verità, determinato solo da me.

Il 30 maggio non fu così.

In particolare le lettere ricevute avevano fatto partire una nuova perquisizione, durante la quale era stato sequestrato un documento in cui veniva indicato Bettino Craxi come referente politico di un'operazione controversa. Qualcuno aveva voluto spingere il giudice istruttore su una pista precisa, che portava in Argentina. Potrebbe essere un falso, un depistaggio, ma Palermo vuole fare ulteriori indagini.

Palermo cerca conferme alle sue intuizioni, alle nuove carte sequestrate, mentre Craxi è diventato presidente del consiglio e il 4 agosto 1983 è nato il primo governo a guida socialista.

La sua inchiesta ormai ha imboccato la pista politica. Le attenzioni del giudice istruttore si concentrano sulle attività di alcune società che fanno capo a un giovane e promettente uomo di affari: Ferdinando Mach de Palmstein. Alcuni testimoni gli hanno riferito dei legami tra il finanziere e il partito socialista. Nella testa del giudice si è insinuato il dubbio che attraverso una complessa architettura societaria privata entrino finanziamenti illeciti nelle casse dei partiti.

Il 7 e il 10 dicembre 1983 Palermo firma alcuni decreti di perquisizione per la guardia di finanza. Riguardano l'abitazione di Palmstein, gli uffici delle società Promit e Coprofin e alcune abitazioni collegate, in cerca di documenti relativi a operazioni commerciali con l'estero alle quali agganciare i nomi di personaggi che il giudice aveva già inquisito. Viene sequestrata anche una documentazione riguardante compravendite, secondo lui sospette, con paesi del terzo mondo.

Ho iniziato a capire che in tutte le attività economiche, anche quelle che possono apparire le più lecite – pure quelle per definizione benefiche – può inserirsi l'illecito, la tangente, la corruzione. Tutto può diventare un affare, anche gli aiuti ai paesi del terzo mondo. Anche la costruzione di una diga, anche una fornitura alimentare di soccorso, anche la ricostruzione di case per i terremotati.

Il 15 dicembre del 1983 Palermo firma due decreti di sequestro di documentazione relativa a due società sempre legate al finanziere: la Sofinim e la Editfin.

Quei sequestri non verranno mai effettuati. Craxi, avvertito immediatamente dei provvedimenti e del suo coinvolgimento, ha presentato un durissimo esposto contro

Palermo al procuratore generale della cassazione Giuseppe Tamburrino. Il presidente del consiglio si è lamentato di essere indebitamente oggetto di indagine assieme all'onorevole Pillitteri, suo cognato.

È la prima volta nella storia della Repubblica che un presidente del consiglio denuncia l'operato di un giudice. Ma, del resto, non era nemmeno mai accaduto che un giudice osasse indagare apertamente su un primo ministro in carica.

Nei giorni di Natale si diffonde la notizia del provvedimento disciplinare nei confronti del giudice, il 7 gennaio del 1984 è ufficiale: la procura generale della cassazione comunica al CSM l'avvio dell'azione disciplinare nei confronti di Carlo Palermo. Pochi giorni dopo, il 19 gennaio, il giudice istruttore è costretto a chiudere con diversi mesi di anticipo la sua inchiesta. Non avrà il tempo per esaminare le migliaia di documenti sequestrati negli ultimi mesi.

Non ho trascorso un Natale sereno; né mi si prospetta un sereno anno nuovo. Sento che i fatti di questi giorni rimarranno scolpiti dentro di me per sempre. Per aver fallito in quello che mi proponevo: accertare la verità. L'obbligo di accertare la verità. Così è scritto nel codice. Così avrei dovuto procedere. Così ho fatto, così ho tentato di fare, così non mi è stato consentito di fare. Eppure so di non avere sbagliato, so di aver toccato determinati interessi, certe persone, anche importanti. Ma, che cosa avrei potuto fare? Che cosa avrei dovuto fare? Usare più prudenza? Tenere nascoste le mie carte? Non fare niente? O fare qualcosa, mirando molto alla larga? E che cosa avrei ottenuto?

L'avvio dell'azione disciplinare viene seguito da una comunicazione giudiziaria che avverte Palermo dell'inizio anche di un procedimento penale nei suoi confronti per l'arresto dei due avvocati.

Il giudice diventa imputato e gli viene anche ridotta la scorta armata.

A febbraio sul quotidiano *Il Giornale* e il settimanale *L'Europeo* esce un articolo a firma Bettino Craxi. Il politico lo accusa pubblicamente di aver compiuto gravissime violazioni di legge, in contrasto con le più elementari regole di garanzia. È un attacco duro, frontale, senza sconti.

Carlo Palermo prende carta e penna e prepara il documento da inviare al presidente della Camera Nilde Iotti e al presidente del Senato Francesco Cossiga.

Insieme alla lettera Palermo spedisce su un furgone dei carabinieri quasi ottanta chili di documenti. Sono gli atti della sua pista politica. Nella nota trasmessa alla Iotti e a Cossiga il giudice indica il reato ipotizzabile: finanziamento illecito ai partiti, articolo 7 della legge 195 del 2 maggio 1974. Il materiale viene passato al presidente della commissione inquirente.

Giornali e televisione non mancano di dare spazio al nuovo conflitto tra Palermo e i socialisti. La segreteria del partito respinge ogni accusa e attacca il giudice accusandolo di essere lui stesso a favorire fughe di notizie.

Tutto mi sembra crollare, il lavoro di anni va in fumo. Centinaia, migliaia di carte, di indagini, di atti sofferti uno per uno. Un'inchiesta interrotta proprio mentre appariva a portata di mano la comprensione della verità. Verità processuali, verità relative, ma pur sempre verità.

Palermo si rende conto che anche l'ultimo filone della sua inchiesta sta per essergli tolto e che non riuscirà a rimettere insieme tutte quelle carte per preparare il rinvio a giudizio. Si confida al telefono con suo padre, con cui dissimula indifferenza cercando di non fargli pesare il suo reale stato d'animo.

"Carlo, ma qualcosa puoi fare. Non è detto che devi scrivere tutto, scrivi quello che puoi. Hai sempre quindici giorni. Ricordati che in quindici giorni preparavi anche un esame all'università. Preparasti anche gli esami orali in magistratura, quando la Banca d'Italia non volle concederti di più."

"Avevo entusiasmo. Ora non ce l'ho più. Ho tutti contro."

"Ma che te ne importa, fai quello che riesci a fare, firmi la tua ordinanza, e poi ci saranno altri giudici a giudicare; Carlo. Non devi rinunciare."

Ci prova, Palermo, ed è la sua corsa contro il tempo. Chiede aiuto a quanti in tribunale gli sono stati vicino, a chi ha condiviso negli ultimi anni le sue ansie, le sue arrabbiature. Per due settimane né giorno né notte, solo pagine da scrivere.

Il 15 novembre 1984 Palermo pone la sua firma sotto l'ordinanza di rinvio a giudizio nell'inchiesta armi e droga. L'ultimo atto del giudice istruttore nel palazzo di giustizia di Trento è un monumento di carta: 5968 pagine.

È tutto quello che sono riuscito a comporre, scriverà il giudice. *È una sintesi che racchiude quattro anni di lavoro. Traffico di stupefacenti, nascita di una organizzazione chiamata mafia turca, polarizzazione delle forniture dei traffici sull'Italia, le fasi dei traffici, la fornitura, i trasporti, la ricezione e la ridistribuzione, le organizzazioni collegate: la mafia siciliana, la camorra e la 'ndrangheta. Dal traffico di stupefacenti al traffico d'armi. Dagli anni 1970 al 1984. Poi i servizi, la P2... mancano le ultime parti. Quelle erano già partite per ...altri lidi.*

Neanche dieci giorni dopo la suprema corte di cassazione decide lo spostamento del processo a Venezia.

A questo punto l'idea di chiedere il trasferimento diventa una certezza. Il suo tempo, a Trento, è terminato.

L'estate sta finendo

Le persone hanno ripreso a parlarmi.

Gli sguardi profondi dei vicini di casa, dei carabinieri, dei parenti alla lontana, degli uomini con il nero sulle cravatte, delle mamme delle mie amiche, gli occhi dolenti dei nostri amici di famiglia sono appassiti come fiori d'inverno. Anche la televisione è sempre spenta perché devo di nuovo fare i compiti e la zia Vita non vuole che mi distragga. Quegli sguardi e quei silenzi sono finiti e al loro posto ora ci sono parole, non è per forza una cosa brutta.

La casa nel frattempo si svuota. Non c'è più quel via vai di persone che la riempiva nei giorni del lutto. Restiamo io, papà e la zia Vita.

Ieri è venuta a trovarmi la maestra Tartamella, la mia insegnante delle elementari. Mi ha chiesto come stavo, abbiamo ricordato quando mia madre veniva a prendermi a scuola insieme a Giuseppe e Salvatore. Nelle nostre chiacchiere in salotto ho rivisto il suo sorriso quando mi vedeva uscire dal cancello e mi correva incontro per abbracciarmi, quelle due pesti dei miei fratelli che le tiravano i lembi del cappotto cercando di farla rallentare. Per la prima volta sono stata felice dopo tantissimo e pochissimo tempo. Potevo ricordare mia madre e i miei fratelli insieme a un'altra persona e non più da sola. La mia vecchia maestra è andata via con le lacrime agli occhi, però almeno avevamo parlato. Sulla porta mi ha detto "puoi cercarmi quando vuoi", mi ha detto di "avere coraggio". Io il coraggio ce l'ho, quello che mi manca sono mia madre e i miei fratelli.

Intanto sono tornata a scuola, le vacanze di Pasqua hanno coinciso con il nostro periodo di lutto. Anche in classe Maria Elena e i miei compagni ridono e parlano come se niente fosse successo. Nessuno ha parlato con me dell'attentato, non lo hanno fatto i miei compagni e nemmeno gli insegnanti. Anche se mi chiedessero qualcosa non saprei cosa raccontargli. Solo a volte, quando qualcuno dice una parola sbagliata, percepisco intorno a me un leggero imbarazzo. Si fa subito silenzio, e allora penso che per loro sono ancora da toccare con estrema attenzione. Come se io fossi di cristallo e bastasse sfiorare le mie orecchie con la parola sbagliata per mandare il mio corpo in miliardi di pezzi.

Anche mio padre, zia Vita, zio Vincenzo e zia Dorina fanno attenzione alle parole, quando ci sono io. Cercano di nascondermi quello che è successo davvero, per sapere ho tutta una vita. Certe cose dovrò andarmele a cercare da sola. Il poco che so devo rubarlo dai discorsi dei grandi, oppure leggerlo velocemente sui giornali che entrano in casa prima che li facciano sparire. So solo che mia madre e i miei fratelli sono morti al posto di quel signore, che se non fosse stato qui non sarebbe successo, che si è trattato di una tragica coincidenza e che l'obbiettivo non erano loro.

La maggior parte delle cose che so le ho sapute la settimana scorsa, quando davanti al cancello si è fermato un grosso furgone.

Avevo già visto mio padre parlare con dei giornalisti. Era sempre stato attento che io non sentissi, chiudeva la porta, parlava sottovoce. I giornalisti scrivevano sopra i loro taccuini e portavano via le sue preziose parole lontano da me. Ma quella mattina nessuno mi prestava attenzione, così potevo girare indisturbata per casa.

Dei signori in tuta armeggiavano con dei cavi nella sala da pranzo, li srotolavano e li collegavano a un grande quadro giallo per l'alimentazione. Altri hanno montato dei grossi fari. Infine hanno spinto nel nostro soggiorno due grosse telecamere.

Un signore distinto spiegava intanto a mio padre quale telecamera avrebbe dovuto guardare. Quando una telecamera è in funzione si accende una luce rossa. Si chiama Lamberto Sposini, è un inviato di *Linea Diretta*, la trasmissione di Enzo Biagi, un signore con i capelli bianchi, gli occhiali e la faccia gentile. Prima dell'incidente lo vedevamo spesso in televisione.

Il giornalista elegante ha dato a mio padre un foglio con le domande, e ha iniziato a spiegargliele anche a voce. Una voce bella, fatta per dire solo cose importanti. Poi ha messo su una voce più bassa, come se stesse chiedendo a mio padre un favore.

"Signor Asta, noi vorremmo avere in video anche Margherita, sua figlia. È d'accordo? Se non vuole non importa."

Mio padre ci ha pensato qualche secondo, era un po' indeciso.

"Non per tutta l'intervista, solo nella parte finale."

"Sì, anche Margherita può stare con me", ha detto alla fine.

La zia Vita aveva da fare, così ho fatto da sola. Sono andata in camera e ho preso una camicia bianca che mia madre mi aveva comprato per il giorno di Pasqua. Sentivo però che mancava qualcosa, così ho appuntato sulla camicia il bottone nero e sono tornata di là.

Le luci ora erano tutte accese e nella sala c'era un gran caldo. Mio padre era seduto dietro il tavolo. Sul bavero della giacca gli era stato appuntato un microfono. Una signora ora cercava di nascondere il filo perché non si vedesse. Un'altra signora con una cartellina stava con me, in un angolo della stanza dove le luci non arrivavano direttamente, si sentiva solo il loro rumore. Aveva un braccio sulla mia spalla, mi avrebbe spiegato lei cosa fare.

Qualcuno poi ha detto a tutti di fare silenzio e all'istante tutti si sono fermati, non un rumore. Sembrava di stare sott'acqua.

"Signor Asta, che cosa ha pensato in questi giorni?"

Mio padre guardava la telecamera, non quella con la luce rossa spenta, l'altra, quella giusta. Era un po' nervoso e la sua faccia aveva un incarnato pallido, ancora più chiaro di quello degli ultimi giorni.

"Ho pensato alla mia famiglia. Che non c'è più. Poi non ho pensato a nulla, in questi giorni dei funerali. Non so che cosa andare a pensare. Non so niente."

"Adesso a chi, a che cosa si sente più legato?"

Mio padre ha guardato in giro per la stanza, mi stava cercando. I suoi occhi sono passati su di me ma non mi ha visto, forse per le luci abbagliant i.

"Alla mia bambina. Andate a prenderla. È l'unica speranza che mi è rimasta."

Io ero sempre nell'angolo della stanza. Vedevo mio padre ora piangere come un bambino. Vederlo così da lontano mi faceva più male. Quelle luci e quelle persone facevano diventare la distanza tra noi molto più grande.

"Ma sono più forti i ricordi delle persone…", ha continuato il giornalista, quando mio padre è riuscito a riprendersi.

Ho pensato che potesse sentirsi male. Che non riuscisse a continuare, perché è impossibile che una persona normale in un momento come questo riesca ancora a parlare.

"Sì. Ci sono dei ricordi indimenticabili…", ha detto invece lui facendosi forza. "Dodici anni di matrimonio e sembra che eravamo sposati appena. Ricordo solo dodici anni bellissimi. Io non potrò mai dimenticare, non si può creare di nuovo un'altra famiglia come quella che si era creata."

"E la vostra bambina ora come sta?"

"È la mia bambina. Cerco di non piangere per darle coraggio, per cercare di aiutarla soprattutto con il cuore. Perché mia moglie pure aveva avuto una disgrazia, la disgrazia di perdere la mamma quando aveva due anni, perché non era solo una moglie ma anche una madre, una bambina…"

La signora con la cartelletta si è abbassata e mi ha detto qualcosa all'orecchio, qualcosa che non ho capito. Poi un signore mi ha portato accanto a mio padre, di fronte alle telecamere. Non sapevo cosa fare ma non mi interessava più di tanto, mio padre aveva bisogno di me. Sono scivolata dietro di lui, io in piedi, lui seduto. E istintivamente ho poggiato la mano sulla sua spalla. Come per dirgli "papà, io sono qui."

"Questa è l'unica cosa che mi è rimasta nella mia vita, per questo cercherò di andare avanti", ha detto mio padre.

"Lei non conosce il giudice Palermo?"

"No, l'ho visto nei giornali, e qualche volta al telegiornale, quando mc lo lasciavano seguire i bambini perché guardavano i cartoni animati nell'orario che io ero a casa. Lo vedevo come una persona che potrebbe fare qualcosa, perché sarà uno di quelli onesti. Nella disgrazia spero che il giudice Palermo possa andare avanti in questa inchiesta, e se non ci sono gli altri che lo fanno trasferire resta lui. Io mi augurerei che lui ritornasse a Trapani per andare avanti in questa inchiesta, perché solo lui può andare avanti in questo caso."

"Lei non ci ha parlato in questi giorni?"

"No."

"Che cosa sente di dirgli, visto che il sacrificio dei suoi cari gli ha salvato la vita?"

"Ha salvato la vita a lui, sono d'accordo su questo. Io mi auguro soltanto che lui possa fare un lavoro giusto qua a Trapani, che forse c'è bisogno di fare un lavoro giusto."

"E lei pensa che ce la farà? Ci riuscirà?"

"Ma... Ho letto qualche articolo, qualche appunto dove lui dice che si impegna ad andare avanti in questa situazione."

"Signor Asta, com'è il suo futuro? Come lo vede?"

"Ma... Lo vedo... Non lo so. Devo andare avanti ma non lo so come andare avanti. Mi devo fare coraggio e devo cercare di reagire, per mia figlia soprattutto, perché non voglio niente dalla vita. Voglio soltanto mia figlia... Di poterla portare all'altare."

Poi nella stanza è sceso il silenzio, nessuno parlava più.

I tecnici raccoglievano i cavi, ogni cosa tornava al suo posto. I fari erano già stati spenti. Nessuno più si curava di noi.

Nell'ombra della nostra sala da pranzo, che ora sembrava molto più scura e più fredda, mio padre restava zitto.

"Papà", ho detto allora, e mi sono chinata ad abbracciarlo.

Lui era ancora seduto e mi dava le spalle. Io ero ancora in piedi, il mento affondato in quel punto del collo dove da bambina la sua mano, così fredda quando tornava da lavoro, mi faceva sempre il solletico.

Con mio padre torniamo nell'appartamento di Trapani, rimanere a Pizzolungo non aveva senso. È la casa delle vacanze ma in questo momento nessuno di noi ha voglia di andare al mare. In realtà credo che mio padre voglia evitare di passare tutte le mattine davanti al luogo dell'incidente. Se l'ha fatto per questo è la scelta giusta.

Forse tornare in città può servire a lui per stare più tranquillo. Io invece non voglio dimenticare, voglio portare con me ogni ricordo, ogni momento felice passato con loro quando eravamo al mare.

Dentro casa c'è l'esatto ordine delle cose che ricordavo, l'ordine che ha lasciato mia madre. Ogni oggetto è al suo posto. Sul divano dove dormivano i miei fratelli ci sono i loro giochi. La televisione è spenta, così mi alzo ad accenderla. Quando torno al divano però i cartoni animati già non mi interessano più. Mi siedo sul divano e prendo tra le mani Rockfeller. Poco più di un mese fa era stato regalato a Giuseppe e a Salvatore per il compleanno. Un pupazzo di pezza nera a forma di corvo. Infilo la mano dietro la coda e muovo con il pollice e le altre dita il becco arancione, per farlo parlare. Sullo schermo passano le immagini di Ransie la Strega, ma io spengo col telecomando, perché ora e per sempre è sabato sera e io e i miei fratelli stiamo aspettando la sigla di *Fantastico*.

Ci siamo quasi, l'annunciatrice ha finito di presentare i programmi della serata, e ora ha lo sguardo stupido che hanno sempre le annunciatrici quando hanno finito di annunciare, e la loro immagine non è ancora sfocata nel nero. Ecco: ora inizia la festa.

Giuseppe si alza dal divano, Salvatore si mette in piedi sopra, con le scarpe, e appena mia mamma lo vede partono le sgridate. Ma mamma è di là in cucina, per un po' Salvatore potrà continuare.

"Sono il grande Rockfeller e posso fare tutto per voi", dice Giuseppe, mentre io muovo il becco.

"Sono il corvo best seller, avanti! Dimmi quello che vuoi."

Salvatore già balla e strilla:

"Voglio un computer personale che mentre sto a giocare
Possa fare tutti i compiti per me... Sìììììììììì!"

Di sicuro adesso la mamma arriva e gli dice di smettere, ma intanto, finché dura non posso trattenermi dal ridere.

"Tutto si può fare, quanto può costare", dice ancora Giuseppe, mentre io muovo il becco veloce.

"Un milione, due milioni o forse tre,
Il problema non c'è."

Sento i passi della mamma arrivare dalla cucina, ecco. Festa finita e tutti a nanna.

Quando alzo lo sguardo però c'è la zia Vita, mi guarda e sorride. Dormiva con Salvatore e Giuseppe anche qui, nella casa di Trapani, su questo divano. Accanto a lei, sopra il mobile, la foto dei gemelli mascherati da Remì. Ricordo bene quel carnevale e quei vestiti che ha cucito con grande pazienza.

È come se vedessi la zia per la prima volta. Questa donna minuta, silenziosa, sempre presente nella nostra vita, è così diversa da mia madre eppure così simile a lei. Ripete gli stessi gesti, prende le stesse tazze che usava lei, piega la tovaglia allo stesso modo dopo avere mangiato. Non si è mai sposata e quando sono nati i miei fratelli gemelli è rimasta con noi per dare una mano. Due bambini arrivati in una volta sola e un'altra di poco più grande, sono un impegno importante, non se n'è mai andata. La sua vita è stata sempre aiutare.

Quando morì sua madre aveva undici anni. Zia Dorina aveva nove anni, zio Enzo sette, mia madre solo due anni e mezzo, era lei la figlia più grande. Prese sulle spalle il carico di tutta la famiglia, una mamma bambina, sempre presente, attenta. Anche lei, come me, costretta a diventare grande senza volerlo. Succedono le cose, gli uomini devono tornare a lavoro, sono le donne a occuparsi di tutto.

Anche mio padre è tornato a lavorare. La sua azienda che costruisce infissi di alluminio ha qualche problema. Nessuno mi ha detto niente, ma sono riuscita a capire che ci sono dei fornitori che non pagano. Un pensiero in più che si aggiunge a quelli che già gli girano in testa.

Dentro casa invece la vita continua, la colazione quando mi sveglio è sempre pronta, i piatti dopo cena sono già ad asciugare nello scolapiatti. Tutto merito di zia Vita. "Vestiti bene, piccolina", mi dice. "La camicia bella, mi raccomando, per andare a scuola."

Trapani non è Pizzolungo, qui la gente c'è tutto l'anno. Le case non sono costruite per venirci solo l'estate, alcuni palazzi sono qui da secoli. Ci sono i cinema, i teatri, le biblioteche e i negozi più belli. Nelle vetrine sul corso ci sono già i manichini con i costumi.

Le edicole mostrano le prime pagine dei giornali per invogliare la gente a comprarli. Fuori dai bar gli uomini si fermano a parlare. In pochi giorni qui a Trapani vengo a sapere un sacco di cose su quello che è successo. Io sono una sopravvissuta, mi sono salvata solo per caso dalla morte.

Sento parlare spesso di quel signore, il giudice, così spesso che il suo nome non posso più dimenticarlo, si chiama Carlo Palermo. C'è chi dice che è colpa sua, che prima era in un'altra città e poi è venuto qui in Sicilia da noi. Prima stava a Trento, nel nord Italia, un posto tanto lontano che non so nemmeno se c'è il mare o la neve. È là che se ne doveva rimanere, dice qualcuno, che ci stava a fare qua giù. Altri invece dicono che è un eroe, ma lo dicono quasi urlando, come se avessero più bisogno degli altri di farsi sentire.

Io so solo che se lui fosse rimasto a Trento mia madre e i miei fratelli non sarebbero morti.

Sto guardando la sua foto su un quotidiano, davanti a un'edicola. Mi chino per vederla meglio perché c'è troppo sole. È una foto in bianco e nero. C'è lui nel letto di un ospedale, ha gli occhiali, lo sguardo triste, una mano sopra l'altra, come a farsi compagnia.

Ogni tanto mi ritrovo a pensare a lui. Chissà adesso come si sente. Se ha una famiglia, dei figli.

Sul giornale c'è scritto che hanno arrestato degli uomini per una storia di droga, c'è scritto del loro possibile coinvolgimento nella strage. La parola strage non mi sembra grande abbastanza per descrivere quanto è successo, ma è quella che fino ad ora mi sembra ci si avvicini meglio.

Qualche giorno fa mio padre e Carlo Palermo si sono incontrati. Sono venuta a saperlo da mia zia. Non so cosa si sono detti, so solo che da una cornice nel nostro salotto quel giorno è sparita una fotografia della mia famiglia.

Oggi, quando sono tornata a casa da scuola ho trovato mio padre che cucina. Sta lavando l'insalata, c'è una pentola sul fuoco, in una padella qualcosa che frigge. Si vede che non è il suo posto, quello, dietro i fornelli.

"Papà, ma zia Vita dov'è?"

"È tornata a casa sua."

"A casa sua? Ma è questa casa sua."

Mi manda in camera a cambiarmi e mi chiede di aiutarlo ad apparecchiare. Ci siamo solo noi due a pranzo. "È così e basta", mi dice lui, "e non ne parliamo più."

Zia Vita è tornata a casa sua, con la sorella Dorina e senza di me. Abitiamo in due palazzi costruiti da mio nonno e dai suoi fratelli, uno di fronte all'altro, ai lati opposti della stessa strada e ci vediamo dalla finestra. All'insaputa di mio padre vado a trovarla, di pomeriggio, appena lui è uscito per andare a lavoro. Attraverso la strada di corsa e salgo le scale del palazzo. La trovo seduta al tavolo della cucina insieme a zia Dorina.

"Perché sei andata via?"

La zia Vita ha le mani sulla tovaglia, ne piega un lembo nervosamente.

"Non ho deciso io di andare via, gioia mia."

Anche lei è molto triste. L'ho vista così solo quando mi ha detto dell'incidente, che la mia mamma era volata in cielo.

"Tuo padre non mi vuole più in casa."

"Ma perché", chiedo a voce alta.

"Non lo so Margherita, ha detto che non avete più bisogno di me." Zia Dorina, seduta accanto a lei non parla.

"Ma come? Ho bisogno di te, non c'è più la mamma e io non voglio rimanere da sola."

Ho già capito. Le cose succedono, gli uomini tornano a lavoro ma sono sempre loro che decidono.

"Diglielo tu zia Dorina che lei deve tornare, diglielo anche tu a mio padre che non può farmi questo."

Sono disperata. Un altro pezzo dentro di me si è rotto, anche se pensavo che non ci fosse più niente da rompere. Perché portarmi via anche lei, per quale ragione?

"Mi dispiace, gioia mia", dice zia Vita. "Tuo padre ha deciso così, non possiamo farci niente."

Scendo le scale arrabbiata, di corsa. Mia zia mi saluta dal terrazzo con il sorriso triste che ormai è diventato parte del nostro parlare.

Faccio i compiti con un'attenzione infinita. Controllo di nuovo gli esercizi di matematica, mi impunto su un'equazione finché riesco a risolverla. Poi leggo il diario e faccio anche quelli per dopodomani.

Quando torna mio padre il tavolo è già apparecchiato, anche se per la cena è ancora presto.

Parliamo a lungo. È molto determinato, dice che comprende le mie ragioni ma devo capire.

"Margherita, ce la facciamo da soli." Poi non dice altro.

Ceniamo in silenzio, ognuno con il suo dolore accanto

al piatto. È vero, è rimasto solo, ma anch'io sono rimasta sola, in più ho appena dieci anni.

Quella notte non ho fatto che pensarci. Per prendere una decisione del genere, mi dico, deve avere una buona ragione. Forse ha semplicemente bisogno di starsene per qualche giorno per i fatti suoi.

Ma i giorni passano, diventano settimane, e non arriva nessuna buona ragione a illuminarmi.

Adesso le zie posso vederle solo di nascosto. Ci mandiamo messaggi in codice dalla finestra. Poi quando mio padre dopo pranzo ritorna a lavoro esco di casa e vado. I loro occhi si riempiono di felicità ogni volta che apro quella porta.

"Vieni gioia mia, ti ho comprato le mutandine nuove, c'è il pigiama lavato e stirato per questa sera e poi ti ho comprato la nutella. Non farti vedere quando la mangi, mi raccomando."

Zia Vita vede e provvede anche da lontano e zia Dorina con lei. Ma vivere insieme era tutta un'altra cosa.

Intanto, da quando sono sola, sono diventata una donnina di casa. Stiro, lavo, preparo il pranzo e la cena per me e per mio padre. La casa è sempre pulita e sistemata perché, come diceva mia madre, quando si chiude la porta non si sa mai che cosa può succedere.

Mi tengo impegnata, ho molte cose a cui star dietro, se non ci penso io nessun altro le farà al mio posto. In questo modo riesco a non pensare troppo. Ma poi ci sono quei giorni come l'otto maggio. I miei compagni, dopo la scuola, sono corsi tutti a comprare il regalo per la festa della mamma. Io, invece, sono tornata a casa e non ho trovato nessuno.

Siamo sempre soli nella casa di Trapani, io e mio padre. Lo vedo quanto sta male. Quando viene a casa mia cugina Cristina lui deve cambiare stanza. Non riesce a guardarla, ha la stessa età di Giuseppe e Salvatore, giocavano sempre insieme. È solo una bambina eppure da quando sono morti i suoi cugini vuole per forza mettersi sempre una maglietta nera sotto i vestiti. Porta il lutto anche lei, nessuno ancora è riuscito a convincerla che può toglierla.

Ogni domenica andiamo via insieme, solo noi due. Prendiamo la macchina e facciamo dei giri lunghi per andare a vedere il mare. È passato più di un mese, ma non abbiamo mai parlato veramente dell'attentato, di quanto ci manchino mia madre e i miei fratelli. Non poter dividere con lui i miei sentimenti mi fa star male.

Vorrei che mi dicesse qualcosa, che mi prendesse la mano e cercasse di spiegarmi come si sente, come è possibile vivere con un dolore così grande nel cuore. Se si sforzasse, forse, riuscirei a capire anche perché ha mandato via zia Vita. Ma lui non sa comunicarmi le sue emozioni e io non riesco a fargli capire che ho bisogno di sentirlo più vicino.

Così una domenica, durante una delle nostre gite, mi decido, faccio io il primo passo anche se mi costa fatica.

"Papà, ma tu come stai?", dico seria.

Lui si prende un po' di tempo, tira un gran respiro, poi guarda verso il mare.

"Margherita, noi abbiamo una piaga dentro che non si rimarginerà mai più."

Non aggiunge altro. A volte è meglio il silenzio che una risposta che non lascia speranza.

Forse è per il gran caldo, o per spezzare questa grande solitudine che mio padre decide di tornare a Pizzolungo. Non faccio domande, la vita nomade di questo 1985 per me continua senza una direzione.

Mio padre vuole che frequenti di più i suoi parenti, le altre mie cugine. In questi ultimi giorni, poi, ha sempre molto da fare, mi sembra assente, non ha mai molto tempo per starmi dietro. Ma trova un modo niente male per dirmi che mi vuole bene.

È una sorpresa insperata. La trovo nel giardino di casa, che risplende sotto il sole. È un motorino della piaggio, un Sì, quello con la sella lunga per andarci in due, colore bordò. Mio padre sa che per strada lo guardavo incantata, ma non osavo neanche chiederlo, non ho ancora l'età giusta per guidare. Non a Trapani, mi dice lui, ma qui a Pizzolungo che non c'è traffico ci posso andare. Di me si fida, dice che sono una ragazza "posata".

Altro che bicicletta, con questo bolide vado a prendere Maria Elena e passiamo i pomeriggi su e giù dalle nostre case fino al mare. Mancano pochi giorni al mio compleanno, il 23 di giugno, e questo è il regalo più bello che mi potesse fare.

Quando un pomeriggio passa a trovarmi mia cugina Margherita glielo mostro orgogliosa.

"Ti va di fare un giro?"

La vedo che è tentata, anche se ha paura.

"Non preoccuparti che lo so guidare. Vado piano."

Si sistema dietro di me, le sue braccia mi stringono fortissimo sopra la pancia. Pedalo fino a far partire il motore e giro la manopola dell'acceleratore per prendere velocità, non troppa, quella giusta per una strada sterrata.

Non sto andando forte ma una buca mi fa perdere il controllo e la paura di mia cugina fa il resto. Si aggrappa a me ancora più forte e mi sbilancia, non riesco più a tenere ferme le mani sul manubrio. Cadiamo per terra in una nuvola di polvere.

Il mio pensiero non è per me, nemmeno per Margherita ma per il mio povero Sì. È sdraiato per terra, lo specchietto si è rotto, la marmitta è tutta ammaccata, in più ci sono i graffi sul serbatoio.

"Ora chi glielo dice a mio padre?"

Rientriamo a casa spingendo il motorino per quasi un chilometro, sotto il sole e con le mani e le ginocchia sbucciate. Mia cugina non dice una parola ma credo che non salirà più su un mezzo a due ruote per un po' di tempo.

Quando arrivo a casa prendo il nastro isolante e cerco di incollare lo specchietto in qualche modo. Ci riesco ma anche un cieco si accorgerebbe che è stato aggiustato. Non ho nessuna soluzione per i graffi e le ammaccature.

Parcheggio il motorino in un angolo, perché nessuno lo veda e aspetto che mio padre rientri da lavoro pensando a quando sarà il momento migliore per dirglielo.

Arriva fischiettando con un mezzo sorriso sul volto. Mi accorgo solo ora che l'aria di Pizzolungo gli sta facendo un gran bene. Ha ripreso un po' di colore. È anche ingrassato. Un po' più rilassato, forse a lavoro le cose gli vanno meglio, è riuscito a risolvere qualche problema.

"Come va Margherita, sei andata al mare con tua cugina oggi?"

Ho un attimo di incertezza, vorrei dirglielo subito ma mi sento troppo in colpa e perdo l'attimo giusto.

"Sì papà, tutto bene, non siamo andate al mare ma siamo state insieme tutto il pomeriggio."

Ci mettiamo a tavola, sua sorella ci ha portato dell'arrosto per cena, io ho preparato dei pomodori.

Accendo la televisione, il telegiornale è alla fine, ci sono ormai le notizie di spettacolo e di sport. Il giornalista racconta la grande attesa che c'è a Milano per il concerto di Bruce Springsteen nello stadio di San Siro.

È il momento giusto. "Sai, oggi pomeriggio è successo un guaio. Ero insieme a Margherita e volevamo andare al mare ma… ma siamo cadute per colpa di una buca…"

Mi sento male perché ora le cose stavano facendo finta di andare un po' bene. Con questa caduta ho rovinato tutto.

"Vi siete fatte male?"

"No, no. Solo delle sbucciature sulle mani, non è uscito neanche il sangue…"

"E tua cugina?"

"Anche lei solo dei graffi. Però il motorino nuovo è distrutto. Mi dispiace papà, non volevo, lo sai che sono prudente…"

Quando mio padre vede il motorino si fa una bella risata, è la prima risata del mondo.

"Distrutto?", dice. "Non preoccuparti, Margherita, è solo un graffietto. Lo portiamo dal meccanico e torna come nuovo."

Poi mi passa un braccio sulle spalle e mi stringe un po'.

"Però stiamo attente, eh?", dice. "Lo sai che ci tengo a te. Non voglio che ti fai male."

Non ci posso credere, non si è arrabbiato neanche un po'. Forse è intervenuta mia madre dal cielo.

La ragione per la quale zia Vita è dovuta tornare a casa sua e mio padre è meno triste si materializza a metà dell'estate del 1985.

I primi di agosto decide di farmi un'altra sorpresa.

"Prepara la valigia Margherita, che andiamo in vacanza."

Staremo via per qualche giorno, andremo a San Vito Lo Capo. Ha prenotato una camera in albergo. Apro l'armadio e tiro fuori i miei vestiti più belli, i miei costumi nuovi. Il tempo di chiudere la valigia e già si parte. Da Pizzolungo a San Vito Lo Capo ci vuole mezz'ora. Arriviamo all'ora di pranzo, lasciamo le nostre cose in camera e abbiamo tutto il pomeriggio davanti per andare al mare.

È agosto, fa molto caldo a quest'ora e la spiaggia è strapiena. Riusciamo a fatica a trovare uno spazio per il nostro ombrellone, ma sono felice. Stare in mezzo alla gente mi fa stare bene. Guardare i miei piedi che affondano nella sabbia, scappare di corsa quando l'onda arriva sulla battigia. Sono di nuovo bambina.

"Vieni Margherita. Andiamo a prendere un gelato."

Anche al bar c'è confusione. La confusione dei bambini in costume che strillano, di adolescenti che schiamazzano, di cameriere sudate che volano da un tavolo all'altro. Dopo qualche minuto di attesa una coppietta, finalmente si alza e ci lascia il posto. Un tavolo libero tutto per noi. Nel juke-box c'è la hit dell'estate, la canzone dei Righeira. È dappertutto, la sentirò almeno dieci volte al giorno.

Ogni volta che la ascolto mi viene addosso una tristezza infinita. La cameriera viene a svuotare il posacenere e a prendere l'ordinazione, proprio mentre arriva la strofa più dolorosa di tutte:

"Il solito rituale, ma ora manchi tu-u-u-u...". Ogni volta che sento quella u lunghissima penso a me, penso a mia madre e mi viene da piangere, è più forte di me.

"In questo posto fanno il caldo-freddo più buono di tutta

la costa", dice mio padre. E allora mi torna il buonumore, è il mio dolce preferito, mi ha portato qui per questo.

Anche mio padre sorride. Ma il suo sorriso va a finire molto oltre il nostro tavolo.

"Lo vorrei con nocciola e pistacchio", dico al cameriere già pensando di mischiare il pan di spagna con il gelato e la cioccolata calda. Mio padre si alza in piedi e aggiunge una sedia. Quando mi volto metto a fuoco una donna castana che si sta avvicinando proprio al nostro tavolo.

"Vieni Antonina, ben arrivata, siediti pure."

La signora si mette a sedere accanto a lui, di fronte a me. La guardo e cerco di capire dove l'ho già vista. Me la presenta come un'amica, lei mi guarda e mi sorride, senza dire molto. Quando arriva il mio gelato ordina un caffè, mio padre le fa compagnia.

Ci sono cose che si capiscono anche quando non si dicono. Mio padre ha verso di lei una gentilezza che non lascia spazio a equivoci. In un istante ho già capito cosa rappresenta per lui, il perché negli ultimi tempi è molto più rilassato. E mi ricordo anche dove ci siamo incontrate.

È la signora che ha il negozio di scarpe a Trapani, ci sono andata qualche volta con mia madre.

Mentre mangio quel gelato provo fastidio, ma inizio anche a pensare subito a come potrebbe cambiare la vita di mio padre con una nuova donna accanto.

Potrebbero esserci degli aspetti positivi, ho già visto come è migliorato il suo umore negli ultimi tempi.

Ora capisco anche i motivi dell'allontanamento di zia Vita. Lo ha fatto per proteggere la sua libertà di ricominciare a vivere.

Finisco il gelato guardo mio padre e questa donna insieme. Lei si rivolge a me con i suoi modi semplici e diretti. Parla un siciliano stretto e simpatico e il suo sorriso è sincero. Sa del mio dolore ma non mi chiede niente. Alla fine Antonina mi risulta simpatica, qui è diversa da come l'avevo conosciuta nel negozio di scarpe.

Forse insieme a lei la mia vita potrebbe essere più facile. E se venisse a stare da noi almeno non sarei più sola.

Usciamo dal bar e mi preparo per salutarla ma lei non va via.

Resta con noi e ci accompagna fino all'albergo. Ceniamo tutti insieme al ristorante e capisco che la vacanza "da sola con papà" è durata meno di un pomeriggio.

Ci salutiamo che è già ora di andare a dormire.

"Buonanotte Antonina."

"Buonanotte Margherita, ci vediamo domani."

Mentre saliamo da soli le scale mio padre non parla. Sono io a chiedere spiegazioni.

"Papà, come mai la signora Messina?"

Mi risponde tranquillo, come si fa con una sorella un po' troppo curiosa,

"L'ho conosciuta. E vorrei conoscerla meglio."

Antonina ha affittato un appartamento a San Vito Lo Capo con la figlia di una sua cugina che si chiama Rosaria. Passiamo le giornate seguenti sempre insieme, sotto lo stesso ombrellone, leggendo i giornali di pettegolezzi e chiacchierando. La sera ceniamo con loro, poi andiamo a passeggiare sul lungomare. Scherziamo come se ci conoscessimo da tempo, come se fosse tutto normale. La settimana vola via senza pensieri.

L'ultimo giorno a San Vito papà invita a cena zio Enzo con sua moglie Nicoletta. È l'ultima parte del suo piano:

far conoscere anche alla famiglia di mia madre la nuova arrivata. La cena è un disastro, la tensione è nell'aria. Non volano insulti ma non vedo l'ora che quella serata finisca per andarmene a casa. Si vede che mio zio sta facendo di tutto per trattenersi. Fa economia di parole, la sua indignazione è racchiusa in una sola frase: "È troppo presto, potevi aspettare". Portare una nuova donna a casa dopo appena tre mesi dalla morte di sua sorella è una mancanza di rispetto intollerabile.

La vacanza finisce così. Nel bene e nel male mio padre è più tranquillo, probabilmente si è liberato di un peso. A settembre, quando ricomincia la scuola, c'è un'altra novità. Mio padre resta a Pizzolungo io torno a Trapani, ma non nella mia casa. Vado a stare da Antonina. È così che inizia la convivenza con lei e sua madre.

Adesso la loro relazione è di pubblico dominio. A mio padre rimproverano la velocità con cui si è legato a un'altra donna. Ma è soprattutto Antonina che le malelingue non lasciano in pace.

Io che spesso passo i pomeriggi nel suo negozio di scarpe, quegli insulti li sento tutti.

"Buttana, sei solo una buttana."

Mentre sono in camerino a provare tutti i modelli della nuova collezione. Mi diverte camminare avanti e indietro davanti allo specchio con le scarpe coi tacchi.

"Lo sappiamo che ce l'avevi da prima..."

Sono soprattutto donne, si affacciano alla porta del negozio, raramente hanno il coraggio di entrare.

"Hai distrutto una famiglia..."

Io vorrei uscire e dire che lei non ha distrutto proprio niente. Che non è certo colpa sua se mia madre e i miei fratelli sono morti.

"Cattiveria umana, Antonina, non farci caso..."

A me in alcuni casi scappa da ridere, ma so quanto ci soffre. A volte esce dal negozio arrabbiata e risponde agli insulti. Posso anche capire che mio padre ha fatto troppo in fretta ma lei, poverina, che cosa c'entra?

I giorni vanno via veloci, io cerco di essere brava a scuola e passo i miei pomeriggi a studiare. Senza pretese, rispettando il mio dolore e le mie difficoltà, Antonina entra nella mia vita. A passi leggeri. Rompe il muro della mia solitudine senza che me ne accorga. Da quando c'è lei, per fortuna, è anche saltato il divieto di frequentare i parenti di mia madre. Posso vedere le mie zie senza farlo di nascosto, anche se quando sono da loro mio padre non fa mai i salti di gioia.

Arriva l'inverno, e con l'inverno il giorno più brutto di tutti. Il mio primo Natale senza l'albero. Il mio primo Natale senza mia madre e i miei fratelli. Ripenso agli anni precedenti, a quei cenoni tutti insieme con zia Vita e i parenti di mia madre. A mezzanotte i miei fratelli aspettavano l'arrivo di Babbo Natale.

Ho bisogno di uscire per distrarmi, ma mio padre non vuole, si resta in casa. Antonina si avvicina per consolarmi, ma non so cosa dirle. In momenti come questi penso che nessuno potrà mai entrare nel mio dolore. Anzi sì, c'è una persona sola.

A casa sono rimaste le foto dei miei fratelli e di mia madre ma i loro oggetti stanno scomparendo piano piano, di nascosto, quando io non ci sono. Dentro l'armadio non ci sono più i vestiti di mia madre. Li ho cercati e li ho trovati dentro una valigia.

C'è il tuo vestito con i fiori azzurri, quello con le maniche corte un po' scollato. Ti ricordi? Mi avevi promesso che lo avresti lasciato a me quando diventavo grande. Nella stanza dei miei fratelli ho visto che tutto è stato riposto con cura dentro a delle scatole. I loro giochi sono finiti dentro a un baule. Sono felice di averli ritrovati. Mi aiutano a ricordare momenti che pensavo fossero scomparsi. Non è passato molto tempo da quando sono morti eppure le loro immagini stanno scomparendo dalla mia memoria e io non voglio.

Cerco negli album fotografici. Le foto del matrimonio, quelle della mia comunione, il giorno che sono nati i miei fratelli, il mio primo giorno di scuola.

Guarda mamma, qui ci sei tu il giorno del matrimonio, sei bellissima, da grande vorrò essere come te e fare la maestra. Qui c'è Giuseppe con la faccia tutta sporca di cioccolata il giorno del loro compleanno e c'è Salvatore che lo guarda triste. Chissà che cosa hanno combinato. Questo è carnevale, Salvatore è vestito da pirata e Giuseppe da Zorro. Ti sei arrabbiata quel pomeriggio perché hanno lanciato coriandoli per tutta la casa. In questa foto ci sei tu, da sola, e guardi il mare.

Ora mamma io prendo tutte queste cose e le metto insieme. Voglio conservare tutto dentro di me e allora decido di farmi un regalo di Natale. Una collana finta che non vede nessuno e ci lego insieme tutto quello che mi ricordo di te. Dieci perle, una con i tuoi vestiti che ancora portano il tuo odore e che ritroverò ogni volta che ci penso, la foto con te che guardi il mare, come sei bella vestita da sposa, il tuo sorriso il giorno del mio ultimo compleanno, tu che abbracci i gemelli il giorno che sono nati, seduta sul cofano della macchina nuova pensando che nessuno ti vedesse invece papà ti faceva la foto, il tuo rossetto che non è troppo rosso perché non sta bene, a tavola con le zie il giorno di Natale quando Salvatore e Giuseppe si sono mangiati tutta l'uvetta del panettone e poi... non la trovo, ma ci metto la foto di noi due insieme il giorno che sono nata. L'ultima perla della collana, mamma, sono le tue mani.

Adesso possono nascondere tutto, portare via le tue cose, quelle di Salvatore e Giuseppe perché voi ora siete attaccati a me, per sempre.

In un attimo è primavera. È già passato un anno esatto dalla strage. La mattina del 2 aprile 1986 torniamo sul luogo della strage dove era stata collocata l'autobomba. Qualcuno ha provato a nascondere la nuvola di sangue con la calce viva ma non ci sono riusciti.

Siamo qui a ricordare mia madre e i miei fratelli e per inaugurare una statua in loro ricordo. L'ha voluta mia padre. È molto bella. Mia madre ha un'espressione seria, gli occhi grandi che aveva lei, i capelli corti e gonfi che neanche il vento riusciva a scompigliare. Salvatore guarda da un'altra parte, come se già pensasse alla nuova cosa da fare, alla nuova destinazione della sua corsa, quando la mamma lo lascerà andare. Giuseppe ride, come se avesse combinato un guaio, e chi lo guarda già se n'è accorto. L'abbraccio di mia madre è però ancora lì che li protegge, Questi sono i miei bambini, dicono le sue mani. State lontani da qui, però ricordate.

Sotto il busto c'è incisa questa frase.

"Rassegnati alla morte ma non all'ingiustizia
le vittime della strage del 2 aprile 1985
attendono il riscatto dei siciliani
dal servaggio della mafia."

Rileggo più volte questa frase ma non capisco fino in fondo il significato di queste parole. Non ho ancora capito perché la mafia ha ucciso mia madre e i miei fratelli. Cosa c'entravano loro? È vero, volevano uccidere quel giudice, ma non potevano aspettare di trovarlo da solo?

Forse, se parlassi con quel signore, Carlo Palermo, lui potrebbe spiegarmi perché sono morti. Ma non è questo il momento, forse un giorno ci incontreremo.

Pochi giorni dopo la commemorazione siamo tutti riuniti nella chiesa di Pizzolungo per un'altra cerimonia. È il 24 aprile e per me è una giornata felice, un giorno di festa. Mio padre e Antonina si sono sposati.

Ora abitiamo tutti insieme. Nessuno di noi vuole cancellare il passato e così ricominciamo a vivere.

Pochi mesi dopo, appena finisce l'estate, Antonina mi dà la grande notizia.

Io so che nessuno mi restituirà mai ciò che mi è stato portato via ma sapere che dentro quella pancia c'è una vita che cresce mi emoziona. Ci appoggio sopra delicatamente la mano, ciao fratellino, non vedo l'ora. La guardo negli occhi e le sorrido mentre lei si asciuga le lacrime con il polsino della camicia.

In casa nostra, dopo tanto dolore, ritorna la vita.

Carlo Palermo ha scelto Trapani. Ha preso la decisione che avrebbe cambiato la sua vita in appena tre ore. In un telex del ministero di Grazia e Giustizia appoggiato sulla scrivania del suo ufficio c'era l'elenco di tutte le sedi vacanti sparse per l'Italia, incarichi da ricoprire con urgenza. I termini per le domande di trasferimento si sarebbero chiusi da lì a breve. A Trapani c'era un posto di sostituto procuratore delle Repubblica. Non un posto qualsiasi, il posto ricoperto da Giangiacomo Ciaccio Montalto fino al suo omicidio.

Ne parla con i suoi genitori, Palermo, in una visita a Roma. Suo padre ha appena finito di complimentarsi con lui, quell'ordinanza di rinvio a giudizio buttata giù a tempo di record è stata una prova difficile da superare. Ha sperato che con la chiusura di questa indagine nella vita di suo figlio potesse tornare un po' di serenità, nonostante gli strascichi processuali che, lo sa bene, si trascineranno ancora a lungo. Ma adesso, venuto a conoscenza della domanda di trasferimento e soprattutto della sede prescelta, il volto di Antonio Palermo è ritornato cupo. Teme per l'incolumità del figlio, ma sa che questo non potrà dirglielo. È stato questo il patto non scritto tra di loro negli ultimi anni. Il figlio ha sorvolato sulle minacce ricevute. Il padre ha nascosto, a volte anche a sé stesso, le paure per la sua vita.

È andata così anche questa volta, nessuno dei due ha insistito più di tanto nel voler convincere l'altro. La decisione era già presa, non ci sarebbe stato modo di ritornare indietro. E del resto ad averlo messo sulla strada per Trapani era stata proprio l'inchiesta di Trento, fin dai suoi primissimi sviluppi. Al suo primo indagato, Karl Kofler, era stata sequestrata una cartolina arrivata da un noto mafioso locale, Leonardo Crimi, un fedelissimo del clan Minore, i reggenti del mandamento di Trapani. E secondo le dichiarazioni di Gennaro Totta, un imputato palermitano, sempre da quelle parti doveva essere nascosta una raffineria ancora operativa che trasformava l'eroina di tutt'Italia. In appena tre ore tutte quelle coincidenze si sono trasformate in un segnale del destino. È da questi collegamenti che Palermo vuole ripartire. Un'attrazione emotiva, ma allo stesso tempo operativa.

Carlo Palermo arriva a Trapani, una città mai vista prima e in cui non conosce nessuno. Vi arriva una prima volta all'inizio del 1985, per conoscere i nuovi colleghi e organizzare nei dettagli il trasloco. Resta in città una sola notte, gira per le vie deserte del centro e viene colto da un senso di sconforto. Una realtà completamente diversa da quella di tutte le città conosciute finora. Strade sporche, sacchetti dell'immondizia aperti per terra con i cani e i gatti a darsi battaglia per un po' di cibo. "Qui passano ancora con i carrettini", gli spiegano i colleghi, per giustificare l'usanza di gettare la spazzatura dalla finestra. Ma è soprattutto l'aria a essere diversa, sguardi sospettosi che scrutano da dietro gli usci, non si capisce se incuriositi o per spiare. E sui volti dei pochi passanti sguardi spenti, tristi. Una disabitudine, forse, quella del giudice, a toccare da vicino miseria, povertà, rassegnazione, scavata dai troppi anni a guardare il mondo da dietro i vetri di un'auto blindata.

La nuova sistemazione di Palermo è un alloggio presso l'aeroporto militare di Birgi, a pochi chilometri da Trapani, all'interno di una base Nato. Un posto sicuro segnalato da un collega e amico che lavora a Caltanissetta. È Claudio Lo Curto, anche lui giudice sotto scorta e titolare delle inchieste che riguardano i magistrati di Trapani. Per questo motivo conosce bene la realtà nella quale Palermo avrebbe dovuto operare. È lui il primo a spiegargli, a grandi linee, com'è fatta la mafia a Trapani.

Il 19 febbraio il trasferimento è definitivo. Il giudice prende possesso di una stanzetta all'interno di una caserma. C'è poco spazio, per questo ha lasciato i suoi libri e gli oggetti più cari a Trento. È stato costretto a separarsi anche dai suoi due cani, un pastore tedesco e un cucciolo di schnauzer gigante, in attesa di una soluzione che gli permetta di portarseli giù per alleviare la solitudine. È stata così diversa la sua vita negli ultimi tempi, senza sua moglie e le sue figlie. Ma la prospettiva di ripartire con rinnovato entusiasmo nelle sue indagini tiene a freno la malinconia.

La prima sera in caserma cena con gli uomini della polizia giudiziaria per avere un quadro completo della situazione e delle indagini in corso. Ma il confronto è del tutto deludente, nessun riferimento alla mafia, e di droga si parla solo per dire che per fortuna in città non è ancora un fenomeno diffuso.

"Tutto tranquillo a Trapani."

Eppure, in meno di due anni, avevano ucciso un magistrato e arrestato un collega per corruzione.

"E di banche ce ne sono in questa città?"

"Sì, queste sì. Ci sono molti sportelli."

"Ma per quali operazioni, viste le condizioni sociali di questa zona?"

Nessuno risponde alla domanda di Palermo ma lui sa già da dove far ripartire le sue indagini.

La mattina seguente il giudice entra nel palazzo di giustizia. Gli presentano i suoi nuovi colleghi che lo accolgono con grande entusiasmo. La sensazione diffusa è che l'arrivo di quel giudice, che si era distinto per le sue intuizioni investigative e per il coraggio, e che con tanta determinazione aveva scelto una procura di frontiera, possa infondere un'ondata di energia nello sviluppo delle indagini. Gli viene assegnata la stanza che era stata di Ciaccio Montalto fino alla sua morte, e di Antonio Costa fino al suo arresto. Il primo incarico che gli affidano è un caso di omicidio volontario, ma l'attenzione di Palermo è subito conquistata da un armadio impolverato nell'angolo. Lì dentro, i fascicoli ereditati dai colleghi. In quei fascicoli le loro indagini, che si erano intrecciate drammaticamente con le loro vicende umane, così diverse tra loro.

La sola speranza è che chi ne prenderà il posto sappia lavorare con altrettanta fermezza, è la frase con la quale Carlo Palermo aveva commentato la notizia dell'omicidio di Giangiacomo Ciaccio Montalto. Si erano incontrati poche settimane prima dell'omicidio, per scambiarsi le informazioni in loro possesso e approfondire ulteriori piste. L'uccisione del collega gli si insinuerà dentro come un tarlo, di certo non avrebbe immaginato che due anni dopo avrebbe preso proprio lui il suo posto.

Ciaccio Montalto si era messo in testa che nei territori della provincia esistessero laboratori clandestini allestiti per la produzione dell'eroina intorno ai quali ruotavano macroscopici flussi di denaro sporco successivamente riciclati. Ne era così convinto che i colleghi, per prenderlo in giro, una volta si sono inventati una maxi operazione antidroga. "Ciaccio, hai visto, ce l'abbiamo fatta: abbiamo scoperto una raffineria di droga ad Alcamo!"

Era convinto che per colpire la mafia bisognasse seguirne gli affari. Per questo aveva ordinato accertamenti bancari in tutte le sedi degli istituti di credito della Sicilia occidentale, con particolare riferimento alle rimesse di valuta estera. Il sostituto procuratore aveva anche colpito gli interessi delle cosche applicando senza attendismi una nuova legge appena approvata che aveva istituito il reato di associazione mafiosa e reso possibile la confisca dei beni dei boss. È la legge che porta il nome di chi l'aveva proposta ma non era riuscito neanche a vederla approvata, Pio La Torre, il segretario regionale del Partito Comunista assassinato dalla mafia il 30 aprile 1982. Con la stessa determinazione si era mosso anche un suo collega, Alberto Giacomelli, presidente della sezione del tribunale di Trapani. Un giudice moderato e tranquillo che nel 1985 aveva autorizzato il sequestro di una casa a Mazara del Vallo intestata a un certo Gaetano Riina, il fratello del più conosciuto Totò. Un gesto di coraggio che la mafia non dimenticherà.

Ciaccio Montalto aveva anche capito che stava succedendo qualcosa di molto importante dentro Cosa nostra: gli interessi erano sempre più grandi, il sistema criminale sempre più organizzato e radicato. Era sicuro che la mafia investisse gli ingenti capitali proveniente dal traffico di droga in attività legali fuori dalla Sicilia. Per questo motivo, con un percorso inverso a quello di Carlo Palermo, aveva chiesto il trasferimento a Firenze per approfondire le sue intuizioni investigative. Una trama in cui si era imbattuto nel 1981, occupandosi di un duplice omicidio di mafia avvenuto a Gambassi Terme, in Toscana. A cadere erano stati l'alcamese Giuseppe Milazzo e Salvatore Mancino, originario di Castellammare del Golfo. Storie di mafia trapanese in terre lontane e insospettabili.

Tutto questo mentre l'ascesa della componente più violenta della mafia si faceva più vicina, e mentre era sempre più concreto il sospetto che la mafia si fosse infiltrata anche all'interno del palazzo di giustizia.

Il 25 gennaio del 1983 Ciaccio Montalto trascorre una serata tranquilla a casa di amici, tra chiacchiere e buona musica, prima di tornare a lavoro. Poco dopo mezzanotte, prima di salutarlo, la padrona di casa gli prepara un thermos di caffè da portare via. Lo avrebbe tenuto sveglio in quella parte di notte da dedicare all'ultimo processo. Quarantacinque minuti dopo la mezzanotte i due avvocati e amici, Nino Giliberto e Giovanni Cola, lo salutano in strada e lo vedono avviarsi verso la sua villetta di Valderice. Vive da solo, la moglie Marisa e le sue tre bambine sono rimaste a Trapani. Le minacce negli ultimi tempi sono diventate quotidiane e per proteggere la sua famiglia ha deciso di allontanarsi da casa. Con la sua golf bianca si inerpica lungo la provinciale piena di curve fino ad arrivare in una stradina stretta, è via Carollo. Al civico numero 2 lo aspetta una pioggia di proiettili, più di venti sparati da tre pistole diverse. Due sono mortali, uno alla testa e uno al torace. Il magistrato è agonizzante ma nessuno ha sentito niente, viene lasciato in macchina a spirare. Il sole è già sorto quando un contadino lo trova, riverso in macchina in un bagno di sangue. Tra le sue gambe c'è il thermos con il caffè, sul sedile le carte per preparare la requisitoria del giorno dopo.

Una morte annunciata quella del giudice. Erano anni che riceveva minacce. Ne aveva già parlato, addirittura nel 1975, con lo scrittore Vincenzo Consolo che aveva trascorso un paio di mesi a Trapani come inviato del giornale *L'Ora*. "Una sera andai e mi accolse con la moglie, una donna che negli occhi aveva tutte le preoccupazioni per il marito. Mi rivelò che aveva ricevuto delle minacce. Non scriva nulla, lo faccia solo se dovesse succedermi qualcosa, disse." Otto anni dopo quella confessione suona come un'amara profezia. Il giorno seguente Consolo affiderà il suo rammarico alle pagine de la *Stampa* e del *Messaggero*: "Rimpiango di non avere disubbidito al suo volere e di non avere scritto subito quella intervista". Dopo la sua morte scrivono di lui che era un giudice "dal candido coraggio". Dello stesso coraggio ha bisogno adesso la sua famiglia, dal momento che le minacce contro di loro continuano anche dopo l'assassinio e che Giangiacomo non può più proteggerle. È così che sua moglie Marisa, quarant'anni, professoressa, e le loro tre figlie Marene, Elena e Silvia, la più grande di dodici anni, la più piccola di appena quattro, decidono di andare via da Trapani per sempre.

Al termine di quella prima giornata di lavoro Carlo Palermo riceve un invito dal comandante dell'aeroporto in cui alloggia per una festa di carnevale che si tiene la sera stessa. Palermo vorrebbe declinare l'invito. È da troppo tempo che non partecipa a una festa, e nei piccoli centri si rischia sempre, senza volerlo, di ritrovarsi a stretto contatto con personaggi con cui è meglio non avere a che fare. Ma è a Trapani da soli due giorni, non ha una scusa credibile da raccontare, e non vuole sembrare scortese. E poi la festa è organizzata dal circolo ufficiali dell'Aeronautica e lui come tenente in congedo, gli fanno notare dimostrando di conoscerlo bene, non può proprio rifiutare.

Alla festa c'è tutta la Trapani bene. Palermo parla con un po' di gente, si intrattiene con il direttore della filiale locale della Banca d'Italia. È un colloquio cordiale, il primo impiego di Palermo dopo la laurea è stato proprio alla Banca d'Italia, gli argomenti di conversazione non mancano. Ma il direttore è preoccupato, e non riesce a nasconderlo. "Stia attento", gli ripete più volte, con voce tremante. Un avvertimento indecifrabile.

A quella stessa festa gli presentano una ragazza. È giovane e carina, la figlia di un politico locale gli dicono. Palermo ci parla, ci balla, si ritrova insieme a lei a fare il gioco della mela.

La mattina dopo, raccontando la serata ai colleghi Barresi e Petralia fa una scoperta: la ragazza con la quale ha ballato è la fidanzata del figlio di Leonardo Crimi, quello della cartolina.

Qualche giorno dopo viene convocato con urgenza dal procuratore generale di Caltanissetta che ha ricevuto una lettera anonima. L'oggetto è proprio quella festa del circolo ufficiali.

"Il giudice Palermo, appena arrivato, si è dato ad impegni mondani." Nella lettera è descritta con dovizia di particolari anche il suo abbigliamento elegante, chi l'ha scritta era tra gli invitati alla festa. È questo il messaggio di benvenuto, ti teniamo d'occhio, sappiamo cosa fai e chi frequenti.

Tra tutte quelle che riposano nel suo ufficio, Palermo si concentra in particolare su due pratiche. Il primo fascicolo contiene un vecchio rapporto della guardia di finanza su una vicenda di false fatturazioni eseguite a Trapani negli anni precedenti. Una pista che secondo gli inquirenti porta a un gruppo di importanti imprenditori catanesi. Sono i cosiddetti cavalieri del lavoro, su di loro aveva acceso i riflettori il giornalista Pippo Fava con la sua rivista *I siciliani* e si era concentrato sulle loro attività anche il generale Carlo Alberto Dalla Chiesa. A loro, nell'ordinanza di rinvio a giudizio dell'inchiesta di Trento, Palermo aveva già dedicato decine di pagine. Una pista che si riapre.

La seconda pratica ferma da tempo in quell'armadio nasce da una serie di intercettazioni telefoniche. Le aveva disposte Ciaccio Montalto nei confronti di un ex impiegato del comune di Trapani, passato in seguito ad attività imprenditoriali e diventato armatore. In quelle intercettazioni si fanno i nomi di politici regionali e nazionali. Conversazioni scottanti che avrebbero creato un terremoto fuori e dentro il palazzo di giustizia.

Nelle registrazioni rimaste nel cassetto si faceva anche riferimento a un processo da aggiustare a carico del clan Minore, che all'epoca dominava il territorio trapanese.

Secondo Claudio Lo Curto, titolare anche dell'inchiesta sull'omicidio di Ciaccio Montalto, il giudice che si era lasciato corrompere era Antonio Costa.

Costa venne arrestato nell'agosto del 1984. In casa sua gli inquirenti trovarono decine di milioni in contanti e delle pistole. Lo Curto lasciò le indagini dopo aver raccolto in carcere dallo stesso Costa quelle da lui ritenute importanti dichiarazioni. Per questo diventò testimone nello stesso processo. A questo punto Costa fece richiesta di spostamento per legittima suspicione e questa fu accolta dalla prima sezione della corte di cassazione presieduta da Corrado Carnevale. Il processo venne spostato a Messina e si celebrò molti anni dopo. Ma Costa non fu condannato per corruzione.

Intanto gli inquirenti continuano a cercare di dare un volto agli assassini del magistrato dal candido coraggio. Sono tutti convinti che la decisione di ucciderlo sia stata presa dentro il clan Minore. Negli ultimi anni le indagini finiscono tutte lì. È stato proprio Giangiacomo Ciaccio Montalto a capire quali erano gli interessi illeciti di quella famiglia, ai cui vertici c'erano i due fratelli Calogero e Totò Minore, e il loro reale controllo su tutto il territorio trapanese. Estorsioni, appalti, ma anche traffici di droga e armi. Per questo motivo è all'interno della famiglia Minore che si cercano inizialmente i mandanti dell'omicidio di Ciaccio Montalto. I due sono però latitanti da tempo e di loro non c'è nessuna traccia. Ma la realtà è un'altra e la racconteranno successivamente i pentiti. Nel novembre del 1982, poco più di un mese prima dell'omicidio del sostituto procuratore, c'è stato un cambio ai vertici nella mafia trapanese. Il capo, Totò Minore, è stato fatto sparire nel corso di una cena famosa, nel palermitano, a Partanna

Mondello, a casa di don Saro Riccobono. È uno dei punti di passaggio nel cambiamento degli equilibri interni a Cosa nostra. A distanza di pochi giorni da quella cena il nuovo capo mafia di Mazara del Vallo, Mariano Agate, sta passeggiando nel corridoio del carcere nel quale è detenuto. Si volta verso Giuseppe Ferro, un mafioso di Alcamo e gli comunica che "Ciaccinu arrivau a stazione". L'arrivo al capolinea per il sostituto procuratore, la sua sentenza di morte definitiva.

La scena racconta che dentro Cosa nostra gli equilibri sono cambiati. I corleonesi sono usciti vittoriosi dalla guerra di mafia, sul campo si contano centinaia di morti ma solo da una parte. In pochi anni hanno ridisegnato la geografia criminale dell'isola sostituendo i propri uomini ai vecchi boss. Anche nel territorio trapanese ci sono nomi nuovi. Il posto di capomandamento, a Trapani, è stato assegnato a Vincenzo Virga, un loro fedelissimo. E cambiano i vertici anche negli altri tre mandamenti in cui è divisa la provincia, Vincenzo Milazzo al vertice di Alcamo, Francesco Messina Denaro a Castelvetrano e Mariano Agate a Mazara del Vallo. Con l'arrivo dei corleonesi cambia il piano d'azione: la strategia è molto più aggressiva e violenta. Il giudice Ciaccio Montalto è uno dei primi a finire nel mirino. Sei mesi dopo toccherà a Rocco Chinnici, capo dell'ufficio istruzione di Palermo, l'uomo che aveva creato il pool antimafia. Sono le 8.30 del 29 luglio 1983 e via Pipitone Federico, nel centro di Palermo, diventa Beirut. Una 126 imbottita di tritolo inaugura la stagione delle stragi firmate da Cosa nostra e colpisce con una violenza mai vista. Ci sono morti e sangue dappertutto. Chinnici era appena uscito dal condominio per andare in ufficio. Accanto al suo cadavere ci sono quelli del maresciallo dei carabinieri Mario Trapassi, l'appuntato Salvatore Bartolotta e il portiere dello stabile Stefano Li Sacchi.

Un magistrato assassinato, un giudice accusato di corruzione e una nuova mafia che ha cambiato regole, uomini e strategia. È questo "il sistema" che circonda Carlo Palermo quando entra nel nuovo palazzo di Giustizia. Ma nonostante il coraggio nell'aver scelto volontariamente di affrontare tutto questo, le critiche contro di lui non si placano. Lo attacca frontalmente *Il Giornale* di Montanelli, con tre articoli pubblicati in successione sempre in prima pagina. Nel primo ci si indigna per le alfette blindate che avrebbero scortato il giudice e i suoi cani nel trasloco a Trapani, riportando inesistenti interrogazioni parlamentari. Nel secondo si utilizzano i frammenti più insignificanti delle intercettazioni telefoniche disposte dal giudice per ridicolizzare le sue inchieste di Trento. Nel terzo, si fa il conto complessivo degli anni di carcere preventivo subito dagli imputati successivamente assolti. Palermo si difende. Hanno conteggiato tra le "vittime innocenti" gli imputati che nei diversi gradi di giudizio avevano ricevuto dei semplici sconti di pena, e soprattutto *dimenticando che il giudice istruttore raccoglie solo le prove, rinvia o meno a giudizio, perché siano altri a giudicare.*

Il giudice è a Trapani da soli dieci giorni. Per la prima volta nella sua vita riveste un nuovo incarico, quello di pubblico ministero. Si occupa del lavoro ordinario e cerca di sbrigare gli arretrati. Intanto analizza a fondo le intercettazioni con i colleghi Petralia e Barresi. Si fida solo di loro, Palermo, di Totto e Dino, della loro gioventù e del loro entusiasmo. Sono i due colleghi a segnalargli i collegamenti e l'importanza di quei nomi, a lui per la maggior parte sconosciuti. Trascorrono così quei primi giorni, il lavoro alla scrivania, un panino al bar, il ritorno tra le sirene nella sede Nato in cui alloggia, la cena da solo. E lunghe notti a pensare.

Il clima intorno a lui si è già raffreddato. I trapanesi non vivono bene la presenza di quel giudice pericoloso, sotto scorta. Hanno paura. Danno fastidio le sirene spiegate che corrono lungo la provinciale, per le vie di una città che chiede di essere lasciata in pace. Palermo sente che, insieme a una gentilezza di facciata, spesso si palesa una sorta di fastidio nei suoi confronti. Anche per organizzare la scorta ci sono problemi. A Trento se ne occupava un nucleo speciale della guardia di finanza. Lavorando gomito a gomito sempre con gli stessi uomini si era instaurata una conoscenza e una fiducia reciproca, e il servizio si era svolto sempre nel migliore dei modi. A Trapani, invece, nessuno tra polizia, carabinieri e guardia di finanza può occuparsi in maniera esclusiva della protezione del giudice, le risorse sono scarse, i mezzi carenti. Viene decisa una rotazione tra i vari organi di polizia, con turni di 15 giorni. Questo significa macchine sempre diverse, e uomini di scorta mai visti prima, tanto che a volte Palermo è costretto a chiedere i documenti di riconoscimento agli uomini che lo vanno a prendere.

La notte del 4 marzo, appena quindici giorni dopo il suo trasferimento, alla caserma della guardia di finanza arriva una prima telefonata anonima. "Faremo saltare il Giudice Palermo e tutta la sua scorta." La minaccia è da prendere sul serio, chi ha parlato con il centralinista ha dimostrato di conoscere particolari riservati di alcune operazioni in corso. Così al palazzo di giustizia i controlli diventano più severi. Per poter entrare adesso bisogna esibire i documenti e gli avvocati sono i primi a lamentarsi per la perdita di tempo.

Palermo rinuncia anche alla sua pistola. Ne aveva presa una per difesa personale dopo le prime minacce ricevute a Trento. Ma era uno dei motivi per cui gli avvocati si lamentavano, a loro avviso un chiaro segno di intimidazione, ed era uno dei particolari su cui certi giornali ricamavano nel presentarlo come un giudice sceriffo. Per questo decide di lasciarla a casa nel comodino. È preoccupato anche se mostra sempre la sua solita sicurezza. Soprattutto con i genitori, che al telefono si sforza sempre di rassicurare. Comincia a percepire una strana atmosfera. Non semplice intimidazione, ma qualcosa di diverso. L'impressione di occhi che osservano, orecchie che ascoltano, presenze che percepisce ma non vede.

Ho cominciato a pregare più spesso. Per me, per i miei, per le mie figlie. Le sento lontane. Non so dove e quando le potrò rivedere. Ero stato un egoista nella mia scelta. Incomincio a sentire un peso dentro di me che non ho mai provato, nemmeno nei miei momenti più difficili. Negli scontri, negli attriti, nelle minacce di Trento.

Per la prima volta incomincio a ripensare a tutta la mia vita, a quando ero ragazzino: in sogno mi capita di rivivere la felicità che provavo quando giocavo a pallone. Ripenso a tante cose. Al mio matrimonio. A quello che non ho dato alle mie figlie. All'allegria che non sono stato in grado di ricevere da loro. Penso e ripenso ai miei che sono a Roma e si preoccupano per me.

In questo nuovo peso che sento dentro di me, in questo senso quasi di stupore di un mio ritorno al passato, alla mia vita, incomincio a pensare che questa vita, la mia vita, forse, può finire qui, domani, oggi, ora.

Palermo prosegue nel suo nuovo filone di indagine sui cavalieri del lavoro. Con i colleghi Petralia e Barresi firma cinque ordini di cattura e trenta comunicazioni giudiziarie. Analizzando meglio le intercettazioni disposte da Ciaccio Montalto, e rimaste per mesi nell'armadio, vede emergere continui collegamenti. A Palermo, per un attimo, sembra di veder nascere una nuova inchiesta dagli sviluppi imprevedibili, un po' come era successo a Trento. Lì era partito dagli stupefacenti, qui dagli intrighi finanziari di quella che viene definita la "Trapani della corruzione". Ma lì l'atteggiamento, almeno in origine, era stato di collaborazione, qui invece è come se le indagini partissero con il freno a mano. Palermo pensa che l'atteggiamento del procuratore capo sia eccessivamente prudente, che impieghi troppo tempo per valutare i provvedimenti. E questo in un momento in cui di tempo, lui, sente di non averne troppo. Le minacce si fanno ancora più concrete. Arriva un'altra telefonata anonima, è il 18 marzo, questa volta nella sede dell'aeroporto di Birgi dove alloggia. A rispondere è il centralinista di turno, un militare della base Nato. "Dite al giudice che il regalo sta per essergli recapitato."

Carlo Palermo è arrivato da meno di un mese, sta ancora studiando le carte. Ci sono una serie di tasselli che sta provando a incastrare, personaggi che ritornano, la convinzione che certe manifestazioni della criminalità non sono separate, altri elementi di novità che andranno soppesati, presenze impersonali che si manifestano attraverso alcuni segnali. Non riesce a concentrarsi sui processi in corso come vorrebbe, con i pensieri corre lontano.

Una mattina un giornalista chiede di incontrarlo e lui lo riceve. Si erano già conosciuti a Trento quando Palermo era nel pieno delle operazioni legate al traffico di armi e droga. Ora è tornato per sapere se ci sono novità, nuove indagini. Ma stavolta il giudice istruttore non ha voglia di parlare di inchieste e accenna alle minacce che ha ricevuto negli ultimi giorni. Il giornalista capisce e non fa più domande. Il giudice gli chiede di ascoltare ma di non pubblicare niente del suo racconto. È un uomo in ansia Palermo, e parla con il giornalista come per rimettere ordine tra i suoi stessi pensieri.

Alloggio nella base militare in cui per entrare ci sono controlli insormontabili per gli estranei. Lì sono sicuro al cento per cento. Il percorso: ho quattro strade di accesso per arrivare a Trapani, tutte veloci. Le cambio tutti i giorni. Sono io a stabilirle. Mi fido totalmente della scorta perché vedo il loro terrore. Dentro Trapani cambiano percorso continuamente all'arrivo e al ritorno. Contro certe direttive delle autorità, su iniziativa mia e della scorta andiamo anche contro senso ed usiamo le sirene per non combinare incidenti. Che comunque non appaiono probabili perché girano poche macchine. Se viene mostrato fastidio da parte della gente ormai non me ne importa più niente.

Può dirsi relativamente al sicuro. Ovunque, tranne che nel suo ufficio.

Tutte le pareti sono a vetri, io sono l'unico a rimanere in ufficio fino a tardi. Le nove, le dieci di sera. Non ho altro da fare. I vetri non sono blindati. L'ufficio si affaccia sulla strada, basta che qualcuno salga nel palazzo di fronte e non avrebbe difficoltà a colpirmi mentre mi trovo alla scrivania. Ma anche questo mi pare poco probabile perché entrare in quell'ufficio e uscirne senza essere notati, dopo il fatto, con la scorta fuori dalla porta e sotto il palazzo di giustizia mi sembra rischioso per qualsiasi organizzazione criminosa.

Avrebbe dovuto essere un'intervista sugli sviluppi della sua inchiesta, si è trasformato in uno sfogo su di un possibile attentato. Il giornalista, Gigi Moncalvo, va via facendogli i suoi migliori auguri. *So quello che mi attende*, risponde il giudice.

Quella sera stessa, una notizia lo raggiunge a fine cena. Il comandante dell'aeroporto gli si avvicina, Palermo pensa sia per ulteriori dettagli sulla telefonata anonima arrivata alla base, ma la ragione è un'altra. "Mi scusi signor giudice ma deve lasciare la camera." Gli chiedono di sloggiare, la settimana seguente arriva l'onorevole Spadolini e hanno bisogno della sua stanza. "Ma l'onorevole Spadolini, in questa enorme base Nato ha proprio bisogno della mia camera?", prova a insistere Palermo. Non ha un altro posto dove andare, soprattutto in questo momento, e può accontentarsi di un'altra sistemazione, anche in una camera di militari. Ma il comandante non sente ragioni: "Le ho detto che deve lasciare la camera".

"Ma quando va via Spadolini posso rientrare?", un ultimo timido tentativo, a cui Palermo riceve come risposta un no definitivo e senza spiegazioni.

Sale in camera con il peso della rabbia sullo stomaco. Cerca di seguire il telegiornale della notte ma non ci riesce, anche lì si parla delle sue inchieste. Un turbinio di immagini e di pensieri nella testa che si ricompongono senza un senso. È solo, a centinaia di chilometri dalla sua casa, in una terra che non gli appartiene e che non lo vuole. Non telefona a casa sua, questa sera, stavolta non riuscirebbe a dissimulare. C'è qualcuno, e ormai di questo ne è convinto, che ha deciso di fargliela pagare.

La mattina gli restituisce un minimo di serenità, inizia a cercare un altro appartamento, cos'altro può fare? Chiede in prima battuta alle autorità, ai carabinieri, alla polizia, alla guardia di finanza ma nessuno ha una sistemazione da offrirgli. Poi sente i colleghi del tribunale per avere qualche indicazione. Per le strade, attraversandole in macchina, ha visto numerosi cartelli con la scritta "affittasi". Prova a chiamare, ma quando scoprono l'identità del locatario la disponibilità iniziale scompare: "L'appartamento non lo affitto più, sa, mia figlia si deve sposare", "Scusi, ma lo userò per l'estate", ognuno ha una scusa pronta con cui rifiutare.

Quando la soluzione sembra non arrivare, un vigile urbano gli segnala una villetta disabitata da tempo a una decina di chilometri da Trapani, vicino a Bonagia. Decide di andarla a vedere. L'abitazione è inserita in un centro residenziale abitato solo in estate, d'inverno è praticamente deserto. Non c'è l'illuminazione esterna ma a Palermo non interessa. Il prezzo è adeguato e non di favore, e soprattutto c'è un giardino, potrà finalmente far arrivare i suoi amati cani.

C'è un unico inconveniente, per arrivare a Trapani c'è una sola strada stretta, non di veloce scorrimento che costeggia il mare. Per raggiungere il palazzo di giustizia dovrà percorrere ogni giorno lo stesso itinerario, senza poterlo più variare. Ma del resto, al momento, non ha scelta.

Un paio di giorni per pulirla e il 28 marzo Palermo è nella nuova casa. C'è anche il telefono appena riattivato a nome del proprietario. E finalmente arrivano i suoi cani con il treno. Va a prenderli alla stazione di Palermo, disidratati dopo un viaggio durato 48 ore per gli scioperi, e tornano a casa tutti insieme.

Mi sembra quasi impossibile, ho fuori i miei cani Jar e Koral che corrono e hanno bisogno di me... ed io di loro. Ci sono i mobili, la televisione, il giardino. Tutto mi sembra bellissimo. Tutto sembra un sogno.

È il secondo giorno per Palermo nella nuova casa e l'entusiasmo appena ritrovato scompare. All'ora di pranzo è uscito dall'ufficio per prepararsi qualcosa da mangiare che non sia il solito panino al bar o un piatto alla mensa. Per tornare dai suoi cani. Ma appena apre la porta il telefono incomincia a squillare. Alza la cornetta, risponde, qualcuno in linea che ascolta senza parlare. Ha appena messo giù che il telefono squilla ancora, pronto, ma anche stavolta nessuno dice niente.

Quel numero è sconosciuto a tutti tranne ai suoi genitori, i colleghi Barresi e Petralia, gli organi di polizia e la Sip. Forse è un falso contatto. Torna in ufficio, ci passa tutto il pomeriggio. La sera rientra a casa e dopo neanche cinque minuti il telefono si rimette a suonare. Palermo si inquieta, chiede di poter avere la vigilanza alla nuova casa. Ma la risposta è sempre la stessa: "Mancano i mezzi, manca il personale".

In procura continuano gli interrogatori, c'è una spaccatura interna su come portare avanti l'inchiesta. Il procuratore concorda sull'imputazione di associazione a delinquere per i cavalieri del lavoro, ma continua a indugiare. Palermo, Barresi e Petralia vogliono che si proceda subito con gli ordini di cattura. Palermo insiste anche per disporre un nuovo giro di intercettazioni, vuole approfondire alcuni passaggi delle indagini in corso tra Catania e Trapani. Ma l'ultima parola, anche in questo caso, è del procuratore. Spetta a lui decidere.

Mentre negli uffici non si stempera la tensione, le autorità locali prendono una strana decisione: a causa di continue lamentele, non si devono più utilizzare le sirene durante gli spostamenti con la scorta. Una decisione che comporta ulteriori rischi in una situazione estremamente pericolosa. Significa dover viaggiare più piano, fermarsi a ogni incrocio. E i ragazzi sono già abbastanza spaventati, non c'è una volta in cui dimentichino di indossare il casco e il giubbotto antiproiettile, e il loro dito è perennemente sul grilletto.

Per non vivere costantemente nel terrore, Palermo talvolta commette qualche incoscienza. Si ritaglia dei piccoli momenti di vita non vigilata. Un pomeriggio si libera dalla scorta ed esce con la sua macchina. Ha bisogno di fare qualcosa di normale, va a fare la spesa al supermercato, compra il cibo per i suoi cani, le tazze per la colazione e qualcosa per riempire il frigo. Due ore d'aria. Quando torna a casa, puntuale, squilla il telefono. Squilla ancora, poi tace. Il pensiero di restare in casa a fissare il telefono lo terrorizza, la voglia di libertà stasera è troppo forte. Esce di nuovo. Si incontra con Totto e Dino, e con i loro amici siciliani, non per parlare di indagini ma per ridere e scherzare. Più tardi, a fine serata, Dino lo riaccompagna a casa.

Ma Palermo non vuole andare a letto. “Vuoi provare la mia auto?”, chiede all’amico. La risposta gli brilla negli occhi: “Sì, dai. Va bene, andiamo”.

Salgono nella bmw ma la macchina non parte, la batteria è a terra e la stanchezza ha il sopravvento. Decidono di lasciar perdere, si rivedranno l’indomani. Dino va via, Palermo non vuole rientrare nell’incubo dei suoi pensieri e dei suoi presentimenti. Non vuole rimanere solo. Riprova a girare la chiave, prega perché la macchina si metta in moto e alla fine, dopo un po’ di sbuffi, finalmente si parte.

La bmw sfreccia nella notte, Palermo schiaccia sull’acceleratore per rincorrere l’amico andato via. Lo raggiunge appena in tempo, sotto casa. “Allora, questo bolide lo vuoi provare?” Dino è tentato, ci pensa un po’, ma alla fine accetta. Partono senza una destinazione. È la prima volta che il giudice lascia che sia qualcun altro a guidare la sua macchina. Decidono di arrivare fino a Palermo. Gli amici appena conosciuti si sono dati un appuntamento a casa di Totto per continuare la serata. Tra loro c’è una ragazza con la quale, quella sera, Palermo aveva parlato a lungo. In quella casa ci sono gli spaghetti, le chiacchiere degli amici, e una ragazza che forse gli piace. Una serata che per chiunque altro sarebbe stata normale ma che per Palermo diventa indimenticabile. Come se per un attimo fosse ancora possibile il ritorno a una vita normale.

Fuori da casa sua ad attenderlo ci sono i suoi cani che gli fanno le feste. Rientra, il telefono suona, lo lascia squillare. Prende i due guinzagli, la rivoltella ed esce per strada. Sono le due di notte, attraversa piano il buio che c’è intorno, la pistola in mano e le lacrime agli occhi.

Quando si risveglia è il primo aprile. Con il nuovo mese c'è il cambio della scorta, è il turno della polizia. Palermo vede qualche volto nuovo a cui nemmeno fa tanto caso. In tribunale incontra i colleghi e lancia una battuta, *Mi raccomando, niente scherzi oggi.*

Lo mandano in giro per servizio. Un uomo è deceduto in un incidente, la macchina ha preso fuoco, c'è da fare un sopralluogo vicino Trapani, bisogna autorizzare la rimozione del corpo. Il cadavere è un pezzetto di carbone alto poco più di un metro.

Il secondo impegno del giorno è un altro cadavere. Questa volta deve essere presente durante l'autopsia, un uomo ripescato in mare. Il corpo è rigonfio e lucido come un pallone, mezzo mangiato dai vermi. Arriva il medico ma il giudice non ce la fa ad assistere, troppa puzza, scappa fuori a tirare un respiro. È una giornata assolata, il caldo brucia e la vita fa schifo.

Torna in ufficio che è tardi, non c'è più nessuno. Ma il suo turno non è ancora terminato, deve rimanere a disposizione nel caso ci fossero chiamate. Chiude le pratiche urgenti e cerca le carte da portare a casa anche se, da qualche tempo, non ha più la concentrazione nemmeno per leggere un romanzo. Arriva a casa che è sera. Arrivano solo due telefonate.

Riempie il tempo preparandosi la cena, lavando qualcosa, facendo mangiare i cani e con la solita passeggiata notturna, un rituale che serve a scaricare la tensione e la paura.

Quando rientra telefona ai suoi genitori, poi alle sue bambine, e alla ragazza che a Trento gli è rimasta vicino. L'ha conosciuta in un periodo nel quale per lui era difficile gestire un rapporto sentimentale ma continuavano a sentirsi. Era superstiziosa e tante volte, a Trento, aveva cercato, leggendo le carte di vedere il loro futuro. Spesso, in quelle di Palermo compariva un tarocco: era la tredicesima carta degli arcani maggiori. A volte dritta, a volta rovesciata ma sempre lei: la morte. All'inizio ci scherzavano, ma poi per questo motivo avevano smesso di interrogarle. Ma stasera, parlando, il loro discorso chissà perché finisce ancora su quelle carte. Forse tutti e due hanno la stessa premonizione. Prima di riagganciare la ragazza fa al giudice una richiesta inusuale. "Domani, quando arrivi in ufficio mi telefoni?"

Palermo abbassa la cornetta, il telefono si mette subito a squillare. È mezzanotte, decide di staccare la spina. *Se mi vogliono per servizio vengono a cercarmi a casa.*

È una notte insonne, il giudice è immobile sul letto con gli occhi aperti e il senso di colpa di aver staccato il telefono. Per Carlo Palermo è l'ultima notte nella sua casa di Bonagia.

Il giudice si arrende

Sul luogo dell'esplosione sono arrivate le ambulanze, le forze dell'ordine e le persone che abitano nelle case vicine. Il boato è stato devastante, si è sentito fino in città. Non ci sono curiosi, solo persone che piangono o che imprecano. Piangono anche poliziotti e carabinieri.

In mezzo a quell'inferno c'è un bambino di dieci anni, si chiama Giuseppe. Ha la tuta blu con una striscia rossa sui fianchi. Quando ha sentito il botto stava giocando a pallone nel cortile perché quella mattina doveva entrare più tardi a scuola. Il padre ha saputo della strage e ha deciso di portarlo con sé a Pizzolungo.

"Vieni a vedere quello che hanno fatto: hanno ammazzato una mamma e i suoi bambini."

Ora Giuseppe è in mezzo a quell'inferno, respira l'odore di plastica bruciata, guarda dentro a quello che rimane di una macchina. Piange a dirotto, uno tra i tanti, nessuno fa caso a lui.

Nessuno lo porta via.

Tutt'intorno c'è puzza di bruciato, frammenti di corpi e di vestiti, quaderni di bambini aperti al cielo, un sussidiario, *Un libro per crescere* si intitola, c'è una scarpina, le macchine sono ridotte a un ammasso di ferro fuso senza forma. È l'inferno.

La volkswagen golf piena di tritolo era parcheggiata ad arte in una piazzola a ridosso di un muro di cemento armato che ha potenziato e orientato l'onda d'urto verso il centro strada. Era collocata dietro una curva così le auto sarebbero state costrette a rallentare e sarebbero diventate un bersaglio più facile. La bomba era collocata nel vano motore per rendere l'esplosione ancora più potente. I vetri delle villette nel raggio di 200 metri sono andati in frantumi, le porte si sono spalancate dall'interno trascinate dal risucchio dell'onda d'urto. Le lamiere dei garage si sono aperte come scatolette. Le macchina blindata si è accartocciata, il vano motore è finito a terra e i copertoni si sono liquefatti. La ritmo di scorta è scoppiata dall'interno, l'abitacolo è completamente distrutto. Dell'autobomba e della volkswagen scirocco dove c'erano la mamma con i bambini non c'è più traccia, disintegrate. Restano solo brandelli dei loro corpi.

Chi ha premuto il telecomando collegato all'autobomba controllava la scena più in alto, dall'osservatorio di Erice, che sovrasta il lungo rettilineo che porta a Trapani. Ha seguito il tragitto dell'auto di Palermo e quella della scorta con un cannocchiale. Quando le macchine si sono allineate non ci sono state esitazioni. L'altro gruppo di fuoco controllava tutta la situazione a distanza di sicurezza, da una stradina laterale a centinaia di metri dall'esplosione.

Si sentono da lontano le sirene della polizia mentre i killer si allontanano indisturbati. Il capopattuglia Raffaele Di Mercurio vede uscire da una via sterrata una fiat 127 celestina. Chiede aiuto, fa cenni con le braccia. Dentro ci sono due uomini. Quello accanto al guidatore si gira, lo guarda. Di Mercurio continua a chiamarli. L'auto si allontana e al caposcorta restano solo i primi due numeri di targa.

Intorno al cratere scavato nella strada c'è morte e devastazione. Il capo della mobile, Saverio Montalbano, prende a calci la ritmo e impreca. Il giudice Palermo, sotto shock, cerca di dare disposizioni sui posti di blocco: *Dall'altra parte della città… dall'altra parte della città.*

Viene preso di peso e caricato in una macchina della polizia. A sirene spiegate fino al palazzo di giustizia.

Intorno a lui c'è un silenzio irreale. Qualcuno lo saluta, come non fosse successo niente. Palermo guarda l'orologio, sembra incredibile ma sono passati appena dieci minuti. Sale le scale di corsa, in ufficio ci sono i suoi colleghi, Totto e Dino. Lo guardano senza capire.

"Ma che hai fatto?"

È tutto bianco, impolverato, gli occhiali rotti. Ha le lacrime agli occhi, ma non riesce a piangere.

"L'hanno fatto davvero." I loro volti diventano pallidi.

Il giudice si siede e prende il telefono. Risponde suo padre, è il più emotivo: *Passami mamma.*

Mamma, sto bene ma ho avuto un attentato. Non piangere mamma.

Passa il telefono alla segretaria. *Diglielo tu che sto bene.* Gli si avvicina Totto. "Carlo ti devo dire… che ci sono state tre vittime. Ora vai all'ospedale. Non si può fare più niente, più niente."

Il corridoio dell'ospedale di Sant'Antonio Abate di Trapani è stato diviso in due parti. Da una parte ci stanno gli altri malati, un reparto è per il giudice Carlo Palermo. A dividere ci sono tre uomini dell'antiterrorismo con il giubbotto antiproiettile e due carabinieri in divisa, tutti con la mitraglietta spianata. Quegli uomini e quei mezzi che prima le autorità dicevano di non possedere. Arrivano colleghi e conoscenti. Gli telefona in lacrime Claudio Lo Curto: "Carluccio mio, ma cosa ti hanno fatto". Arriva anche il presidente del consiglio superiore della magistratura, che gli comunica che si sarebbe adoperato per far differire il processo disciplinare ancora aperto nei suoi confronti. Palermo ringrazia ma non ne ha bisogno: "La lingua non l'ho persa". Arrivano i giornalisti e le interviste. Enzo Biagi, lo racconta così in un articolo su *Repubblica*:

"...Ricostruiva il 'fatto', ma quasi col distacco di chi sta dettando un verbale: però lo opprimeva la visione di quella macchia sul muro della casa, il sangue del bambino dilaniato dalla bomba, che si faceva sempre più scura sotto il giallo caldo del sole, e sentiva dolore per quelle vite spente dal boato, legate misteriosamente alla sua. 'Perché?', si chiedeva. E prospettava, con lucidità, senza emozione, altri modi più semplici, più diretti, per ammazzarlo, ma quell'ordigno doveva apparire un ammonimento per tutti, divise o toghe non proteggono nessuno...

...Forse è ingenuo, precipitoso, pervaso da gelidi furori: ma in un mondo di equilibrati opportunisti, penso con profondo rispetto a quel giovanotto in pigiama azzurrino appena comperato, che mi parlava di uno scoppio, di una luce abbagliante, che come nei prodigi evangelici avevano per lui il valore di una rivelazione: non vogliono far fuori solo Carlo Palermo, un funzionario dello stato, mandato a far rispettare le regole nella lontana e torbida provincia italiana, vogliono ribaltare quei pochi pilastri che ancora sostengono la nostra civile esistenza…"

Mentre il giudice Palermo è in ospedale gli uomini del commissario Saverio Montalbano iniziano subito a raccogliere tracce utili alle indagini. Si spostano lungo la provinciale, agli incroci vengono istituiti decine di posti di blocco. Sono passate solo poche ore e, a pochi chilometri da Pizzolungo, in una località che si chiama San Cusumano viene ritrovata una fiat uno azzurro metallizzata abbandonata.

Gli inquirenti capiscono subito che quell'auto ha avuto un ruolo fondamentale nell'organizzazione dell'attentato e cominciano anche a sentire i testimoni che abitano nelle vicinanze. Dentro la macchina trovano tracce per loro importanti, sono convinti che c'è già una pista che porta agli autori della strage. Non c'è un solo minuto da perdere, non ci sono errori da commettere in questa fase. Si lavora giorno e notte per trovare i colpevoli di quelle morti innocenti.

La macchina è stata rubata a Lidia Messana la notte tra il 29 e il 30 di marzo a Valderice. Il furto è avvenuto a soli due giorni dall'attentato. La targa appartiene invece a un'altra auto, la fiat uno di Vincenzo Spada che ne aveva denunciato il furto il 3 ottobre dell'84. Sull'auto ritrovata sono stati sostituiti un vetro e il deflettore, si cerca di rintracciare l'officina che ha effettuato i lavori.

Anche sul luogo della strage si raccolgono tutti gli elementi che possono essere utili alle indagini. Si cercano tracce in mezzo alle lamiere contorte, dentro quello che resta dell'autobomba. La polizia trova un frammento di un circuito elettrico. "Sono i resti del congegno collocato nel vano motore della golf per azionare l'autobomba", scrivono i giornali. Poche ore dopo la notizie viene smentita: era l'autoradio della volkswagen scirocco di Barbara Asta.

Giovedì 5 aprile, a sole trentasei ore dalla strage di Pizzolungo il *Corriere della Sera* pubblica in prima pagina una notizia sconvolgente. Durante una perquisizione a Roma, nella casa di Pippo Calò, il cassiere di Cosa nostra, sono stati trovati dei radiocomando. L'ipotesi è che uno di questi sia stato usato per Pizzolungo.

Calò è stato arrestato pochi giorni prima della strage, la sera del 30 marzo. Ha appena parcheggiato la sua auto in una stradina che sale sulle pendici di Monte Mario. Sono le 22.15 e chiama al citofono la moglie. "Fai le valigie, dobbiamo andar via subito." Non fa in tempo a finire che arrivano gli uomini della polizia con i mitra spianati. "Giuseppe Calò, lei è in arresto."

A casa sua, durante le perquisizioni, gli investigatori trovano centinaia di milioni in contanti, gioielli, opere d'arte e poi congegni elettronici. Quest'ultima scoperta fa subito pensare agli inquirenti che ci possa essere un legame con l'attentato di Pizzolungo appena tre giorni dopo l'arresto. Ci sono incontri tra procure, fra inquirenti romani e trapanesi. Si cerca un telecomando mancante. La conferma è arrivata da colui che li ha confezionati. È un tedesco, si chiama Friedrich Schaudinn. Confessa di aver ricevuto l'incarico di produrre alcuni dispositivi elettronici ma di non conoscere il loro utilizzo. Ne ha confezionati dodici, ma in casa di Calò se ne contano solo undici. Per questo gli investigatori pensano subito a Pizzolungo. Ma è una falsa pista che si sgonfia in due giorni.

L'arresto di Calò non è casuale. A lui gli investigatori sono arrivati anche grazie alle nuove rivelazioni di Tommaso Buscetta, "il boss dei due mondi" .

Le confessioni di Buscetta al giudice Giovanni Falcone sono la base sulla quale a Palermo avevano iniziato a costruire l'inchiesta che porterà al maxiprocesso. È un pool di magistrati: Giovanni Falcone, Giuseppe Di Lello, Paolo Borsellino e Leonardo Guarnotta, guidati da Antonino Caponnetto, che aveva raccolto l'eredità e le intuizioni di Rocco Chinnici.

Tutti devono condividere le informazioni che riguardano la mafia, lavorare soli in Sicilia è pericoloso, l'isolamento crea un'eccessiva esposizione e aumenta i rischi per il singolo magistrato: "Se muore uno che indaga solo si seppellisce con lui anche il valore delle sue indagini".

A fine settembre '84, anche grazie alle dichiarazioni di Buscetta, dall'ufficio istruzione di Palermo erano partite 366 richieste di arresto, è il blitz di San Lorenzo. L'operazione aveva colto tutti di sorpresa, i due terzi dei ricercati furono presi.

Pochi giorni dopo un altro mafioso aveva deciso di raccontare i segreti di Cosa nostra: è Salvatore Contorno. Per la prima volta la mafia sembra vulnerabile. I magistrati iniziano a mettere insieme e verificare i racconti dei pentiti. Nell'ufficio istruzione di Palermo si lavora senza sosta, si cercano riscontri e nuove prove.

Quell'anno si era chiuso con un terribile evento che aveva scosso l'Italia. Il 23 dicembre 1984, alle ore 19.08, tra le stazioni di Vernio e San Benedetto Val di Sambro, nella grande galleria dell'Appennino, scoppia una bomba dentro il treno rapido 904, partito da Napoli e diretto a Milano. Diciassette morti e 267 feriti nel treno di Natale stracolmo di persone che tornavano a casa a festeggiare. Nello stesso luogo, dieci anni prima, era stato fatto saltare un altro treno, l'Italicus. Ci furono 12 vittime e 48 feriti. Improvvisamente il paese piomba nella paura: sembra di essere tornati ai giorni delle bombe nelle piazze, alla strategia della tensione.

L'arresto di Pippo Calò a fine marzo è un altro tassello importante dell'attività investigativa condotta in quei mesi dal pool dei magistrati palermitani. In carcere ci sono già Vito Ciancimino, l'ex sindaco di Palermo e gli "intoccabili" esattori Nino e Ignazio Salvo. È il livello dei colletti bianchi, dei rapporti con la politica. Nel capoluogo siciliano sono tutti sbigottiti per gli arresti eccellenti, nessuno avrebbe mai creduto che potesse succedere. La mafia si vendica e nell'estate del 1985 uccide il commissario Beppe Montana, amico e braccio destro di Ninni Cassarà, a cui la settimana seguente tocca la stessa sorte insieme al suo agente di scorta Roberto Antiochia.

Ma l'inchiesta non si ferma. Falcone e Borsellino vengono messi al sicuro e spediti per alcune settimane insieme alle loro famiglie nel carcere dell'Asinara come due detenuti. Con loro ci sono tutti i documenti, tutte le carte necessarie per scrivere l'ordinanza di rinvio a giudizio. Nessuno si era mai spinto così lontano nella battaglia contro la mafia.

Nel novembre successivo il pool antimafia depositerà l'ordinanza: sono 40 volumi e 8000 pagine che portano diretti alla sbarra 474 imputati tra capi e gregari di Cosa nostra. Il più grande processo mai visto si celebrerà in un'aula bunker del palazzo di giustizia di Palermo costruita appositamente in meno di tre mesi. È in cemento armato e può resistere anche ad attacchi missilistici.

Dopo l'attentato di Pizzolungo però i magistrati hanno paura. Dal loro ufficio blindato i magistrati di Palermo affidano la loro preoccupazione a un giornalista de *L'Ora*: "L'attentato lo sentivamo nell'aria. Un pomeriggio, mentre eravamo in ufficio a lavorare ci siamo guardati negli occhi e ci siamo detti: a chi toccherà, a Giovanni Falcone? O a Paolo Borsellino? Oppure a Peppino Di Lello o a Leonardo Guarnotta? O forse a uno dei capi degli uffici? E invece nel mirino c'era Carlo Palermo, vittima di questo clima di isolamento che, giorno dopo giorno, è stato creato intorno ai giudici che lottano contro la mafia. Ma cosa cambia se il tritolo è esploso a Trapani invece che a Palermo?"

Le indagini sulla strage, intanto, vanno avanti. La pista del telecomando è saltata ma procedono le ricerche per individuare chi ha sostituito il vetro della fiat uno. Quattro giorni dopo la strage i giornali pubblicano la notizia di un fermo. È un uomo di Castellammare titolare di un'autofficina, si chiama Gioacchino Calabrò. Dalla procura non arriva nessuna conferma ma i poliziotti sono convinti di aver individuato l'uomo che ha fornito agli attentatori la macchina rubata.

Carlo Palermo viene dimesso dall'ospedale poco dopo l'attentato. Gli hanno dato trenta giorni di malattia e ingessato una gamba che in realtà non è rotta. Parte per una destinazione segreta, ma in realtà torna a casa dei suoi per passare la Pasqua con i genitori. A Roma, con grande disappunto, gli viene ridotta subito la scorta. Ma finalmente può riabbracciare le sue figlie, che fortunatamente sono troppo piccole per capire il pericolo che ha corso loro padre.

La decisione disciplinare del Csm nei suoi confronti, come gli era stato anticipato in ospedale, viene rimandata. La commissione parlamentare "inquirente", invece, archivia la denuncia di Carlo Palermo contro Craxi anche se, nello stesso tempo, decide di approfondire il ruolo delle due società legate ai socialisti e l'accusa formulata dal giudice, di violazione della legge sul finanziamento pubblico ai partiti.

Nonostante quello che è accaduto il giudice decide, dopo pochi giorni di convalescenza, di tornare in Sicilia. Ma non ha più un posto dove stare, la casa in cui abitava è dichiarata non proteggibile. Carabinieri, guardia di finanza, polizia, prefettura, nessuno ha un posto da offrirgli. Viene invitato formalmente a non ritornare. Palermo prenota lo stesso il volo, e invia un telegramma preannunciando che sarà lì il giorno dopo. All'ultimo minuto viene fuori una camera nella sede della polizia stradale.

Il ritorno a Trapani è traumatico. C'è un temporale violento, fulmini, tuoni e un vento fortissimo. Dall'aeroporto si fa accompagnare direttamente al palazzo di giustizia. I vetri del tribunale vibrano, il fragore dell'acqua fa paura. Palermo, Barresi e Petralia si incontrano tutti nell'ufficio del procuratore Lumia. C'è da decidere quali provvedimenti adottare nei confronti dei cavalieri del lavoro. Mentre stanno discutendo, il caposcorta, un agente della guardia di finanza, entra allarmatissimo nella stanza, si rivolge a Palermo: "Giudice, è arrivata una telefonata anonima a un giornale di Messina. Hanno detto che la faranno saltare per aria, subito". Nello stesso momento va via la luce, nella stanza è il panico. Gli uomini della scorta gridano per la paura di spararsi addosso, tra di loro. Lumia accende un cerino e cerca di raccogliere le carte e la calma: "Andiamo via, si continua domani".

Palermo riceve un invito a cena a casa di Totto, poi viene portato in caserma, nel suo nuovo alloggio. Al secondo piano, proprio sopra un distributore di benzina. La corrente non è più tornata, Palermo si prepara il letto alla luce dei fiammiferi.

Così, rimango, vestito, senza luce, senza un telefono, senza acqua; tutta la notte. Le sole presenze sono i tuoni, i lampi, il vento, il fragore degli avvolgibili che sbattono... e quel distributore di benzina che mi pare voglia esplodere da un momento all'altro.

Il 19 aprile scatta l'operazione contro i cavalieri del lavoro e altri 27 imputati, tra Trapani, Catania e Roma. Per gli inquirenti gli imprenditori hanno gestito un giro di fatture false. Per Palermo, non un semplice punto di arrivo dell'inchiesta in corso, ma il punto di partenza per indagini più serie.

Ma i costruttori catanesi sono una vera potenza economica, hanno avuto riconoscimenti a livello nazionale, alle loro dipendenze ci sono centinaia di siciliani. Quegli arresti suscitano grandi polemiche.

Mentre sono in corso le indagini per capire chi sono i complici del meccanico di Castellammare coinvolti nella strage di Pizzolungo, arriva la vera svolta dell'inchiesta: aveva ragione Ciaccio Montalto, a Trapani c'è una raffineria di eroina. Claudio lo Curto, partendo dalle indagini sulla morte del collega, non ha mai smesso di cercarla. Ha fatto passare al setaccio tutte le forniture elettriche della zona di Alcamo. C'è l'utenza di un'azienda vitivinicola in contrada Virgini, a metà strada tra Palermo e Trapani, che ha un consumo sproporzionato, dieci volte superiore al normale. Sono a un passo dalla scoperta.

La mattina del 30 aprile gli agenti del commissariato di Alcamo, agli ordini del capo della squadra mobile Saverio Montalbano, si appostano davanti al cancello dell'azienda, per controllare i movimenti. Arriva un latitante in odor di mafia, è Giuseppe Ferro, 43 anni, pregiudicato. È il momento di entrare in azione.

Gli uomini presenti nel caseggiato provano a scappare ma vengono fermati e ammanettati. Alcuni sono volti noti, altri fino a quel momento sconosciuti alle forze dell'ordine. Finisce in manette Vincenzo Milazzo, 29 anni, di professione enologo. È lui il collegamento tra la mafia di Alcamo e i nuovi capi di Cosa nostra. Con lui ci sono altri tre uomini: uno riesce a fuggire, mentre Nicolò e Antonio Melodia, padre e figlio, si consegnano alla polizia senza reagire.

Il podere è nelle mani degli uomini del commissario Montalbano, così come i tre capannoni utilizzati come stalle. Invece delle mucche però ci sono impianti modernissimi a tecnologia avanzata: alambicchi nuovi di produzione francese, termometri di precisione, maschere antigas, caldaie, e grossi bidoni con materiale chimico. È anidride acetica. Ecco dove erano diretti i camion intercettati per due volte dalla guardia di finanza. La prima volta gli uomini delle fiamme gialle erano riusciti a seguire il carico da Milano fino a Palermo, ma poi avevano perso le tracce. La seconda volta avevano fermato il camion ma l'autista era riuscito a scappare.

Sul tir avevano trovato delle fascette ed erano riusciti a rintracciare il destinatario del carico: un imprenditore di Trapani che quell'ordine non l'aveva mai effettuato.

Fuori dalle stalle c'è addirittura un laghetto pieno di zolle di una materia che sembra morfina base o eroina andata in avaria forse a causa di un errore di fusione. È la più grande raffineria di eroina mai scoperta in Europa ed è gestita dalla nuova mafia che controlla il territorio, quella legata ai corleonesi. Conti alla mano quell'azienda criminale può arrivare a produrre fino a 600 chili di eroina a settimana. Una fabbrica di morte che per Cosa nostra è una cassaforte.

Ci sono i letti disfatti, la dispensa è ben fornita. Vengono rinvenute due pistole di grosso calibro, una 357 Magnum e una 38 Smith & Wesson. Ma c'è dell'altro. Nell'azienda di Contrada Virgini sono rinvenuti alcuni giornali e fra questi *Il Popolo* di domenica-lunedì 12 e 13 agosto 1984 piegato nella pagina dove c'è un articolo dal titolo: "Sofia, centro della connection – dalla Bulgaria con armi e droga". Quel giornale non è in vendita nelle edicole della provincia, ma qualcuno aveva provveduto a farlo arrivare a Trapani. E, nello stesso caseggiato, nascosti sotto dei covoni di fieno, i poliziotti trovano 22 sacchi di iuta, alcuni con scritte illeggibili altri con scritte più chiare: arrivano dal Medio Oriente, dalla Turchia, dai traffici su cui indagava Carlo Palermo.

La pista seguita dal giudice a Trento finiva ad Alcamo. Lì finivano anche le indagini di Giangiacomo Ciaccio Montalto. Per questo quei due erano pericolosi e dovevano morire. Vincenzo Milazzo, inoltre, ritenuto dagli inquirenti il principale responsabile, è residente in Toscana, a Gambassi, in provincia di Firenze dove era stato ucciso suo padre Giuseppe. Ed è lì che Ciaccio Montalto doveva essere trasferito per indagare sugli affari mafiosi fuori dall'isola.

Il movente della strage di Pizzolungo, per gli investigatori e per il giudice istruttore Claudio Lo Curto è stato scoperto.

La produzione di eroina era diventato il motore dell'economia di Cosa nostra. Già nell'agosto del 1980, a Trabia, vicino Palermo, Gerlando Alberti, boss mafioso della famiglia di Porta Nuova era stato arrestato con tre chimici marsigliesi in una raffineria di droga. Alberti era finito anche nelle indagini di Carlo Palermo quando era ancora a Trento. Da quel sequestro, in meno di due anni, saranno individuate tra Palermo, Trabia e Villagrazia di Carini quattro raffinerie in piena produzione con relativo sequestro di grosse partite di droga. Gli investigatori erano convinti che dopo questi sequestri la mafia avrebbe spostato i suoi affari in territori più sicuri. Anche la Dea era convinta dell'esistenza di una centrale di raffinazione ad ovest di Palermo. La raffineria di Alcamo era la conferma che la mafia considerava la provincia trapanese un territorio "sicuro". Ciaccio Montalto prima, Carlo Palermo dopo, avrebbero messo a rischio il loro investimento.

Il fascicolo che riguarda il traffico di prodotti chimici diretti alla raffineria di eroina arriva sulla scrivania di Palermo. Tra gli organizzatori ci sono alcuni componenti della famiglia Ciulla, un nome noto. Era già emerso nel 1982 a Varese, in un interrogatorio un imputato aveva indicato proprio i Ciulla, insieme ai fratelli Fidanzati come presunti organizzatori. Giovanni Falcone procedeva in contemporanea sullo stesso gruppo di personaggi, così per evitare il blocco delle indagini tutti gli atti erano stati mandati alla procura di Palermo quando gli avvocati avevano sollevato il conflitto di competenze.

Palermo va a Roma per interrogare uno dei fratelli Ciulla, già in cella su mandato di Falcone. L'imputato nega le sue responsabilità, Palermo lo ascolta senza fare cenno agli elementi in suo possesso ma, inaspettatamente, è lo stesso Ciulla a fare un chiaro riferimento all'inchiesta di Trento.

"Lei sì, signor giudice, è stato corretto nei miei confronti."

Palermo viene messo in agitazione da quello strano complimento.

"E perché?".

"Lei, a Trento, con le sue carte, non ha emesso mandato di cattura nei miei confronti... come invece ha fatto Falcone."

Un brivido mi percorre la schiena. Il codice delle "regole"? O un linguaggio "in codice"?

...Ciulla sapeva che io sapevo... quando ero andato a Trapani. L'attentato. Un brivido.

Il pensiero di potermi forse trovare faccia a faccia, occhi negli occhi, con chi avrebbe potuto volere o essere il mandante del mio assassinio.

Le minacce di morte contro Carlo Palermo, intanto non si sono mai fermate. Ma forse, quello che gli fa più male, è scoprire che un gruppo di cittadini sta raccogliendo firme per chiedergli di andarsene. È sempre più stanco, e si getta a capofitto nel lavoro per non pensare a nient'altro. Per distrarsi dai giramenti di testa, gli abbassamenti della vista e dell'udito che dal giorno dell'esplosione sono sempre più frequenti.

Riesce a farsi assegnare una nuova stanza, in quella in cui soggiornava non si sentiva al sicuro. Gliene danno una che dà sul cortile interno. Una brandina militare, un comodino, una sedia. Non c'è nient'altro, manca anche il tavolo. Per andare in bagno deve percorrere un lungo corridoio aperto al pubblico. Per farsi la doccia dovrà aspettare di andare in ferie...

Ripensa a quei primi colloqui trapanesi, quando tutti gli dicevano che la droga non era un problema, che quella era una zona tranquilla. "E adesso hanno scoperto la raffineria di eroina più attrezzata e produttiva d'Europa."

Ha incontrato Nunzio Asta, non era riuscito a farlo prima. Si sono visti nel suo ufficio per un tempo che gli è sembrato infinito. Quell'uomo gli ha consegnato una fotografia, che da quel momento in poi non avrebbe mai smesso di custodire. Una fotografia della sua famiglia, scattata una settimana prima che venisse spazzata via. Lui, da quando è scoppiata quella maledetta bomba, vive al posto loro.

Nel frattempo a Venezia, in quello stralcio di processo che riguardava i fornitori e gli organizzatori dei traffici di droga, che era stato spostato da Trento per "legittimo sospetto", vengono pronunciate condanne pesanti, fino a 29 anni di reclusione. Per il giudice istruttore una consolazione in un momento di grande sconforto.

Passa qualche mese, i giorni hanno iniziato a scorrere più lentamente, e a Palermo confezionano un nuovo appartamento. È stato realizzato al terzo piano del palazzo di giustizia, completamente blindato, tre camere e cucina. C'è stata una battaglia con le istituzioni alla fine della quale è riuscito a strappare una piccola conquista: un terrazzino per i suoi due cani. Aveva dovuto lasciarli tutto questo tempo nel giardino della villa abbandonata di Bonagia, era stato un vicino a occuparsi di loro finora. Nella solitudine in cui viveva la compagnia dei suoi animali era qualcosa di estremamente importante.

È una sistemazione decorosa, con mobili da studio, ma completamente circondata da vetri blindati che devono rimanere sempre chiusi. Anche il balconcino per i cani è chiuso dentro, e l'aria che si respira è filtrata dai condizionatori.

Intanto cade un'altra tegola sulla carriera del giudice: il Csm lo sanziona con la perdita di sei mesi di anzianità. Tra gli episodi contestati c'è la condotta processuale tenuta da Palermo nei confronti di Craxi, secondo il tribunale dei giudici l'allora onorevole avrebbe dovuto ricevere una comunicazione giudiziaria prima di essere sottoposto a indagini. Era la tesi, prudente, del suo vecchio procuratore di Trento. Ma adesso non c'è il tempo per abbattersi, Palermo impugna anche questa decisione sottolineando di aver sempre operato correttamente, ribadendo le sue argomentazioni, e pensando con ironia che per effetto della sentenza è tornato più giovane di sei mesi.
Ci sono i primi atti concreti nell'inchiesta sull'attentato.

In piena estate il giudice istruttore Claudio Lo Curto, titolare dell'indagine, firma alcuni mandati di cattura per la strage di Pizzolungo. Sono passati quattro mesi dall'attentato. Il giudice di Caltanissetta è convinto che a piazzare l'autobomba carica di tritolo siano stati i nuovi boss di Castellammare del Golfo. Volevano uccidere Carlo Palermo perché era sulle tracce della raffineria di Alcamo ma il loro obiettivo era anche quello di lanciare un avvertimento a tutti i magistrati siciliani che si occupano di Cosa nostra.

Il giudice istruttore ha emesso i mandati di cattura contestando i reati di strage, attentato alla sicurezza dello Stato e traffico internazionale di stupefacenti. Altri provvedimenti giudiziari riguardano il reato di favoreggiamento. In carcere ci sono già, da un paio di mesi, Gioacchino Calabrò, il carrozziere fermato pochi giorni dopo l'esplosione dell'autobomba, Vincenzo Milazzo, il capo della "famiglia" di Alcamo arrestato nella raffineria e Vincenzo Cusumano, un castellammarese finito nelle indagini per aver denunciato lo strano furto della fiat uno della sorella. In quei giorni vengono arrestati altri due castellammaresi: sono Antonio Palmeri e Gaspare Crociata anche loro coinvolti, a giudizio di Lo Curto nell'organizzazione della strage. Gli inquirenti cercano anche due personaggi di primissimo piano che sono latitanti, i loro nomi non vengono resi pubblici. Ma sono solo i risultati della prima parte dell'inchiesta. Per vedere il processo si dovrà aspettare il 10 novembre 1987.

Carlo Palermo intanto parte per le ferie. Una ventina di giorni al mare vicino Roma, insieme alle figlie, in un centro residenziale dove ha trascorso tutte le estati da quando è adolescente e dove tutti lo conoscono. Non si aspettava certo di essere accolto come un eroe, ma neanche il trattamento che gli viene riservato. I villeggianti sono infastiditi dalla scorta che non può lasciarlo solo, dalla vista dei giubbotti antiproiettile e dei mitra. Al massimo un saluto da lontano, sorrisi di circostanza che a fatica dissimulano l'irritazione. E non manca chi protesta apertamente. Un noto quotidiano riporta in un paio di articoli il disappunto dei turisti per l'ingombrante presenza di quel giudice che si è messo in testa di aver diritto a dei bagni al mare. Nel primo articolo le lamentele si concentrano su una motovedetta della guardia di finanza che si sarebbe avvicinata troppo alla riva per poter parlare con lui. Un secondo, subito dopo la partenza, riporta il sollievo generale per lo scampato pericolo.

Palermo ritorna in Sicilia per trascorrere lì gli ultimi giorni di vacanza prima di rientrare in tribunale. Ha bisogno ancora di un po' di riposo, gli ultimi mesi sono stati terribili e una serie di disturbi fisici dal giorno dell'attentato non gli danno tregua. Per questo motivo ha trovato una sistemazione in un villaggio turistico vicino Trapani, la vicinanza con la sede di lavoro gli renderà possibile continuare a seguire gli sviluppi delle indagini in corso. Per motivi di sicurezza concordati con la finanza, la prenotazione è stata effettuata con un altro nome, il pagamento è stato saldato in anticipo. Ma quando la direzione del villaggio capisce che c'è lui dietro la prenotazione, invia subito un telegramma di disdetta. Palermo non molla, a quel punto gli sarebbe impossibile trovare un'altra sistemazione. Per potersi godere la sua vacanza è costretto ad appellarsi alla Costituzione. E subito arriva la solita telefonata che minaccia che lo faranno saltare in aria.

E così trascorro quella settimana, con una scorta che mi segue pure al bagno a mare, due agenti 'blindati' fuori dall'ingresso della mia camera, ed altri due sotto un ombrellone sul balcone, su cui dà la mia finestra. Nei miei spostamenti un elicottero vola lì sopra ad indicare che mi sto muovendo.

Anche l'inchiesta sui cavalieri del lavoro riceve un'inaspettata battuta d'arresto quell'estate. Una prima parte si era chiusa prima delle ferie. Palermo si era recato personalmente a Catania per una serie di accertamenti bancari. Per il giudice ci sarebbero stati tutti gli elementi per celebrare subito il processo ma, dal momento che i colleghi la pensano diversamente, si decide di aspettare e di concedere nel frattempo la libertà provvisoria a tutti gli imputati. A chiudere la partita tra i magistrati e gli imprenditori ci pensa la corte di cassazione presieduta da un giovane e preparatissimo giudice. È Corrado Carnevale, è lui quell'estate ad annullare i mandati di cattura emessi nei confronti dei cavalieri del lavoro. I reati fiscali contestati sono coperti da amnistia, e a ogni modo la procura di Trapani era "incompetente" in quanto avrebbe dovuto procedere la procura di Catania. E certi giornali, anche stavolta, ci vanno a nozze: "La cassazione ha posto riparo a un'ennesima insensatezza del giudice Palermo, che aveva agito... in modo arbitrario".

Carlo Palermo ormai è isolato. Si sente stanco, disorientato. L'accerchiamento che si era verificato a Trento, si è ripetuto, ingigantito, anche a Trapani.

Mi attaccano gli imputati, mi attaccano gli avvocati, mi attaccano i politici, mi attacca la stampa, mi attaccano – anzi mi sanzionano – i supremi organi della magistratura, dalla Procura Generale della Cassazione, al Consiglio Superiore della Magistratura ed alla Cassazione stessa. Mi attacca e continua a minacciarmi – ma evidentemente questo lo sento solo io –, anche la mafia, o chi vi è dietro, tutti insieme.

Non sa più come proseguire le sue inchieste, quali passi può o non può fare, da quali convincimenti lasciarsi guidare nelle sue azioni. Se dalla sua coscienza, come ha sempre fatto, o iniziare a fare delle concessioni a quello che si aspettano gli altri.

E che cosa vogliono tutti gli altri in una orchestrazione che racchiude in sé tutti gli strumenti? Che io la smetta, che cessi di essere un elemento perturbatore, che dà fastidio... che è anche causa di morti innocenti.

Palermo avverte il vuoto crescente intorno a sé. Prova ad aggrapparsi ad alcune testimonianze di solidarietà e di affetto che, se pure episodiche, gli arrivano. Il sostegno di un gruppo di giovani trapanesi, soprattutto legati alla rivista antimafiosa *Il pungolo*, qualche giornalista amico. Per trovare un senso alla sua professione di giudice, per ricordarsi che non ha combattuto contro i mulini a vento, come sostengono alcuni, va a visitare i ragazzi di Saman, la comunità di recupero per i tossicodipendenti fondata a Trapani da Mauro Rostagno. Gli sguardi amici che non è riuscito a trovare altrove sono lì, negli occhi appannati di questi drogati che si battono con tutte le loro forze per tornare alla vita. E che gli dicono: "Vieni a trovarci quando vuoi; ti ospitiamo qui, nelle nostre piccole camere, ti proteggiamo noi".

Palermo torna alle sue indagini ma il suo tempo a Trapani sta per scadere. Un giorno, in ufficio gli passano una telefonata. Un onorevole che chiede di parlare con lui. Palermo lo riceve in ufficio, l'uomo si mostra gentilissimo e gli dice che ha ottimi rapporti e influenze con "Roma". Quando Palermo gli chiede che cosa ci fa a Trapani lui risponde, senza esitazioni, che è il presidente di una cassa rurale locale che aveva sfiorato diverse volte con le sue indagini.

Palermo lo congeda subito:

Dentro di me suona un campanello di allarme e indico la porta all'onorevole.

Passano pochi giorni e il procuratore Coci, che aveva preso il posto di Lumia, lo chiama in disparte. C'è l'interessamento di un onorevole affinché, se lo desidera, possa essere trasferito a Roma. La risposta del giudice è immediata: "*Impossibile, non ho maturato il tempo previsto di permanenza a Trapani*". Ma dopo qualche altro giorno la proposta diventa ufficiale. Questa volta gli viene chiesto di trasferirsi al ministero di grazia e giustizia.

Palermo è in preda ai dubbi, troppe volte le intuizioni, le coincidenze, hanno avuto conseguenze drammatiche per lui. E se decidesse di continuare a sfidare il sistema? La risposta è sotto i suoi occhi in una lettera anonima indirizzata personalmente a lui e spedita da Forlì: "Ti senti protetto nella tua nuova residenza. Un consiglio, metti al sicuro i tuoi figli, non sono più protetti come dovrebbero. A presto".

Carlo Palermo ha deciso: lascerà Trapani per andare a Roma al ministero, in un ufficio qualunque, senza indagini, senza più vittime innocenti. Sono già morte altre persone al posto suo, dei bambini, questo pensiero non lo abbandona. Adesso altre vite vengono messe a rischio, le sue figlie alle quali già ha dato così poco. *Ti saluto Totto, Dino, miei primi e unici colleghi di un pool fallito*. È un gioco senza regole, si sente solo contro tutti. *Vi saluto affettuose segretarie, che nel mio ufficio non avete mai fatto mancare un fiore; autisti, che avete da vicino visto i miei occhi nel terrore ed io i vostri*. La sfida è persa. La partita è finita. *Mi dispiace tradire Asta e la promessa che avrei continuato a lottare in nome dei suoi figli*. Arrivederci Trapani. *Mi dispiace lasciare questa terra di brava gente che non è capace di esprimerti l'aiuto di cui ha bisogno*. Addio.

Il vaso di coccio

Antonina sta ingrassando a vista d'occhio, nel suo sguardo c'è una luce nuova e quando va a lavoro la mattina esce sempre canticchiando. Mangia pizzette tutto il giorno, questa gravidanza è una bella novità per la nostra famiglia. Mio padre è di buonumore, a tavola proviamo a indovinare se sarà un maschio o una femmina studiando la forma della pancia. Non vedo l'ora di poter prendere in braccio questo bambino, sarò la sua sorella maggiore e proverò anche a fargli da mamma. Ho già detto ad Antonina che a tante cose potrò pensarci io quando lei dovrà tornare in negozio.

Siamo ancora a Pizzolungo, ma fra pochi giorni torneremo a Trapani, non si sa mai, preferiamo essere più vicini possibile all'ospedale. Io da qualche giorno sono tornata in classe, ho iniziato le superiori. Ho scelto il liceo classico, i professori hanno messo subito in chiaro che pretendono molto, che quest'anno ci sarà da studiare. Gli amici delle medie, col passare delle settimane, li perdo di vista. Ma io e Maria Elena abbiamo fatto la stessa scelta, e per fortuna siamo in classe insieme, compagne di banco. Ho già le idee chiare su cosa mi piacerebbe fare da grande, vorrei essere un magistrato.

Ma quel momento di spensieratezza non dura a lungo. A novembre mio padre ricomincia a stare male. Ha le occhiaie, è pallido e lo vedo diventare sempre più magro, giorno dopo giorno. Penso sia semplicemente stanco, preoccupato per il processo che sta per iniziare. Esce spesso per incontrarsi con l'avvocato, non è mai stato in un tribunale in vita sua. Vuole capire esattamente come si deve comportare, quale sarà il suo ruolo, fare tutto ciò che è nelle sue possibilità per avere giustizia. Che qualcuno paghi per quello che ci hanno fatto, è questa la sua ossessione.

Anche sul lavoro le cose non vanno troppo bene. Non è per niente facile fare l'imprenditore a Trapani, anche se la sua è solo una piccola azienda artigianale. Si lascia andare con Antonina, li ascolto di nascosto che cercano insieme il modo per affrontare i problemi. Vuole rimanere in piedi, a tutti i costi. Deve pensare ai suoi operai e alle loro famiglie, non può permettersi che finiscano in mezzo a una strada. Ma i soldi non bastano mai, e diventa sempre più difficile farsi pagare. Gli stessi discorsi che faceva anche quando c'era ancora mia madre. E a volte pensavo che fosse per questo che all'improvviso la vedevo diventare silenziosa e triste.

Ora però non vedo solo la preoccupazione negli occhi di mio padre. Lui non si lamenta, non ne parla apertamente, ma riconosco sul suo volto i segni della malattia. Ho paura che gli venga di nuovo un infarto, a volte mi sembra che faccia fatica anche a parlare. Iniziano gli accertamenti in ospedale. È quasi Natale e aspettiamo con angoscia i risultati delle analisi. Antonina è molto agitata e adesso canta molto di meno. Mangia poco e la notte non riesce a dormire. Sono io quella che prova a farle coraggio, e in questo modo lo cerco anche per me stessa.

Passiamo quei giorni di festa aggrappati alla speranza che non sia niente di grave. Ma con il nuovo anno arriva la notizia che nessuno di noi voleva ricevere: mio padre è malato, ma questa volta non è il cuore. Ha il cancro, gli hanno diagnosticato un tumore alla gola. Deve fare un intervento d'urgenza, in un ospedale specializzato. Non c'è tempo da perdere, bisogna partire e andare al nord dove sono più attrezzati per questo tipo di operazioni. Non so che pensare, mi chiedo perché il destino si accanisca così tanto con la mia famiglia, contro quello che ne resta.

L'intervento viene fissato per metà gennaio, in una clinica di Brescia. Mio padre parte con suo fratello Alberto, che lo assisterà nel post intervento. Io e Antonina lo raggiungiamo qualche giorno dopo.

È la seconda volta che volo. Mio padre mi aveva chiesto di accompagnarlo a una visita di controllo. Erano passate solo poche settimane dallo scoppio della bomba, e mettermi su quell'aereo era stato il suo modo per farmi pensare ad altro. Ricordo l'emozione al momento del decollo, quando l'aereo si stacca da terra, e la sua mano che stringe forte la mia. Un momento importante e solo nostro. Adesso invece sono io che stringo la mano di Antonina, cerco di darle coraggio, e lei è quella che non ha mai volato. La hostess le guarda la pancia e le sorride mentre l'aiuta con la cintura di sicurezza. Sorride anche a me, di sicuro ha pensato fosse mia madre.

Durante il volo non parliamo, sono i silenzi che misurano lo stato di tensione. Guardo la sua pancia che risalta ancora di più sul suo corpo sempre più magro e leggo tra i suoi pensieri la paura che quel bambino non possa mai conoscere il padre.

Quando arriviamo a Milano prendo di nuovo Antonina per mano. Non è abituata a viaggiare, la vedo smarrita, disorientata, ho paura che si perda. La guido a prendere un taxi. Scende una pioggia leggera ma insistente e noi siamo senza ombrello, non ci abbiamo pensato a prenderlo nella fretta. C'è una signora con un bel cappotto rosso che ci guarda, si avvicina ad Antonina e le regala il suo.

"Tenga signora, non faccia bagnare il suo bambino."

Il viaggio per arrivare a Brescia dura più di un'ora e io passo il tempo guardando la pioggia che cambia forma in continuazione scendendo sul finestrino. Siamo lontane da casa, mentre infuria la tempesta, e l'unico pensiero con cui mi faccio forza è questo piccolo ombrello che stringo tra le mani, regalo generoso di una sconosciuta. Arriviamo in albergo molto tardi, non c'è più il tempo nemmeno per una cena. Tiriamo fuori dalla borsa il pacco di biscotti e la bottiglia d'acqua che abbiamo comprato in aeroporto quando siamo partite. Ma non ho voglia di mangiare e Antonina ancora meno. Ho le mani e i piedi ghiacciati, mi metto il pigiama e mi infilo sotto le coperte. Ho i brividi. C'è un freddo pesante qui, che ti entra nelle ossa e non ti molla, diverso da quello che ho lasciato in Sicilia. A Trapani c'è il vento che lo spazza via e non gli permette di attaccarsi addosso. Sono a letto ma continuo a tremare. Non è solo "il cambio d'aria" come dice Antonina, è la paura che mi fa ammalare. Mi avvolgo nel plaid e nel pensiero di mia madre che mi porta il latte caldo con il miele, mi accarezza il viso e sussurra "gioia mia". Chiudo gli occhi e parlo con lei. Le chiedo di proteggerci e di aiutarci.

Riusciamo a dormire solo qualche ora. Credo di avere la febbre alta, non ho un termometro per misurarla, ma non posso lasciare Antonina da sola. Ci vestiamo in fretta e prendiamo un taxi per andare in ospedale.

Sappiamo già che l'intervento è andato bene ma, quando arriviamo in reparto, cerchiamo un medico per avere notizie. Lo incontriamo mentre esce dalla stanza di mio padre. Ha uno sguardo rassicurante, lo fermo.

"Mi scusi, ci può dare notizie di Nunzio Asta? Ha fatto un intervento alla gola."

"Siete i familiari?"

"Sì, io sono la figlia e lei è sua moglie"

"È andato tutto bene. Abbiamo dovuto fare una tracheotomia ma il tumore è stato asportato. Ci sarà qualche problema iniziale per parlare, bere e mangiare. Ma non dovrà tenere la cannula a lungo, con un po' di pazienza si supera. Per ora lo alimentiamo con un sondino."

Non ho capito esattamente cosa gli hanno fatto, che tipo di operazione ha subito, ma né io né Antonina abbiamo azzardato domande, ci siamo limitate a ringraziare quel medico gentile e a stringergli la mano. Non eravamo ancora pronte per i sospiri di sollievo. E i sorrisi erano in serbo per mio padre, per il momento in cui l'avremmo finalmente rivisto. Quando entriamo nella stanza lui è lì mezzo addormentato ma felice di vederci.

È un'infermiera bassina e sbrigativa a spiegarci cosa potrà fare o non fare mio padre da ora in avanti e come nell'immediato cambierà la sua vita.

La convalescenza è dura. Quella cannula, fondamentale per la sua sopravvivenza, è un grande peso per lui e anche per noi. Deve stare attento quando mangia, può farlo solo da seduto e in una certa posizione, sembra un cagnolino. I suoi pranzi sono a base di semolino, perfino bere acqua può essere pericoloso, ma non ha problemi con il crodino che è effervescente. Deve affrontare 30 giorni di radioterapia che lo costringono ad andare tutti i giorni a Palermo. Ma è vivo, ha tirato fuori una grande forza, e giorno dopo giorno lo vedo migliorare. Segue attentamente tutte le indicazioni dei medici e dopo neanche due mesi possono già togliergli la cannula. Per lui è l'inizio del ritorno alla normalità e per noi la fine di un incubo.

Nella cassetta della posta, appena rientrati, abbiamo trovato una strana lettera senza il mittente. È indirizzata a mio padre, l'ha aperta subito tornando a pranzo dal lavoro e nel leggerla è sbiancato. La tavola è già apparecchiata, aspettavamo lui per cominciare, ma invece di sedersi a mangiare ha detto che doveva uscire subito. Che aveva dimenticato una consegna, un cliente sarebbe passato nel suo ufficio da lì a breve. Ma non me la sono bevuta.

"Papà, è successo qualcosa?".

"Niente. Cose di lavoro. Voi iniziate a mangiare."

Antonina lo ha raggiunto sulla porta di casa. E a bassa voce ha provato anche lei a chiedergli una spiegazione: "Nunzio c'è scritto qualcosa nella lettera?" Nessuna risposta, la porta si chiude.

Da quando c'è stato l'attentato le cose nascoste mi sembrano pericolose. Ho capito che è meglio sapere. In quella lettera immagino ci sia scritto di tutto. Sono sicuro che parla dell'attentato, forse adesso vogliono uccidere anche noi.

Antonina si è fatta improvvisamente seria, come non

l'avevo mai vista. Si mette seduta, è ormai arrivata alla fine della gravidanza, fa fatica anche a stare in piedi. Mancano ormai poche settimane e tra la malattia di mio padre e le preoccupazioni per il processo non ha avuto una gravidanza serena. Per dormire deve prendere i tranquillanti. Il medico ha detto di usarli solo in casi estremi perché non fanno bene al bambino. Mi siedo accanto a lei, sperando di tirarle fuori qualcosa. Nemmeno lei però si lascia andare e allora inizio a piangere.

Io ho bisogno di capire quello che succede per essere serena, non è giusto tenermi sempre all'oscuro. Perché da quel maledetto 2 aprile io non sono più una bambina anche se nessuno sembra essersene accorto.

"Non è la prima lettera che arriva", inizia a confidarsi Antonina. "Ne sono arrivate tante, in questi mesi. Parlano tutte dell'attentato."

"Tu come lo sai? Le hai lette?"

"No Margherita, tuo padre me ne ha solo parlato. Non l'avrebbe mai fatto se non fosse successa una cosa. Ti ricordi quando ci siamo conosciute a San Vito Lo Capo?"

"Certo che me lo ricordo."

"Quando siamo tornati a Trapani, nella camera di mia madre, abbiamo trovato un buco nel vetro della finestra. Un buco di proiettile, nessuno di noi si era accorto di niente."

"Non capisco. Ci hanno sparato dentro casa?"

"Tua padre ha detto che era per farci paura. Gli erano arrivate queste lettere e in queste lettere c'erano dei nomi. Gente di Castellammare, e lui aveva preso la macchina ed era andato a cercarli uno ad uno. Si è fatto dei nemici, hanno iniziato a fargli dei dispetti."

Ecco che torna di nuovo la paura.

"Quegli uomini non ha mai smesso di cercarli. Gli ho detto di smetterla, che non era lui che ci doveva pensare. Era una cosa per i carabinieri."

"E lui che ha fatto?"

"È andato in caserma e poi ne ha parlato con il suo avvocato. So che ha incontrato anche Carlo Palermo, il giudice, ma non so che cosa si sono detti. Si è messo più tranquillo da quando gli hanno confermato la data del processo. Forse ha capito che con la mafia non si scherza."

Povera Antonina, non dev'essere stato facile neanche per loro andare avanti in questi mesi. Devo starle vicino adesso, dobbiamo pensare solo al bambino.

Succede il 26 maggio, mentre io sono a scuola. Mio padre la accompagna all'ospedale con le doglie. Quando torno a casa è la madre di Antonina che mi avverte, devo correre in ospedale, il bambino sta per nascere.

Quando arrivo è già lì che piange, tra le braccia di sua madre. Hanno deciso di chiamarlo Giuseppe Salvatore. So che non mi riporterà indietro quello che mi è stato tolto, ma mentre lo guardo capisco che gli voglio bene e lo aspettavo da sempre.

Il 10 novembre del 1987 a Caltanissetta inizia il processo sulla strage di Pizzolungo. Ora i presunti autori dell'attentato a Carlo Palermo hanno un volto. Davanti alla corte di assise presieduta da Placido D'Orto, dal giudice a latere Giovanni Bulfamante e dai sei giudici popolari, cinque uomini e una donna, la pubblica accusa tenterà di ricostruire quello che è accaduto in quel tragico 2 aprile 1985.

Quella mattina nell'aula di assise di Caltanissetta davanti alla corte ci sono vittime, testimoni e alcuni dei presunti colpevoli perché altri sono latitanti. Carlo Palermo è arrivato la sera prima. Ha avuto difficoltà a trovare un alloggio. Anche a Caltanissetta, come a Trapani, non c'è posto per lui. Se n'è andato a dormire in albergo, portandosi dietro la scorta e i soliti imbarazzi. È lì come parte lesa e come testimone.

Ho risposto alle domande che mi sono state fatte. Non ho detto una parola in più. Sarebbero state interpretate come mie fantasie.

Il tempo di deporre e via.

Mi sembra quasi di dovermi scusare per il disturbo.

Nunzio Asta è seduto in prima fila e con lui c'è il suo avvocato, Elio Esposito. Non è semplice ritrovarsi faccia a faccia con quelli che potrebbero essere gli assassini di sua moglie e i suoi bambini. Si guarda intorno e vede che tra quei volti dietro le sbarre ce ne sono di già conosciuti. Alcuni nomi erano scritti nelle lettere arrivate a casa. Altre ancora erano state spedite alla polizia e ai carabinieri. A Trapani sembravano molti quelli che sapevano ma pochi quelli che avevano il coraggio di parlare senza nascondersi nell'anonimato.

Gli uomini della scorta di Palermo sono lì con i loro avvocati. Si sono costituiti parte civile. "Ci sentiamo abbandonati e puniti", avevano raccontato in aula all'inizio del processo Salvatore La Porta e Antonino Ruggirello. Sia loro che i colleghi Raffaele Di Mercurio e Rosario Maggio portano addosso ancora i segni delle ferite subite il giorno dell'esplosione. La Porta e Ruggirello sono stati dichiarati inabili al servizio. Anche Di Mercurio ha seri problemi di salute. Nessuno li ha aiutati dopo quel maledetto 2 aprile. Non hanno i soldi nemmeno per pagare l'avvocato.

Per gli uomini della squadra mobile di Trapani non ci sono dubbi: sulla scena del delitto c'erano gli uomini nuovi del clan mafioso di Alcamo e di Castellammare, quelli vicini ai corleonesi. Il movente è chiaro: la raffineria di Alcamo non doveva essere scoperta.

Quello che inizia dopo due anni dalla strage è un processo diviso in due: da una parte ci sono gli uomini coinvolti nella strage, dall'altra quelli che gestivano la raffineria.

Alla sbarra per aver organizzato ed attuato l'attentato ci sono: Vincenzo Milazzo, alcamese, enologo, figlio di Giuseppe Milazzo, ucciso a Gambassi Terme nel 1981, delitto di cui si occupò Ciaccio Montalto; Gioacchino Calabrò, il meccanico di Castellammare del Golfo arrestato pochi giorni dopo la strage e Filippo Melodia, un alcamese residente in toscana, precisamente a San Miniato, in provincia di Pisa. Con loro, coinvolti a vario titolo nell'organizzazione ci sono tra gli altri Pietro Montalbano, Antonino Palmeri, Mariano Asaro e Vincenzo Cusumano, tutti trapanesi.

Milazzo, per l'accusa, è anche l'uomo che gestisce gli affari della raffineria. Con lui ci sono Pietro Montalbano, Giuseppe Ferro, Nicolò Melodia, Antonino Melodia, Vincenzo Melodia e Sebastiano Vaccaro, tutti di Alcamo, e altre sette persone accusate di favoreggiamento e falsa testimonianza.

Il vaso di coccio in mezzo a pesantissimi vasi di ferro si chiama Francesco Parrino e fa il carrozziere a Castellammare. È il testimone chiave del processo sull'attentato, l'anello di collegamento fra la fiat uno azzurrina trovata abbandonata in località San Cusumano e l'uomo accusato di aver partecipato alla strage, il suo datore di lavoro, Gioacchino Calabrò.

Parrino lavorava da anni nell'officina di Calabrò, non

avrebbe potuto immaginare che dopo la strage anche la sua vita sarebbe cambiata per sempre.

Gli inquirenti sono convinti che il suo capo, il Calabrò, sia uno degli organizzatori dell'attentato e che sia stato lui a sostituire il vetro e il congegno di accensione nella fiat uno.

Calabrò fa di tutto per allontanare quei sospetti ma sa che il racconto dei suoi dipendenti può rivelarsi determinante. Sono passati appena tre giorni dalla strage, è la mattina del 5 aprile 1985.

"Ancora non si sapi se voi sarete chiamati: però si siti chiamati stati attenti a chiddu ca diciti", raccomanda ai ragazzi che lavorano nell'officina Filippo Melodia quella mattina.

Nel pomeriggio dello stesso giorno gli uomini della squadra mobile di Trapani chiamano a testimoniare Francesco Parrino. Il ragazzo arriva in questura alle 17.30. Da lui gli inquirenti vogliono capire su quale macchina è stato sostituito il vetro anteriore sinistro acquistato dal Calabrò al centro Abarth di Alcamo.

Parrino racconta di aver sostituito lui stesso quel vetro su una uno bianca che aveva anche bisogno di interventi su una portiera tutta ammaccata e dice di aver trattato direttamente con il proprietario della macchina anche l'importo per la riparazione: 170mila lire. La versione del giovane carrozziere non convince gli inquirenti che hanno altre informazioni a disposizione e lo mettono alle strette. Il Parrino si sente perduto, inizia a piangere e dice agli uomini della questura di chiedere le spiegazioni al suo datore di lavoro, il Calabrò.

Alle 1.30 della notte del 6 aprile il povero Parrino "compare nuovamente" e "spontaneamente" negli uffici della squadra mobile affermando di voler raccontare tutta la verità. Dice di non aver sostituito nessun vetro alla uno bianca e che la versione resa nel pomeriggio gli era stata suggerita dallo stesso Calabrò. Lo aveva incontrato prima di essere convocato in questura, nel primo pomeriggio mentre stava rientrando in officina dalla pausa pranzo con il suo collega Pietro Rimi.

"Mi ha detto che se mi avesse convocato la polizia per avere informazioni su un vetro io avrei dovuto dire che lo avevo sostituito su di una uno bianca e che il Rimi aveva poi effettuato la verniciatura."

A verbale viene riportato che il giovane carrozziere è molto preoccupato per la sua incolumità e quella dei suoi familiari e che, tra gli amici di Calabrò, conosce un certo Asaro Mariano, Melodia Filippo, Palmeri Antonio e Milazzo Vincenzo. Persone che andavano spesso in officina.

Gli inquirenti non hanno dubbi: sulle riparazioni alla fiat ha mentito perché minacciato dal suo datore di lavoro. Il vetro acquistato dal Calabrò è quello sostituito sulla fiat azzurrina ritrovata a San Cusumano.

Nessuno scrive però che la seconda versione arriva dopo che Parrino è stato pestato negli uffici della squadra mobile di Trapani. Nell'udienza del 27 aprile del 1988 dice: "...Dopo il confronto con il Calabrò la polizia mi convinse che io non dicevo la verità e questo mi dissero quando mi portarono in quella piccola stanza... fui colpito con schiaffi, pugni, e pedate e anche con sputi... io ero dapprima seduto su una sedia e loro mi colpivano alla nuca e comunque nella parte di dietro della testa, forse per non lasciarmi segni... quando però si accorsero che ero resistente mi buttarono a terra e mi colpirono a pedate, io gridavo parecchio per il dolore dei colpi. I poliziotti mi dissero che mi avrebbero ammazzato di botte ma in galera non mi avrebbero mandato.

Dopo la seconda verbalizzazione rientrammo in questura che era l'alba e poiché avevo un occhio pesto si cercò del ghiaccio bagnato da tenere in quel posto…".

È dopo il pestaggio che il testimone Parrino si allinea alle versioni già rese dai suoi colleghi di officina. Pietro Rimi, che si trovava con lui in macchina durante la pausa pranzo, conferma l'incontro con Gioacchino Calabrò e Filippo Melodia e le pressioni per cambiare la versione dei fatti.

Per il giovane carrozziere i giorni successivi alla strage di Pizzolungo sono un incubo. Non sa come muoversi. Da una parte ci sono le minacce del suo datore di lavoro con i suoi amici, dall'altra anche la polizia non scherza.

Dopo la testimonianza resa negli uffici della questura Parrino torna a casa e spera che la vicenda sia chiusa definitivamente. È invece solo l'inizio. Calabrò è stato arrestato e portato in carcere pochi giorni dopo la strage e a far visita al Parrino ci vanno una sera il già conosciuto Filippo Melodia e Vincenzo Milazzo.

"Vai in ospedale, bada a te stesso e stai lontano dalla polizia." Sono proprio loro a suggerirgli di andare al pronto soccorso e dichiarare che tutte quelle botte gli sono state date in questura durante la sua testimonianza. Questo per poter dimostrare che il suo racconto è stato una conseguenza del pestaggio della polizia.

Parrino va in ospedale, i medici fanno un referto puntuale delle lesioni da lui riportate ma non ritratta.

Qualche giorno dopo viene di nuovo avvicinato dagli uomini vicini a Calabrò. Questa volta lo prendono con le buone: gli viene promesso che se il suo datore di lavoro esce dal carcere per lui ci sarà un'officina nuova tutta sua. Il 25 luglio del 1985 il giovane carrozziere viene sentito da inquirenti e magistrati a "futura memoria".

La sua testimonianza è troppo importante e gli inquirenti hanno paura per la sua incolumità personale quindi blindano la sua versione dei fatti, qualunque cosa succeda. Il suo racconto deve arrivare a processo e così sarà. Al dibattimento Francesco Parrino non fa un passo indietro. La sua vita però è cambiata per sempre. Non vive più a Trapani, si è trasferito nel nord Italia.

I racconti degli operai che lavorano nell'officina di Castellammare non sono però le uniche prove dell'accusa. Durante le perquisizioni a casa di Calabrò gli inquirenti hanno anche trovato un binocolo. Per loro è un ulteriore elemento che collega il carrozziere all'organizzazione della strage.

Per l'accusa è stato usato per individuare da lontano la macchina blindata del giudice che arrivava da Bonagia. In dibattimento viene ricostruita la scena degli attimi che hanno preceduto l'attentato: il punto di osservazione non era la terrazza di una delle ville vicine alla provinciale come sostenuto all'inizio delle indagini, ma era da localizzare molto più in alto, sulla collina. Gli investigatori sono convinti che l'impulso al telecomando che ha fatto scoppiare l'autobomba è partito dall'ex osservatorio militare della marina che si trova in contrada Martogna, sulla collina che sale verso Erice. Da quel luogo infatti si domina tutta la provinciale ed era un posto ideale per individuare con largo anticipo l'arrivo della macchina blindata del giudice.

Il ritrovamento del binocolo porta dentro il processo un amico di Calabrò, Mariano Asaro. È lui, l'odontotecnico di Castellammare del Golfo, amante delle macchine di lusso ad ammettere di averlo regalato all'amico più di un anno prima perché ci giocasse il figlio. Poi cambia la versione: "Calabrò vide il binocolo sul sedile della mia macchina e mi chiese se glielo potevo regalare".

"Mi serviva per guardare le barche", dirà il carrozziere durante un interrogatorio.

A processo l'accusa porta anche altre prove. Ci sono una serie di telefonate che partono dall'utenza dell'officina. Alcune intercettazioni parlano di transistor, altre di un telecomando sparito e poi ritrovato.

Gli inquirenti registrano una conversazione in siciliano stretto. Dalla traduzione sembra di capire che i due interlocutori, uno dei quali sembra essere Calabrò, parlano di macchine da spostare o da far sparire. Un altro frammento di conversazione secondo gli inquirenti si riferisce, invece, direttamente all'attentato di Pizzolungo.

Poi sfilano le testimoni che hanno visto la fiat uno parcheggiata in località Cusumano. Una di queste racconta di aver visto scendere due uomini, di cui uno era vestito di beige e un altro indossava un guanto. Avevano dei borsoni in mano.

I racconti non sono lineari, le ricostruzioni non coincidono, i tempi sono diversi e nessuno riconosce tra gli imputati gli uomini scesi dalle auto. Non vengono individuati neanche due uomini segnalati da un altro testimone. È il figlio del proprietario dell'hotel Tirreno, l'albergo che si trova vicino al luogo della strage. Racconta di aver visto, il giorno prima dell'attentato, due uomini dall'atteggiamento sospetto che se ne andarono solo dopo aver visto passare la macchina di scorta di Carlo Palermo. Ma anche lui non riconosce nessuno.

Le attenzioni dei giudici si concentrano su Vincenzo Milazzo, imputato per mafia anche nel maxiprocesso che è iniziato a Palermo, su Gioacchino Calabrò e Filippo Melodia. Dal quadro delle accuse che emerge durante il dibattimento sono loro ad aver organizzato l'attentato.

Gli altri imputati hanno fornito alibi poi smentiti, hanno tentato di coprire i loro amici. Le loro responsabilità in dibattimento vengono ridimensionate.

Buona parte del processo viene destinato al giallo di una fiat bianco sporco rinvenuta in una stradina sterrata nella periferia di Trapani completamente bruciata. A denunciarne la scomparsa la sera del 6 di aprile era stato Vincenzo Cusumano il quale aveva raccontato che il furto dell'auto era avvenuto la sera prima. Per gli investigatori quella storia però non quadra. Il racconto di Cusumano è contraddittorio e anche la sorella, chiamata in questura, sembra non raccontare la verità. Per l'accusa quella potrebbe essere la famosa fiat uno bianca sulla quale aveva raccontato di aver lavorato il Parrino e poi sparita dall'officina del Calabrò poche ore prima della strage, oppure un'auto comunque usata dagli attentatori e poi distrutta. Sulla carcassa dell'auto vengono espletate decine di perizie. Anche in questo frangente, al centro delle testimonianze, c'è il giovane carrozziere.

Parrino e i suoi colleghi però dichiarano di non aver mai avuto tra le mani quella macchina per le riparazioni. È una pista che non porta a niente. Nessuno saprà mai che fine ha fatto la uno bianca sulla quale lavorarono i carrozzieri nell'officina del Calabrò a poche ore dalla strage.

Di certo l'organizzazione dell'attentato ha coinvolto più persone. C'è chi ha preparato l'autobomba, chi l'ha portata nella piazzola della provinciale solo pochi minuti prima del passaggio delle auto, chi ha osservato dall'alto tutto il tragitto delle macchine, chi ha pigiato il pulsante del telecomando e chi ha osservato e protetto le operazioni dal basso senza che nessuno si accorgesse di niente.

In aula arrivano le perizie tecniche sull'esplosivo utilizzato per l'attentato a Palermo. Gli esperti parlano di un ordigno potentissimo, una miscela di decine di chilogrammi di sostanze detonanti. Una bomba micidiale fatta di tritolo, T4, pentrite e poi, in ultimo, su quello che resta del rivestimento dell'abitacolo dell'autobomba i periti ritrovano tracce di Semtex, un esplosivo militare. Gli esperti non hanno dubbi: "È stato usato come attivante o meglio, come secondo detonatore per potenziare l'azione innescante del detonatore primario, certamente di tipo elettrico. Infatti gli esplosivi da mina, che hanno la capacità di sviluppare un elevato volume di gas, necessitano di un sistema di innescamento vivace e soprattutto molto rapido".

Un lavoro da esperti.

Durante il processo non sarà possibile comparare il tipo di esplosivo utilizzato a Pizzolungo con quello ritrovato durante una perquisizione effettuata l'11 maggio del 1985 in una casale di Poggio San Lorenzo a Rieti. Il casale era intestato a Pippo Calò, il cassiere di Cosa nostra e lì vennero trovati due detonatori, 6 chili di tritolo e 2 panetti di semtex. Uno era integro, l'altro no. Quell'esplosivo venne ritenuto dagli esperti compatibile con quello utilizzato per la strage del rapido 904.

Il dibattimento dura un anno. Dopo 147 udienze, alla

fine della requisitoria del pubblico ministero Ottavio Sferlazza la corte si ritira in camera di consiglio. Il 19 novembre del 1988 arriva la sentenza.

Vincenzo Milazzo, Filippo Melodia e Gioacchino Calabrò vengono condannati all'ergastolo per strage. Gli altri vengono assolti con formula piena per non aver commesso il fatto. La corte condanna anche quattro dei sei accusati coinvolti nella gestione della raffineria di Alcamo. Vincenzo Melodia è condannato a 19 anni insieme al latitante Giuseppe Ferro. Diciotto anni vengono inflitti ad Antonino Melodia e 12 al padre Nicolò. Gli altri vengono assolti.

Il 15 marzo del 1989 viene depositata la sentenza e rese pubbliche le motivazioni della corte.

Per i giudici Vincenzo Milazzo è l'organizzatore della strage e il principale responsabile della gestione della raffineria di Alcamo. La strage sarebbe stata decisa per proteggere la fabbrica della droga dall'azione investigativa di Carlo Palermo. Calabrò avrebbe fornito le auto per la strage e avrebbe poi collaborato all'organizzazione dell'attentato. Filippo Melodia avrebbe affiancato entrambi nelle varie fasi dell'attentato.

Il 16 ottobre dello stesso anno inizierà il processo d'appello.

Mentre a Caltanissetta stava iniziando il processo per la strage di Pizzolungo, a Palermo la corte di assise è entrata in camera di consiglio. È l'11 novembre del 1987 e sta volgendo al termine il maxiprocesso.

Quello che si celebra nell'aula bunker accanto al carcere dell'Ucciardone è un momento che segna la svolta nella battaglia antimafia. A processo ci sono 475 imputati fra boss e gregari di Cosa nostra. I capi di imputazione sono 438 e sono compresi anche 120 omicidi. Dietro le sbarre ci sono i volti degli uomini ritenuti i boss di Cosa nostra: Pippo Calò, Gerlando Alberti, Mariano Agate, quello che in carcere diceva che Ciaccio Montalto era "arrivato alla stazione", Luciano Liggio, Leoluca Bagarella, Michele Greco, il "papa", arrestato a processo iniziato e già condannato in primo grado perché ritenuto il mandante dell'omicidio di Rocco Chinnici. Salvatore Buscetta parla di lui come del capo della commissione, almeno fino all'anno 1980. Tra i contumaci perché latitanti ci sono Salvatore Riina e Bernardo Provenzano.

La città di Palermo è blindata. Tremila agenti presidiano la zona, un sistema di porte e di vetri antiproiettile protegge giudici e testimoni. A chi aveva proposto di spostare il maxiprocesso a Roma gli stessi magistrati avevano risposto che il processo contro lo mafia doveva essere celebrato nella città capoluogo della Sicilia.

Grazie a un decreto approvato quattro giorni prima dell'inizio del dibattimento i componenti della corte vengono raddoppiati. Per la prima volta ci sono titolari e supplenti, c'è il timore che qualcuno possa venir meno.

L'aria che si respira è di grande paura. Trovare i giudici popolari è stata un'impresa. Due mesi prima dell'inizio del dibattimento il timore si è manifestato con una diserzione di massa. Dei 50 cittadini invitati dallo stato a comparire in tribunale, 37 nemmeno si presentano, altri 9 rifiutano e sono soltanto 4 quelli che accettano ma con "riserva". È un rosario di certificati medici. La corte annota problema vascolari, reumatismi, coliche renali e colleziona cartelle sanitarie. C'è anche una donna in "crisi esistenziale".

È la spia del clima che c'è a Palermo. Lo stesso che pochi mesi dopo si respirerà a Caltanissetta quando la corte d'assise ascolterà i testimoni per la strage di Pizzolungo. Hanno accettato di fare i giudici popolari solo un uomo e tre donne. Due di loro sono insegnanti, le altre due fanno le casalinghe e abitano in piccoli paesi sulle Madonie.

Quando il processo inizia si capisce subito che non sarà facile arrivare fino in fondo. C'è un clima di grande tensione, la partenza è difficile, le udienze stentano ad andare avanti. La strategia degli imputati è interrompere continuamente con scaramucce, piccoli pretesti. Gli imputati si lamentano per i panini, perché non possono fumarsi le sigarette, prendono tempo e in quei momenti il presidente della corte dimostra un grande controllo e una pazienza fuori dal comune. Luciano Liggio addirittura si lamenta con il giudice Giordano perché non ha la libertà di volgere serenamente lo sguardo verso la corte. Si sente osservato dai carabinieri piantonati davanti alle gabbie.

Si registrano le assenze continue di alcuni avvocati impegnati anche in altri processi. Il blocco delle udienze è in agguato. Poi arriva la svolta clamorosa: Tommaso Buscetta che aveva rinunciato a comparire si mette a disposizione della corte.

Il grande accusatore è lì, pronto per essere screditato. Ci prova Pippo Calò. Il confronto fra i due è durissimo. Il cassiere di Cosa nostra muove attacchi personali e racconta un mondo fatto di vendette e disprezzo. Cerca di intaccare la credibilità del pentito sostenendo che Buscetta è inaffidabile nelle sue dichiarazioni come lo è nelle sue relazioni familiari.

La reazione di Buscetta è immediata.

"Io sono arrabbiato con costui perché in 400 pagine di interrogatorio io non ho mai toccato nessun problema familiare di nessuna persona."

"Ma arrabbiare non ti arrabbiare, si arrabbiano i cani", replica Calò.

Tra i due ormai c'è un odio profondo.

"Un uomo che prima ha accarezzato i miei figli e poi li ha uccisi", dirà in seguito il collaboratore. È convinto che anche Calò, insieme agli altri uomini della commissione abbia decretato la morte di suo fratello e suo nipote, dei suoi due figli spariti nel nulla, del cognato, di altri parenti. Una ventina di persone vittime della vendetta mafiosa.

È un dialogo che dura pochi minuti, il tempo per capire che i due parlano la stessa lingua ma che non seguono più gli stessi "principi".

"Io non condivido più quella struttura a cui io appartenevo. Quindi non sono un pentito."

I collaboratori di giustizia che entrano nel maxiprocesso sono 25. Tra questi ci sono anche alcuni personaggi presenti nelle inchieste trentine di Carlo Palermo, sono Gennaro Totta e il trafficante turco Wakkas. È la pista della droga che unisce il nord al sud, Palermo con Milano. Totta è legato ai fratelli Grado e controlla il mercato della droga milanese. Wakkas è uno dei maggior fornitori di morfina base della famiglia Grado. È un cerchio che si chiude e un sistema d'affari che ormai deve cambiare personaggi e strategie.

Dopo 21 mesi dall'inizio del dibattimento i giudici entrano in camera di Consiglio. Hanno affrontato 349 udienze, ascoltato 1314 interrogatori e 635 arringhe difensive pronunciate da 200 penalisti. "I pentiti mentono per vendetta, inventano, non sono credibili", è la tesi degli avvocati della difesa.

Per i magistrati togati e quelli popolari non ci potrà essere nessun contatto con l'esterno fino alla sentenza. Rimarranno chiusi negli uffici blindati dell'aula bunker. È la più lunga camera di consiglio della storia d'Italia. Il ministero di Grazia e Giustizia ha appaltato a una ditta di fiducia la preparazione dei pasti. C'è un cuoco che arriva tutti i giorni e cucina per loro. Nessuno l'ha mai visto. Prima di andare via suona un campanello per avvertire che è pronto e se ne va da una porta blindata.

Dopo 35 giorni di camera di consiglio i giudici rientrano nell'aula bunker della corte di assise di Palermo. Le condanne sono 342, 19 gli ergastoli. Gli anni di carcere complessivi sono 2665, gli imputati assolti 114. Il carcere a vita è destinato agli uomini che compongono "la commissione" con qualche esclusione. È ergastolo per Michele Greco, Pippo Calò, Salvatore Riina, Bernardo Provenzano e altri 15 capimafia. È assolto Luciano Liggio. I giudici condannano a 7 anni "l'esattore" Ignazio Salvo, il cugino Nino, anche lui imputato, è morto nell'"86 a processo iniziato. Sono loro il collegamento con la politica, i colletti bianchi del maxiprocesso. L'elenco delle condanne e delle assoluzione dura un'ora e mezza. È l'ultima fatica del giudice Alfonso Giordano.

Gli uomini della mafia non se l'aspettavano ma sanno che la partita non è chiusa. Fuori e dentro le sbarre si aspetta il processo d'appello nella convinzione che le cose si aggiusteranno.

Sarà un'estate di sangue.

Le storie di mafia tra Trapani e Palermo continuano a intrecciarsi. La mattina del 14 settembre del 1988, in una contrada nella periferia di Trapani che si chiama Locogrande i carabinieri trovano un cadavere accanto a una fiat panda. Gli hanno sparato alla testa e all'addome, per i carabinieri è un'esecuzione in piena regola. Il corpo è quello di Alberto Giacomelli, 68 anni, giudice in pensione da qualche mese. La mafia non si è dimenticata di lui. Nel 1985, quando era presidente di sezione del tribunale di Trapani, aveva firmato il provvedimento di sequestro della casa di Gaetano Riina, fratello del boss Totò. La famiglia Riina non era più riuscita a rientrare in possesso di quella villetta. La firma su quel provvedimento è stata la sua condanna a morte. È la prima volta che la mafia colpisce un magistrato giudicante. La strategia di Cosa nostra diventa sempre più definita.

Un altro delitto arriva appena dieci giorni dopo. È il 25 settembre, una telefonata anonima al 113 avverte: "C'è stata una sparatoria, ci sono dei morti sulla strada a scorrimento veloce Agrigento Caltanissetta". Sono da poco passate le 23 quando le forze dell'ordine raggiungono il viadotto di Contrada Giurfo. Appoggiata al guardrail c'è una lancia Prisma crivellata di colpi. Dentro ci sono due cadaveri. Con la testa appoggiata al volante c'è Antonino Saetta, siciliano di Canicattì, 66 anni, presidente della sezione della corte di appello di Palermo. Sul sedile accanto c'è suo figlio Stefano, 35 anni. Intorno alle 22.40 la loro macchina è stata affiancata dall'auto dei killer, una bmw ritrovata bruciata a tre chilometri di distanza dal luogo del delitto. Gli assassini hanno sparato contro il giudice e suo figlio 47 colpi di pistola calibro 9.

La morte del giudice suona come un avvertimento ma anche come una vendetta. Antonio Saetta le storie di Cosa nostra le conosceva bene. Come presidente della corte di appello di Palermo aveva trattato due fondamentali processi di mafia: quello relativo all'uccisione del capitano dei carabinieri Emanuele Basile e quello sulla strage di Rocco Chinnici. Aveva condotto i due processi con mano ferma, senza incertezze. Era un magistrato schivo e riservato, per indole e per scelta di vita. Ma non è stata solo la vendetta a motivare la morte di quel giudice corretto e sconosciuto. Antonino Saetta fu ucciso anche perché c'era la probabilità che potesse essere il presidente della corte di assise di appello del maxiprocesso. Quel giudice aveva già dimostrato di non essere influenzabile e di conoscere bene le logiche criminali di Cosa nostra. La mafia aveva agito in maniera preventiva, evitando così che un giudice scomodo potesse rovinare i loro piani. Quella morte conteneva anche un messaggio intimidatorio per gli altri magistrati giudicanti che si occupavano di processi di mafia e per quelli che sarebbero stati impegnati nel maxiprocesso.

A fine settembre la mafia uccide ancora, a Trapani, il cadavere questa volta è quello di un giornalista. La sera del 26 settembre Mauro Rostagno è negli studi di Rtc. Ha appena finito di montare il servizio sulla morte di Antonino Saetta usando parole durissime come è nel suo stile. Decide che è l'ora di tornare a Lenzi, una località vicino Trapani dove ha sede la Comunità Saman, insieme alla sua giovane collaboratrice Monica. Quella è casa sua, era nato come un centro di meditazione e poi l'aveva trasformata in una comunità per il recupero dei tossicodipendenti.

"È ora di dare una vita a chi non ce l'ha", rispondeva quando gli domandavano il motivo di quella scelta.

Ma è proprio lì che la sfida di Mauro Rostagno si ferma, lungo la strada stretta e sterrata che porta in contrada Lenzi, a poche centinaia di metri dalla sua comunità e dai suoi ragazzi. È una notte ancora più buia delle altre, qualcuno ha tranciato i cavi dell'Enel. Dentro la fiat duna si parla ancora di servizi e televisione. L'attacco mafioso arriva da uomini nascosti ai margini della strada. I colpi di pistola entrano dal lunotto posteriore ed è una pioggia di cristallo.

"Come stai?", domanda Monica che si è distesa lungo il sedile e appoggia la testa sul corpo di Mauro.

"Va tutto ok", sono le ultime parole che dirà il giornalista.

La morte arriva subito dopo con una nuova raffica di colpi. Monica è viva, scappa nel buio della notte più nera di tutta la sua vita.

Rostagno era nato a Torino. Si era trasferito a Trento per laurearsi in sociologia ed è stato uno dei fondatori di Lotta continua. Rifiutava ogni forma di violenza e aveva lasciato la sua città per l'India portandosi dietro tutta la famiglia. La politica aveva lasciato spazio a una nuova filosofia di vita e aveva aderito al movimento degli arancioni. Il suo messaggio voleva portarlo fino a Trapani dove aveva scelto di trasferirsi con la moglie Chicca Roveri e la figlia Maddalena.

Il lavoro in quella piccola tv locale era arrivato per caso ma nel giro di pochi mesi quel ragazzo torinese dallo sguardo attento e ironico aveva conquistato uno spazio importante e tutto suo. Si presentava in video vestito di bianco e non aveva paura di niente. Per la prima volta in tv si parlava di collusione fra la mafia e la politica locale, venivano seguite le udienze dei processi come quello sull'omicidio Vito Lipari dove erano imputati i boss Nitto Santapaola e Mariano Agate. Fu proprio lui durante una pausa dell'udienza che lo avvertì di "dire meno minchiate sul suo conto".

Non aveva paura di fare nomi e collegamenti. Alla tv aveva portato tanti giovani collaboratori che andavano per la città con telecamere e microfoni.

Mauro Rostagno una settimana prima di essere ucciso, ad Enzo Biagi che lo intervistava chiedendogli a che cosa si era ispirato nei suoi racconti sulla mafia rispondeva così: "Biagi, io mi ispiro alle mie esperienze giornalistiche. Si sta facendo un'enorme confusione sul problema della mafia. Ti faccio un esempio: i fratelli Greco, accusati dell'omicidio del giudice Chinnici sono degli scassapagghiari, delinquenti da tre soldi. I mafiosi sono in ben altri luoghi e in ben altre assemblee. I mafiosi stanno in Parlamento, i mafiosi a volte sono ministri, i mafiosi sono banchieri, i mafiosi sono quelli che in questo momento sono ai vertici della nazione...".

Ora la mafia l'ho vista anch'io. Tutti i silenzi che hanno costruito intorno a me per proteggermi sono crollati. Ho guardato le immagini di un morto ammazzato e lo conosco, si chiama Mauro Rostagno. Non è amico mio ma l'ho visto in televisione. Era un giornalista simpatico e sempre vestito di bianco. Il suo telegiornale era diverso dagli altri, a cena capitava di seguire i suoi servizi su RTC, una tv locale di Trapani. Spesso non capivo tutti i collegamenti che faceva ma spiegava bene che a Trapani c'era la droga, c'era la mafia e anche le logge massoniche dove si ritrovavano, tra gli altri, politici e banchieri.

Non capisco perché l'hanno ucciso ma di sicuro è stata la mafia. Lo so perché ne abbiamo parlato a scuola e perché nei giorni scorsi hanno ammazzato anche due giudici. Vorrei sapere se quelli che hanno ucciso Rostagno hanno ucciso anche mia madre e i miei fratelli ma non so a chi chiederlo. Sono sicura che il giudice Palermo potrebbe dirmi molte cose ma non so come rintracciarlo.

In televisione hanno fatto vedere quella macchina vuota ma con il sangue sui sedili. La giornalista spiegava che c'era una donna con lui che è riuscita a salvarsi e ha dato l'allarme. Rostagno aveva anche una moglie con un nome strano, Chicca. Poi hanno fatto vedere delle foto che mi hanno fatto piangere. C'è lui con una bambina che si chiama Maddalena. La foto è di qualche anno fa perché hanno detto che sua figlia è nata nel 1973. Maddalena ha un anno più di me ma non la conosco. Mi piacerebbe abbracciarla perché ora è come se fosse diventata mia sorella. Potrei invitarla a casa mia, non per parlare dei morti ma per farci compagnia.

Sono passati due giorni dall'omicidio di Rostagno e con gli studenti di altre classi e altri istituti decidiamo di organizzare una fiaccolata per ricordarlo. La piazza è piena di ragazzi. Sono arrivati da tutte le scuole di Trapani. Ci sono anche molti giovani della sua comunità, Saman. La foto dell'uomo con la barba, sorridente nel suo vestito bianco, è in prima fila.

Vedere tutte quelle persone mi emoziona. Non sento dolore ma la voglia di combattere contro chi ha deciso di uccidere questo giornalista e mia madre con i miei fratelli. Per la prima volta capisco che posso fare anch'io la mia parte in questa battaglia.

Prendo la mia fiaccola e la porto con orgoglio per le strade della mia città. Dalle finestre ci guardano quando passiamo. Qualcuno applaude e ci dice di andare avanti ma sono molti di più quelli che richiudono velocemente le imposte come se avessero paura di noi.

Torno a casa che è tardi e mi metto subito a letto. Lo so che non sono felice però questa sera mi sento diversa: ho capito che non sono più sola. Non riesco a dormire e allora metto dentro il mangianastri la mia canzone preferita. Mi addormento cantando sotto il cuscino: "Una terra promessa, un mondo diverso, dove crescere i nostri pensieri. Noi non ci fermeremo, non ci stancheremo di cercare il nostro cammino. Noi non ci fermeremo, non ci stancheremo ed insieme noi troveremo...".

La sfida di Rostagno non si è fermata perché ora cammina con le gambe dei suoi ragazzi.

Colpevoli e innocenti

Il postino non ha trovato nessuno. Sono io, nel pomeriggio, a leggere il cartoncino con l'avviso di giacenza. È uno di quelli gialli che solitamente si usano per le multe. Mio padre va a ritirarla il giorno dopo alle poste, all'ora di pranzo.

Non è una multa ma sono comunque soldi da pagare. Nessuno ha "ufficialmente" rottamato l'auto di mia madre e quindi dobbiamo saldare tutti i bolli compresi gli interessi di mora. Chissà se hanno chiesto di pagare i bolli anche per le auto di scorta di Carlo Palermo. Quelle esistono ancora, le vedo tutte le volte che passo davanti al tribunale. Le due carcasse blindate della ritmo e della 132 sono rimaste lì, dimenticate come un monumento fatiscente destinato solo a chi ha memoria di quel maledetto 2 aprile. Sono già passati più di quattro anni.

La mia vita, intanto, si è fatta un po' più normale. Sto per terminare la V ginnasio e credo che sarò promossa senza problemi. Ho cominciato ad andare in palestra e mi sono appassionata al basket. Quest'anno la pallacanestro Trapani è fortissima, se continua così possiamo arrivare ai play-off per la serie A. La domenica vado al Palasport con le mie amiche e poi finiamo la giornata sul lungomare in passeggiata.

Ho iniziato a uscire più spesso, e il giro delle mie amicizie si è allargato. Ma non c'è nessuno a cui mi va di raccontare davvero come mi sento. C'è solo una persona con cui parlo tutte le sere, prima di andare a letto. Gli racconto quello che mi è successo durante il giorno, i miei problemi e cosa invece mi rende felice. È mia madre, la trovo ogni sera nei miei pensieri prima del sonno. È il nostro appuntamento quotidiano a cui non ho mai mancato.

Mio padre ha superato l'intervento alla gola ma i suoi problemi al cuore restano lì, in agguato. In qualche modo riesce sempre a superare le difficoltà e a portare avanti la sua azienda, ma in casa si respira un'aria di tensione costante.

Sta per iniziare il processo di appello a Caltanissetta. È vero, la prima sentenza ha portato le condanne, ma è presto per cantar vittoria. Ci hanno spiegato che bisogna aspettare ancora due gradi di giudizio. Le poche cose che so le apprendo da mio padre, ma le notizie bisogna cavargliele con le pinze. Nonostante le mie insistenze, non mi ha mai permesso di partecipare alle udienze, dice che il tribunale non è il posto per una bambina. La sua bambina, è così che continua a vedermi. Ma non capisce che la mia non è semplice curiosità. Vorrei che quegli uomini che hanno distrutto la nostra famiglia mi guardassero negli occhi, per fargli capire davvero quello che hanno fatto.

Un pomeriggio, quando tutti sono usciti, mi metto a cercare la chiave della cassaforte. Voglio vedere se ci sono delle carte, delle lettere, qualunque cosa mi faccia capire cosa è successo quella mattina e perché. A questo mi hanno costretta, a cercare informazioni come una ladra. Ma questi segreti mi appartengono, non li sto rubando, fanno parte della mia vita.

Le chiavi so già dove trovarle, è da un po' che ho iniziato a frugare, le ho adocchiate nell'ultimo cassetto del comodino in camera da letto. Vado sul terrazzo e guardo fuori dalla finestra. Via libera, non c'è nessuno, è il momento giusto. Cosa può succedere se mio padre si accorge che ho rovistato tra le sue cose?

Veloce come un fulmine tolgo il quadro e apro la cassaforte. Ci sono meno cose di quelle che mi aspettavo. Inizio a svuotarla facendo attenzione a ricordarmi l'ordine esatto degli oggetti. Mi siedo sul divano, davanti a me c'è un tesoro inaspettato. Ci sono i regali del battesimo dei miei fratelli. Oggetti d'oro minuscoli, non pesano niente, non li hanno mai indossati: braccialetti di corallo portafortuna, medagliette con angioletti e due croci. Vorrei tenerle con me ma non posso. C'è l'oro di mia madre, la sua collana d'ambra che metteva sempre nelle occasioni speciali, il suo anello di fidanzamento e ci sono altri gioielli. In fondo alla cassaforte, ecco quello che cercavo, ci sono alcune lettere. Tra loro ce n'è una che riconosco subito, è quella arrivata qualche mese fa e della quale mio padre non ha voluto dirci niente. La apro, è scritta a macchina.

"Gentile signore,

in seguito alla precedente comunicazione è emerso che gli ultimi due efferati delitti di Palermo sono stati commissionati con l'ausilio della stessa persona che ha determinato il massacro della sua povera famiglia… il tale è sempre un camorrista aggregato sconosciuto alla polizia, agisce indisturbato nell'ombra di un corriere svizzero della droga...chi le scrive è un suo connazionale colpito tempo fa dalla piovra micidiale della mafia, desideroso bramante della giustizia che non vuole mettersi in mostra..."

Non finisco nemmeno di leggerla, una persona desiderosa di giustizia non scrive lettere anonime, se sa qualcosa va dai carabinieri. Non riesco nemmeno a immaginare come si possano mandare queste cose a persone in difficoltà che hanno subito una tragedia come la nostra. Ci sono altre lettere dai contenuti ancora più sconclusionati. Eppure mio padre le ha messe da parte. Potrebbero essere importanti? Forse, quando sei in preda alla disperazione, senti il bisogno di aggrapparti a qualsiasi cosa. Provo istintivamente una grande tenerezza per mio padre e disprezzo per questi sconosciuti che le hanno scritte, che hanno pensato di approfittare del nostro dolore per compiere le loro vendette private.

Di queste lettere non parlerò mai con nessuno.

Ci sono altre cose, decisamente più interessanti dal mio punto di vista, nel cassetto della scrivania di mio padre. Tanti ritagli di giornale. Sono articoli scritti a ridosso della strage, quelli che parlano di mia madre e dei miei fratelli, e quelli che parlano del processo di Pizzolungo. Ce ne sono alcuni, ancora, che raccontano di un altro processo, che si sta svolgendo a Palermo. È il maxiprocesso, ne abbiamo discusso anche a scuola con il gruppo che si è formato dopo la morte di Rostagno.

Rimetto in cassaforte le lettere e i gioielli, cercando di ricostruire lo stesso ordine che c'era prima. Tengo per me, invece, alcune pagine di giornale. Mio padre non si accorgerà che sono sparite, a me potrebbero tornare utili.

Il mio diario non è gonfio di stickers e adesivi scintillanti. Sulle sue pagine non ci sono cuori disegnati con l'Uniposca, né gli occhioni verdi di Nick Kamen.

Il mio diario segreto è una cartellina azzurra, dentro ci conservo le pagine dei giornali, le più importanti, dopo averli letti di nascosto sotto il banco o durante l'intervallo. Ultimamente mi sto dedicando soprattutto all'appello del maxiprocesso che è iniziato a febbraio. Mi appunto ogni giorno i nomi dei mafiosi che ho già sentito in questi anni, quelli che hanno a che fare con ciò che mi è successo. Scrivo le storie dei boss, dei pentiti, sottolineo i nomi delle vittime di mafia. È una sensazione strana, passare il mio tempo a studiare e collegare quelle vicende mi fa stare meglio. Come se così facendo fosse possibile arrivare un giorno fino alla maledetta bomba che ha distrutto le nostre vite.

È tutto materiale di cui potrei parlare un giorno a Giovanni Falcone. Magari si ricorda la mia storia, forse la mafia sotto processo a Palermo è la stessa che ha organizzato la strage a Pizzolungo. Adesso che Carlo Palermo è andato via da Trapani, mi sembra l'unico che può aiutarmi. Da quando ho letto questi articoli il mio bisogno di sapere è diventato ancora più forte.

Finché la mattina del 22 di giugno, quando esco da scuola, leggo su *la Repubblica* una notizia che mi disorienta e mi spaventa.

"Doveva morire alle 8 sulla scogliera, lontano dai bunker e dalle auto blindate. Doveva saltare in aria insieme alla moglie Francesca, alla villa dove abitavano, ai bagnanti che ogni giorno scendono nella borgata dell'Addaura per godersi il primo sole. Un pulsante luminoso, il radiocomando a microonde azionato probabilmente da un barca, venti chili di esplosivo nascosti in una borsa..."

L'articolo porta la firma di Attilio Bolzoni e il suo nome in queste settimane ho imparato a conoscerlo.

"Una sacca impermeabile, di colore azzurro, 58 candelotti di gelatina a pochi metri dalla casa estiva di Giovanni Falcone. Un attentato alla libanese, una strage per far fuori il nemico numero uno della mafia siciliana..."

Leggo e mi vengono i brividi. Il sole, il mare, l'esplosione come la mattina del 2 di aprile. Però questa volta la mafia ha fallito, Falcone è ancora vivo e per fortuna non ci sono vittime innocenti. La bomba non è esplosa.

Come per Chinnici, come per Carlo Palermo anche per Falcone si è scelta la via della strage e della devastazione.

Qualche giorno dopo, in un'intervista rilasciata al giornalista dell'*Unità* Saverio Lodato, Falcone afferma: "Ci troviamo di fronte a menti raffinatissime che tentano di orientare certe azioni della mafia. Esistono forse punti di collegamento tra i vertici di Cosa nostra e centri occulti di potere che hanno altri interessi, ho l'impressione che sia questo lo scenario più attendibile se si vogliono capire davvero le ragioni che hanno spinto qualcuno ad assassinarmi".

Il clima a Palermo è cambiato. L'entusiasmo che si respirava intorno al pool antimafia è stato stemperato da campagne diffamatorie contro il maxiprocesso, dai tentativi di delegittimare il lavoro d'inchiesta dei magistrati e dalle polemiche sull'utilizzo dei pentiti. Antonino Caponnetto è andato in pensione ed erano tanti quelli che vedevano in Giovanni Falcone il suo erede naturale.

Al suo posto è arrivato invece il "più anziano" Antonino Meli. Il suo metodo di lavoro è diverso da chi l'ha preceduto. Le inchieste vengono di nuovo divise, assegnate ai diversi uffici e territori. Di fatto il gruppo dei magistrati del pool non esiste più: Paolo Borsellino, nominato procuratore capo di Marsala si è trasferito, Di Lello si è dimesso e Falcone ha chiesto un altro incarico. Il processo di normalizzazione ha prodotto i suoi risultati.

Ma negli uffici giudiziari di Palermo il clima si fa sempre più pesante. L'attacco contro l'uomo diventato simbolo della battaglia contro la mafia arriva anche dall'interno. Qualcuno sta tentando di gettare fango sulla sua immagine, in procura arrivano lettere anonime piene di accuse calunniose tese a delegittimarlo. C'è addirittura chi ipotizza che l'attentato se lo sia fatto da solo. Il nemico numero uno di Cosa nostra è sempre più solo: il collega e amico fraterno Paolo Borsellino è a Marsala da tempo, il pool è stato smantellato e le accuse irresponsabili e infamanti sono all'ordine del giorno.

Anche in appello le udienze del processo per la strage di Pizzolungo e quelle del maxiprocesso si incrociano. Due processi distinti che a un certo punto avrebbero potuto diventarne uno solo. Giovanni Falcone e Claudio Lo Curto, che stava terminando l'istruttoria del processo per Pizzolungo, si erano incontrati una sera d'estate. Avevano discusso a lungo se anche la "strage degli innocenti" potesse essere inserita all'interno del maxiprocesso. Ma c'era la storia della raffineria a rendere quell'istruttoria particolarmente complessa, e alla fine decisero insieme che la soluzione migliore era lasciare il processo dov'era, a Caltanissetta.

Ed è così che, mentre a Palermo i giudici sono già a lavoro da febbraio, a Caltanissetta il 16 ottobre 1989 si apre il processo di secondo grado.

La corte è presieduta dal giudice Gaetano Costanza. Udienza dopo udienza viene smantellato l'impianto accusatorio che aveva portato alle condanne di primo grado.

Secondo i giudici, i testimoni Parrino e Rimi non sono attendibili: "Vuoi perché si sono contraddetti, vuoi perché uno di loro aveva reso la versione accusatoria dopo aver subito lesioni da parte degli interroganti". Non sono utilizzabili neanche le deposizioni testimoniali delle due donne che avevano visto la fiat uno parcheggiata in contrada Cusumano, anche queste vengono ritenute contraddittorie.

Le prove che si erano formate durante il dibattimento di primo grado vengono smontate una dopo l'altra. Per i giudici non c'è nessuna certezza che il vetro acquistato dal Calabrò fosse servito per la fiat uno ritrovata a pochi chilometri della strage, né che questa fosse in qualche modo coinvolta nell'organizzazione dell'attentato. "E anche a voler ritenere certa l'identità fra il vetro acquistato dal Calabrò e quello a suo tempo collocato sulla fiat uno più volte citata, e anche a ritenere certo il collegamento fra la fiat uno e la strage, non si può semplicisticamente dare per provato che, dopo averlo acquistato, sia stato il Calabrò a montare – personalmente – il vetro e sia stato, per di più, consapevole dell'uso che della fiat uno si sarebbe fatto."

Anche la parte relativa alla raffineria di Alcamo è da rifare: c'è un problema di competenza. Quel processo deve iniziare da capo e non a Caltanissetta ma a Trapani.

I giudici mettono anche in evidenza che se il movente è

la raffineria di Alcamo, Calabrò non è implicato nell'attività di raffinazione della morfina perché nessun reato gli è stato contestato. Quindi è labile anche il coinvolgimento del Milazzo e del Melodia, implicati nella vicenda per aver "coadiuvato il Calabrò nell'estrinsecazione di tali minacce" in riferimento agli episodi di Parrino e Rimi.

E poi Carlo Palermo si era fatto parecchi nemici. Lo ha ammesso lui stesso, candidamente, nel corso di un interrogatorio. Era stato più volte minacciato prima di arrivare a Trapani e il suo nome era stato ritrovato nelle liste di vari gruppi terroristici. Erano in tanti, quindi, a volere la sua morte.

La sentenza arriva il 12 marzo 1990 dopo 5 giorni di camera di consiglio.

Mio padre ritorna a casa scuro in volto, se non fosse per l'agitazione, per i gesti nervosi, sembrerebbe un cadavere.

"Li hanno assolti!", dice. "Hanno assolto tutti! Non ci sono colpevoli. Per i nostri morti non ci sarà nessuna giustizia, nessuna verità."

Io e Antonina sediamo zitte sul divano, il sole al tramonto, dalla finestra, la fa sembrare una giornata normale. Non sappiamo cosa dire, per abbracciarlo ci manca il coraggio, la follia di questo momento è troppo grande. Sono io la prima delusa, arrabbiata e allo stesso tempo impaurita. Ma non sono più la bambina di qualche anno fa, così mi alzo e provo a mettergli una mano sulla spalla.

"Papà, abbiamo perso solo una battaglia. C'è ancora un processo. Me l'hai detto tu, no? Bisogna aspettare i giudici della cassazione."

Mio padre mi guarda. Il suo sguardo è come distratto, come se quello che vede in questo momento non gli bastasse, sebbene sia quello che sulla terra ama di più.

"No Margherita", dice piano. "Io non ho più nessuna speranza."

Il telefono squilla, dall'altro capo del filo c'è un giornalista. Vuole una sua dichiarazione sulla sentenza. Tira tutto di un fiato, non si prende una pausa, sa già cosa deve dire.

"Oggi c'è stata un'altra strage come quella del 2 di aprile di cinque anni fa, sono di stucco. Devo convincermi che la magistratura è in condizione di condannare solo gli imputati che si dichiarano colpevoli o i ladri di polli. Non dico che queste persone dovessero essere condannate ad ogni costo ma se i giudici non sono stati in grado di condannare i colpevoli o i presunti tali arrestati nell'immediatezza del fatto come faranno ora dopo cinque anni a risalire ai veri responsabili?"

Riattacca la cornetta e sparisce chiudendosi alle spalle la porta della camera da letto. Io e Antonina rimaniamo in silenzio fino a quando Giuseppe Salvatore decide, con urla e lacrime, che è ora di andare a cena.

La mattina dopo prendo i giornali. Apro *la Repubblica*, c'è l'articolo sulla sentenza. "L'attentato a Carlo Palermo, strage di mafia senza colpevoli", la firma è di un giornalista siciliano, Francesco Viviano. "Tutti assolti. Per la strage di Pizzolungo del 2 aprile di cinque anni fa contro il giudice Carlo Palermo nella quale morirono dilaniate dallo scoppio di un'autobomba la signora Barbara Rizzo e i due suoi figli gemelli di sei anni, non ci sono colpevoli. Né mandanti né esecutori. Con una sentenza che farà sicuramente discutere, ieri la corte d'assise d'appello di Caltanissetta ha assolto dalla strage i tre imputati che in primo grado erano stati condannati all'ergastolo: Gioacchino Calabrò, Vincenzo Milazzo e Filippo Melodia. Annullate anche le altre condanne per quattro imputati minori che in primo grado erano stati condannati a pene comprese tra i dodici ed i diciannove anni di reclusione."

C'è l'intervista che mio padre ha rilasciato ieri sera al telefono. Continuo a leggere: "...La strage di Pizzolungo dunque è rimasta opera di ignoti... Secondo gli investigatori e i giudici di primo grado la cosca mafiosa che faceva capo a Vincenzo Milazzo organizzò l'agguato contro il giudice Carlo Palermo che trasferitosi da Trento a Palermo aveva ripreso i fili di un'inchiesta sul traffico di droga e di armi... Carlo Palermo era un magistrato scomodo, con fama di investigatore tenace e che avrebbe potuto mettere in pericolo la lucrosa attività del traffico di stupefacenti...".

Il giorno dopo la notizia delle assoluzioni per la strage di Pizzolungo è già sparita dai quotidiani. Trovo invece un pezzo di poche righe che mi aggiorna sulle udienze di appello del maxiprocesso iniziato ormai da più di un anno. C'è stata la requisitoria dei pubblici ministeri. Hanno chiesto 24 ergastoli e quasi quaranta secoli di carcere per tutti gli imputati. In appello è stato chiesto il massimo della pena anche per Pippo Calò, il cassiere della mafia che in primo grado era stato condannato a 23 anni e che nel frattempo era stato condannato all'ergastolo per il rapido 904. Anche quella strage di innocenti portava la firma di un uomo di Cosa nostra e io non lo sapevo.

A Palermo, nell'aula bunker si respira un clima di grande incertezza. I giornalisti che seguono le udienze non azzardano previsioni. Il presidente della corte designato è

Vincenzo Palmegiano. Il giudizio d'appello rappresenta un momento di verifica fondamentale per l'impianto accusatorio che ha portato alla condanna di centinaia di mafiosi. Ora tocca a questi giudici valutare la solidità del teorema Buscetta che fa risalire alla commissione tutte le decisioni strategiche di Cosa nostra, compresi gli omicidi eccellenti.

Dopo 21 mesi di dibattimento la corte si ritira in camera di consiglio. Il 12 di dicembre del 1990 arriva la sentenza e dietro le sbarre sono pochi quelli che aspettano la lettura del dispositivo. In primo grado gli imputati del maxiprocesso erano 476, in appello ne arrivano molti meno. Diciotto sono stati assassinati dopo la fine del processo in corte d'assise; altri dieci sono deceduti per cause naturali. Solo 27 di loro sono in carcere, per lo più presunti componenti della commissione di Cosa nostra. Una cinquantina sono agli arresti domiciliari, tutti gli altri sono stati scarcerati per decorrenza dei termini di custodia cautelare o già latitanti.

La sentenza d'appello ridimensiona le condanne: gli ergastoli erano 19 e diventano 12. Gli anni di carcere erano 2665 e scendono a 1576 anni. Per chi si aspettava condanne esemplari e lo sdoganamento definitivo delle rivelazioni dei pentiti è una delusione.

Falcone parla nella sua stanza blindata e dice subito al giornalista Attilio Bolzoni che la sentenza non è poi così sconvolgente. "Perché? Perché è la prima volta, anche in grado di appello, che resistono in misura non indifferente gli ergastoli. E questo è un fatto. Il processo di Palermo non è certo finito con una raffica di assoluzioni come quello celebrato 20 anni fa per i 114 della nuova mafia, non è finito nel nulla ma con 12 condanne a vita per altrettanti boss e sicari. L' impianto complessivo della istruttoria ha tenuto, ha resistito."

Quella dell'appello è una sentenza di mezzo. Per gli uomini del pool antimafia è un momento di attesa fino al giudizio definitivo, quello della cassazione. La posta in gioco è altissima. Per la prima volta la mafia vede avvicinarsi ergastoli e condanne definitive e non era mai successo nella storia del nostro Paese. In quei mesi Giovanni Falcone si prepara a prendere decisioni molto importanti. In procura a Palermo la situazione per lui si è fatta insostenibile. A giugno del 1990 il Csm aveva nominato come capo della procura Pietro Giammanco. Falcone aveva sperato che con lui si potesse aprire una nuova stagione di inchieste ma nei fatti non sarà così. Ormai è certo che se vuole continuare la sua battaglia contro la mafia e il crimine organizzato deve andare via da Palermo.

Per questo motivo decide di accettare la proposta del ministro della Giustizia Claudio Martelli e diventa direttore dell'ufficio affari penali. Nel marzo del 1991 si trasferisce a Roma. Questa scelta sarà a sua volta oggetto di critiche e di accuse ma lui è deciso e guarda avanti verso un obiettivo preciso. La politica non riuscirà ad usarlo. Sarà lui, nel suo nuovo ruolo, con un governo che ha come presidente del consiglio Giulio Andreotti, a far firmare decreti che costituiscono dei veri colpi mortali a Cosa nostra.

Questo clima cupo, fatto di incertezza e scetticismo, non fa bene a mio padre. Io e Antonina siamo molto preoccupate, i medici hanno parlato chiaro: "Ha il cuore fragile, non deve agitarsi, le preoccupazioni possono avere ripercussioni sul suo stato di salute anche gravi". Ma invece le notizie che arrivano dal tribunale sono un colpo micidiale. La prima sezione penale della cassazione, presieduta da Corrado Carnevale, ha confermato il giudizio di appello. Il 12 marzo 1991, esattamente un anno dopo la sentenza di appello, Gioacchino Calabrò, Vincenzo Milazzo e Filippo Melodia sono liberi per sempre. Le speranze residue di mio padre, di Carlo Palermo, degli uomini della scorta sono state mal riposte. Per i nostri morti nessuno pagherà.

Ma che giustizia è questa? Oggi hanno deciso che per la strage di Pizzolungo non ci sono colpevoli. Una settimana fa la corte di cassazione ha anche annullato le condanne all'ergastolo per la strage del rapido 904 e il processo dovrà tornare in appello. Su quel treno c'erano bambini, persone che tornavano a casa a festeggiare il loro natale. La mafia ha ucciso mia madre e i miei fratelli ma il senso di impotenza che mi prende davanti a queste decisioni è grande come la loro morte.

Questo pomeriggio è venuto l'avvocato, e ha spiegato con imbarazzo a mio padre che ci sono anche le spese legali da pagare.

"Signor Asta, la sentenza della cassazione è definitiva. Per avere un nuovo processo ci vorrebbero nuovi indizi per riaprire le indagini e ora non ci sono."

"Ma lei non può fare niente avvocato?"

"Mi dispiace, ormai è finita, se ne faccia una ragione e cerchi di vivere tranquillo."

Questo che ho davanti è un uomo distrutto, è solo l'ombra di mio padre.

"Se non sono stati loro Margherita chi è stato a ucciderli?", mi chiede, come se io potessi avere una risposta.

"Come faranno ora a risalire ai veri responsabili?"

Mi sembra di essere ritornata a quel maledetto 2 aprile, la morte è tornata di nuovo in casa nostra. Neanche Antonina sa bene che cosa dire. Seduto per terra, anche Giuseppe Salvatore sta piangendo. È solo un bambino di quattro anni e vuole un po' di attenzioni. Lo prendo in braccio e gli asciugo il viso con le mani. Lui non ha nessuna colpa, non sa niente di quello che è successo. Non sa che c'era un altro Giuseppe e un altro Salvatore prima di lui ai quali accarezzavo il viso per asciugargli le lacrime.

Andiamo a letto e nessuno di noi riuscirà a dormire, ognuno per una ragione diversa. Io perché so che da domani avrò paura e cercherò di nascondermi ogni volta che mi sembrerà di avere davanti gli assassini di mia madre e dei miei fratelli. Penserò di vederli davanti alla scuola, sul marciapiede, mentre torno a casa o sono al mare con le mie amiche. Penso al giudice Palermo e sono sicura che lui avrà più paura di me. Hanno già provato ad ucciderlo una volta e se gli assassini sono ancora liberi ci riproveranno di nuovo. Voglio chiedere a mio padre se al processo si sono visti, sapere se anche lui sta ancora indagando e come sta.

In quei giorni sulle decisioni della cassazione piovono critiche e polemiche. Due settimane prima molti presunti boss della mafia già condannati in primo grado per il maxiprocesso erano stati scarcerati per decorrenza dei termini di custodia cautelare. Il governo era dovuto correre ai ripari con un decreto legge emanato in 48 ore che li aveva riportati in carcere. E a Roma la presenza di Giovanni Falcone inizia a tradursi in azioni concrete. Forte dell'intuizione di Rocco

Chinnici lavora per creare la procura nazionale antimafia avanzando la richiesta di esserne a capo. Il suo obiettivo è quello di creare una centrale unica di coordinamento per tutte le inchieste sulla criminalità organizzata. Poi, dopo una sorta di monitoraggio delle sentenze delle corte di cassazione, con i dati precisi di quelle "cassate" dalla prima sezione presieduta da Corrado Carnevale si presenta, numeri alla mano, al ministro della Giustizia Claudio Martelli. Così il primo presidente della cassazione, per evitare polemiche, decide che i processi di mafia sarebbero stati attribuiti a tutti i presidenti di sezione a rotazione.

Il maxiprocesso finisce così di fronte alla corte di cassazione presieduta dal giudice Arnaldo Valente.

La scuola è finita, anche quest'anno sono stata promossa. Sono stanca di pensare solo alla mafia, ai processi, ai problemi da risolvere. Ne parlo con Antonina e anche lei è d'accordo, abbiamo bisogno di distrarci. Possiamo affittare un appartamento a San Vito Lo Capo per qualche settimana. Mentre loro sono a lavoro posso restare io con Giuseppe Salvatore, così si fa un po' di mare. Per me è una soluzione perfetta, ne parliamo a mio padre e per fortuna accetta. Ai primi di agosto partiamo per le vacanze, sono i giorni più belli da quando mia madre è morta.

Ho conosciuto un ragazzo, si chiama Giovanni. L'ho visto la prima volta in spiaggia, mi è piaciuto da subito, ma non avevo il coraggio di avvicinarmi. I capelli castani, la pelle bianca dei primi bagni, i muscoli già delineati sul suo corpo di adolescente. Gli occhi sempre sorridenti, e qualcosa di familiare sul volto, di amichevole. Anche lui mi guardava da qualche giorno ma quando incrociavo il suo sguardo abbassavo subito gli occhi. Per fortuna un pallone giallo ha fatto per noi la prima mossa. Ero arrivata come al solito in spiaggia carica di giochi, e con Giuseppe Salvatore che cercava di sgusciare alla mia stretta di mano per arrivare prima in riva. Quel pallone gonfiabile quell'estate non lo lasciava per niente al mondo. Lo ricordo come se la mia memoria lo avesse fotografato: era giallo con i pesci e i granchi disegnati sopra e leggerissimo, di quelli che quando c'è vento volano via e possono arrivare fino a Scopello.

Non avevo ancora finito di stendere gli asciugamani sulla sabbia che il pallone era già in mare, sospinto dalla corrente verso isole lontane. L'eroe del giorno, che si è tuffato in acqua sfidando le onde per inseguire quella sfera gialla che andava veloce è stato lui. Quando è uscito dall'acqua con il pallone stretto tra le mani mio fratello piangeva ancora come un disperato. Gli fece una carezza sulla testa e gli restituì il sorriso rubato. Da quel momento in poi diventarono così amici che io ne ero quasi gelosa. Conoscerci e volerci bene fu un tutt'uno.

Per la prima volta ho un ragazzo, per la prima volta c'è qualcuno che si interessa a me in un modo diverso. Le sue attenzioni, quello strano modo di guardarmi come se fosse incantato mi fanno sentire bella e importante. Non lo so neppure io se l'affetto che provo è quello che gli altri chiamano amore, ma so che non voglio farmi domande. È la prima volta, dopo tanto tempo, che mi sento felice. Mi guardo allo specchio e mi accorgo che somiglio molto a mia madre. Senza rendermene conto sono diventata una donna. Questo ora è il mio tempo, questa deve essere la mia vita.

Io e Giovanni passiamo le nostre giornate in spiaggia, sempre insieme come una coppia di giovani sposi con il loro bambino. Avverto gli sguardi curiosi dei vicini di ombrellone e mi diverto a fare la mammina. Non ho mai visto Giuseppe Salvatore divertirsi tanto. Non fa altro che scavare grandi buche nella sabbia. Poi ci nasconde i suoi giochi, li ricopre e mi chiama. Dov'è finito il secchiello? Dove la paletta verde e la formina a forma di piede? Li cerco per tutta la spiaggia come una disperata, e lui ride così tanto che poi gli viene il singhiozzo.

Mio padre e Antonina arrivano a San Vito quando inizia a far sera, ceniamo insieme. Mi chiedono com'è andata la giornata e io gli racconto tutto omettendo un piccolo particolare. Che c'è sempre Giovanni con me e Giuseppe Salvatore. Vorrei che quest'estate durasse per sempre, poter rimanere sempre qui, in riva a questo mare. Ma so anche che prima che l'estate finisca, devo trovare il coraggio di raccontare a Giovanni la mia storia.

Io lo so che le cose non dette non sono delle vere e proprie bugie, ma fino a questo momento in qualche modo ho finto e non è giusto. Non gli ho permesso realmente di conoscermi, ho nascosto la mia ferita. Ho avuto paura di fargli paura.

Mi ci sono voluti giorni per mettere insieme la mia storia. È la prima volta che la racconto a qualcuno davvero. Pensavo mi ci sarebbero volute ore, e invece gli racconto tutto in un minuto, un tempo breve eppure lunghissimo, senza versare una lacrima e senza guardarlo mai in faccia.

È scoppiata una bomba. La mia mamma e i miei fratelli gemelli sono saltati in aria per colpa di un giudice. No, scusa, al posto di un giudice, si chiama Carlo Palermo. Lui è sopravvissuto, loro gli hanno salvato la vita. Dovevo esserci anch'io su quella macchina che li portava a scuola. E invece sono qui, sono sopravvissuta anch'io, il perché non l'ho ancora capito...

Giovanni è rimasto in silenzio. Sento il suo sguardo sul collo, ma ancora non riesco a voltarmi. Sento la sua mano che stringe la mia, la sua testa che si appoggia sulle mie spalle, e sento scendere le sue lacrime.

Ci abbracciamo forte e adesso piango anch'io. In sottofondo l'infrangersi delle onde sulla scogliera. Fino all'arrivo furtivo di Giuseppe Salvatore, dietro di noi. Ha catturato un granchio, è nel suo secchiello, ce lo mostra.

"E lui allora chi è?", dice Giovanni, che cerca di ricomporsi.

"È mio fratello, si chiama come quelli morti, ma è venuto dopo."

Meglio di così non sono riuscita a spiegarlo, per il momento. Le nostre vacanze continuano e io mi sento più leggera. È come se avessi ritrovato una parte di me che viveva nascosta e impaurita.

L'estate sta finendo, Giovanni parte, ritorna a casa sua, a Napoli. Mi ha promesso che mi scriverà e mi telefonerà sempre. Sono contenta, non voglio che questa sia solo una storia estiva, ho bisogno di continuare a vederlo. Ha detto anche che appena possibile prenderà la nave e verrà a trovarmi a Trapani. Io non sono riuscita a parlare di lui a casa mia. Con Antonina non riesco a confidarmi e con mio padre è ancora peggio. Ma devo farlo, per me lui è importante, ormai stiamo insieme. Gli ultimi giorni al mare passano e io non trovo mai il momento giusto per parlargliene. Voglio riuscirci prima di andare via da San Vito Lo Capo. L'occasione e le parole giuste arrivano l'ultima sera in cui siamo lì.

Siamo andati tutti insieme a mangiare il gelato, lo stesso locale dove papà mi ha presentato Antonina.

"Papà ti devo parlare."

"Sì, Margherita, dimmi."

"Ho conosciuto un ragazzo, si chiama Giovanni."

Aspetto un attimo prima di proseguire, poi glielo dico.

"L'ho conosciuto e vorrei conoscerlo meglio."

Gli ho rubato le parole per la mia dichiarazione, sperando di farlo sorridere, ma lui non sembra essersene accorto.

"Ha la mia età e studia. È un bravo ragazzo, ci siamo visti spesso qui a San Vito, siamo andati al mare insieme."

Mi guarda e io sento un grande imbarazzo. So di avere le guance rosse e abbasso lo sguardo.

Non so più che dire e aspetto che sia lui a chiedermi qualcosa.

"E dov'è, adesso, questo ragazzo?".

"A Napoli papà, è partito. Ma ritorna."

È sera e non c'è più tanta confusione, i turisti sono ormai andati quasi tutti via, anche il juke-box è spento. Sarebbe meglio ci fosse stata un po' di musica a sciogliere questo silenzio. Lui sembra pensare attentamente alla prossima domanda, sembra proprio la stia valutando con attenzione tra infinite altre. Come fosse la cosa più importante che ha da chiedermi.

"E quanti anni ha, questo Giovanni?"

"Abbiamo la stessa età. Cioè, è più piccolo di me, ma solo di due mesi."

Evidentemente è la risposta sbagliata.

"Pure più giovane te lo sei andata a prendere."

Ovvio, ci resto male. Conoscendolo, non mi aspettavo facesse i salti di gioia. Non si è mai accorto di quanto sono cresciuta. Ma attaccare Giovanni per i due mesi di differenza che abbiamo mi sembra davvero stupido. Glielo spiego che è un bravo ragazzo, che fa il liceo come me e che viene da una buona famiglia. Ma è tutto inutile, non c'è modo di fargli cambiare idea. Non mi impedirà di vedere questo ragazzo ma d'ora in avanti ci renderà la vita impossibile. E il pretesto sarà sempre lo stesso, quei ridicoli due mesi di differenza.

Antonina mi dirà di non prendermela, e che Giovanni non gli sarebbe andato bene neanche se fosse stato più grande di me, o se fossimo nati nello stesso giorno. Ma non per questo riuscirò a non starci male. Soprattutto ripensando al modo del tutto diverso in cui io avevo accolto a braccia aperte Antonina nella nostra vita, quando tutti gli davano contro.

A fine settembre papà viene invitato in televisione, a partecipare alla trasmissione *Samarcanda*, in onda sulla rai. È una puntata importante, trasmessa a reti unificate. Michele Santoro, il conduttore, è in collegamento da Palermo e Maurizio Costanzo trasmette in contemporanea dal palco del teatro Parioli di Roma su Canale 5. La serata è dedicata alla commemorazione di Libero Grassi, un imprenditore siciliano che senza alcuna paura aveva rifiutato di pagare il pizzo e denunciato i suoi estorsori. Per questo era stato ucciso dalla mafia poco più di un mese prima, il 29 agosto.

Per la prima volta sento in televisione una condanna così ferma della mafia in tutte le sue manifestazioni. I giornalisti raccontano che cos'è Cosa nostra e quali sono i suoi interessi. Puntano il dito su quella zona grigia della politica che tollera la mafia, la protegge, alla quale chiede voti e con i voti il potere. Mi emoziono a vedere mio padre lì, in collegamento da Palermo. Nel palco romano del teatro Parioli c'è anche Giovanni Falcone e dietro di lui c'è Rita Dalla Chiesa. Tra il pubblico a Palermo a un certo punto si alza in piedi un giovane con gli occhiali. Urla e sembra molto arrabbiato, Santoro gli chiede di avvicinarsi. Dice che quella puntata sta delegittimando la classe dirigente migliore della Sicilia, che quello è un giornalismo mafioso. Parla di storie infamanti costruite ad arte contro un uomo del suo partito. Il pubblico rumoreggia, a Palermo come a Roma, ci sono fischi ma anche applausi. Se fossi lì presente gli direi di rimanere in silenzio. Quella è una puntata contro la mafia, su quel palco ci sono i familiari di vittime innocenti come mio padre, come Rita Dalla Chiesa e come Claudio Fava e uomini di grande valore come il giudice Falcone.

Santoro chiede a mio padre che cos'è la mafia. "Conosce la mafia soltanto chi è stato colpito", dice. Gli risponde pacatamente il figlio di Pippo Fava, Claudio. "La mafia non può essere il nostro dolore personale. È da questa gabbia che dobbiamo uscire se vogliamo sconfiggerla." Ha ragione lui, il figlio del giornalista ucciso.

Durante la puntata Santoro e Costanzo invitano gli italiani ad accendere le luci delle loro case per esprimere la volontà di resistere a tutte le mafie. Gli italiani rispondono all'appello. Il nord e il centro sono più luminosi del sud, i contatori dell'Enel disegnano la geografia mafiosa nel buio che in quei minuti ha regnato sulle strade e i quartieri controllati dalle cosche.

La casa di Pizzolungo è illuminata come un albero di Natale. Sono uscita e ho acceso anche tutte le luci del giardino. Mi guardo intorno e anche le altre abitazioni sono piene di luce. Madre mia, sono sicura che dentro quelle case non ti hanno dimenticato e che in questo momento stanno parlando di te, di noi, della nostra storia.

Mio padre rientra a casa la mattina dopo. È ancora stanco per il viaggio ma io sono qui ad aspettarlo, non sono andata a scuola, ho troppe domande da fargli.

"Papà, chi era quel ragazzo così arrabbiato che difendeva i politici siciliani?"

"Si chiama Totò Cuffaro, è un deputato dell'assemblea regionale siciliana. È un uomo della democrazia cristiana. Le accuse infamanti di cui parla sono quelle riferite a un politico del suo partito, Calogero Mannino."

"Falcone l'hai visto, sei riuscito a parlarci?"

"No Margherita, è stato impossibile avvicinarlo ma ho visto Carlo Palermo."

Strano, è la prima volta che mi parla del giudice spontaneamente.

"Ti ha detto qualcosa, come sta?"

"Male Margherita, ha seri problemi di salute e non fa più il giudice, l'hanno mandato in pensione."

"Ma ti ha detto quando verrà a Pizzolungo?"

Mio padre resta in silenzio per qualche secondo.

"Io credo che qui lui non tornerà più, mai più."

La scuola è ricominciata e noi ci stiamo preparando a tornare a Trapani. C'è un bel movimento, facciamo diverse assemblee. È una parte del gruppo che si era formato a ridosso dell'omicidio Rostagno. Parliamo di Trapani, dei problemi di questa città che non ne vuol sapere di cambiare, della mafia che è sempre presente. Io resto defilata perché continuo a vedere il loro imbarazzo quando partecipo alle riunioni. So che è un modo di proteggersi dalla mia storia. Un discorso è parlare di mafia leggendola sui giornali, un altro è farlo con una ragazza alla quale hanno disintegrato la famiglia. Discutiamo invece spesso del maxiprocesso e dell'importanza del giudizio che arriverà a breve dalla cassazione.

Mio padre invece sta di nuovo male. Il medico che lo segue non ci lascia nessuna speranza: appena possibile si dovrà operare. È un intervento difficile e ci consigliano di andare a Milano. Viene inserito in una lista di attesa: ora c'è solo da aspettare sperando che la situazione resti stabile. Ma la speranza dura solo poche settimane. Arriva un altro infarto. Succede mentre sono a scuola, mi hanno chiamata dicendomi di tornare a casa: "C'è un'emergenza, tuo padre è in ospedale". Pensavo di trovarlo morto invece è lì sul letto, magrissimo e pallido, ma vivo.

"Questo è un cuore fragile, non dovete farlo stressare", ci dice il medico che l'ha visitato. Vorrei urlargli contro a quel medico che non è colpa nostra se mio padre è ridotto in questo stato e che sono le ingiustizie che gli hanno spezzato il cuore. "È salvo per miracolo ma dovremo operarlo appena le condizioni si saranno ristabilite. Fra qualche giorno lo dimetteremo, lo lasciamo nelle vostre mani." Esco dalla stanza con una scusa e cammino nervosamente su e giù lungo il corridoio. Vorrei che gli assassini di mia madre lo vedessero come lo vedo io.

Torna a casa e inizia il periodo di convalescenza. L'intervento sarà complicato e quindi le sue condizioni generali dovranno essere perfette. Mi sembra tranquillo. Io mi chiedo come fa un uomo a vivere in uno stato di apparente serenità sapendo che il suo cuore potrebbe fermarsi da un momento all'altro. Non so se è coraggioso o incosciente ma ricomincia a vivere come se non fosse accaduto niente. Torna a lavoro dopo qualche giorno, gioca con Giuseppe Salvatore, va al bar a parlare con gli amici e aspetta così che arrivi il momento per il nuovo intervento. La cosa più strana è che la sua cardiopatia gli ha fatto perdere il gusto. Tutto quello che mangia per lui ha lo stesso sapore.

Il maxiprocesso arriva davanti alla suprema corte il 9 dicembre del 1991. Anche questa volta è il cadavere di un magistrato ad anticipare l'inizio del processo. Il messaggio è chiaro e preciso: dopo Chinnici, dopo Saetta c'è un altro collega morto che i giudici si devono portare in camera di consiglio.

Si chiamava Antonino Scopelliti e aveva deciso di sostenere la pubblica accusa nel maxiprocesso. Il 9 di agosto stava rientrando a Campo Calabro, il paese dove era nato, dopo una giornata al mare. Era in ferie in Calabria, la sua terra d'origine. Con sé aveva portato i fascicoli da studiare. È solo in macchina, non ha la scorta. All'altezza di una curva, due persone a bordo di una moto, appostate sulla strada, gli sparano. La morte arriva istantanea con due colpi alla testa esplosi in rapida successione, la macchina avanza pochi metri e poi si ferma su un terrapieno.

Storie che si intrecciano e ritornano. Scopelliti, come procuratore generale presso la corte di cassazione si era occupato anche del processo sulla strage del rapido 904. Era stato lui a marzo a chiedere le condanne definitive per Pippo Calò e Guido Cercola ritenuti responsabili dell'attentato.

Condanne che la prima sezione penale presieduta da Corrado Carnevale aveva rigettato rinviando tutto a un nuovo giudizio d'appello.

Il 30 gennaio 1992, dopo dieci giorni di camera di consiglio i giudici della sesta sezione penale prendono la loro decisione. È un colpo durissimo per Cosa nostra: 360 condanne e 19 ergastoli per i boss, da scontare nelle carceri di massima sicurezza. Vengono sequestrati beni e ricchezze accumulate negli anni, le dichiarazioni dei pentiti diventano verità giudiziaria, sembra l'inizio di una nuova stagione per la lotta alla mafia.

Le condanne definitive del maxiprocesso sembrano segnare una sconfitta per gli uomini e le strategie di Cosa nostra. Non sarà così. La vendetta mafiosa colpirà quelli che non sono riusciti a mantenere le promesse, gli eroi dell'antimafia, gli innocenti e i monumenti di Roma, Firenze e Milano. È già stato deciso.

Quello che inizia sarà un anno tragico che cambierà il futuro del nostro paese.

1992-1993

Si avvicina l'estate 1992, l'estate degli esami di maturità e dei miei diciotto anni. È ancora maggio ma siamo già tornati a Pizzolungo. Esco sempre meno, io e le mie amiche possiamo permettercelo solo il fine settimana, bisogna studiare sul serio adesso. E poi preferisco restarmene in casa, e finire le giornate con la telefonata di Giovanni. Mi è stato sempre vicino, quest'anno, la distanza non è riuscita a dividerci e neanche lo scetticismo e l'ostilità di mio padre. Il mio ragazzo ha mantenuto la sua promessa ed è venuto a Trapani per stare con me a Natale ed è tornato anche a Pasqua. Ha affrontato un lungo viaggio solo per vedermi, anche se era per pochi giorni. Sono andata a prenderlo in stazione con il cuore che mi scoppiava in gola, poi l'ho portato in giro per Trapani, nei miei posti preferiti, e abbiamo aspettato il tramonto alla Colombaia. Seduti sulla banchina davanti alla fortezza, gli ho raccontato la leggenda che dice sia stata costruita dai Troiani fuggiti dopo aver perduto la guerra. Averlo lì, accanto a me, mi fa sentire felice. Resterei ore, da sola con lui, a raccontare storie aspettando che il tramonto colori di rosso queste mura antiche.

Ci ha provato mio padre, a rovinare tutto anche stavolta. Mi ha fatto una piazzata tremenda perché sono tornata a casa con dieci minuti di ritardo e la cosa peggiore è che se l'è presa con Giovanni che, poverino, non la smetteva più di scusarsi. Mi ha fatto vergognare, ma per fortuna dal giorno dopo ci abbiamo riso sopra.
Le mie vacanze, quando la scuola sarà finita, voglio che siano così, con lui da mattina a sera e perfette come l'anno scorso a San Vito Lo Capo. Sto già contando i giorni.

Il 23 maggio con Lucia e Rosanna decidiamo di portarci i libri in spiaggia, che tanto con questo caldo non ha troppo senso restarsene a sudare in casa. Poco prima di sera ci salutiamo con la promessa, se non saremo troppo stanche, di rivederci più tardi per un gelato in centro. Poso l'asciugamano sul divano, è già l'ora di cena, a casa mia non c'è nessuno. Accendo la televisione per farmi un po' di compagnia e vado in camera per sistemare i libri e cercare un vestito da mettermi. Passo un po' di tempo anche a cercare una vecchia cassetta di Eros Ramazzotti che devo prestare ad Annalisa. Sento in tv le voci di Fabrizio Frizzi e Milly Carlucci che presentano *Scommettiamo che* la trasmissione del sabato sera, c'è l'ultima puntata. Il programma si interrompe per un'edizione straordinaria, sento la sigla del telegiornale.

"Buonasera, siamo in grado di darvi le prime immagini dello spaventoso attentato nel quale ha perso la vita il giudice Giovanni Falcone. In collegamento da Palermo c'è Salvatore Cusimano."

Corro in salotto e resto immobile davanti allo schermo.

C'è un cratere al posto della strada, immagini familiari e lontane si sovrappongono nella mia memoria.

"Questa è la croma bianca blindata del giudice Falcone, era proprio lui alla guida e possiamo dirvi che sono tre gli agenti di scorta uccisi e sono tutti pugliesi. Questi i nomi: Antonio Montinaro, Rocco Di Cillo e Vito Schifani."

C'è un cratere al posto della strada, questo è ancora più grande di quello che c'era a Pizzolungo, si è mangiato l'autostrada che va verso Palermo. Ci sono le lamiere contorte e le macchine sotterrate.

"Il giudice era atterrato poco prima all'aeroporto di Punta Raisi, l'esplosione intorno alle 17.58 allo svincolo di Capaci. Pare siano stati usati almeno mille chili di tritolo infilati dentro una canaletta."

Mi sento soffocare, ho paura, istintivamente cerco mio padre anche se so benissimo che non è in casa.

"La moglie, la dottoressa Morvillo è in ospedale, ferita alle gambe. C'è una prima rivendicazione della Falange armata. La croma bianca del giudice è irriconoscibile, sono state coinvolte altre sette auto ridotte a un ammasso di lamiera."

La morte è di nuovo qui, in quelle immagini di guerra, con la terra sventrata e il sangue dei giusti che guarda il cielo.

Io devo scegliere se vivere o morire e ho scelto di vivere. Lo devo fare per mia madre e per i miei fratelli. Questo giudice è un martire in una guerra di morte dove non si riesce nemmeno a capire che volto abbiano i nemici.

Quando mio padre è rientrato non siamo riusciti a guardarci negli occhi. Sappiamo bene quali sono le dimensioni del dolore ma anche quelle della rabbia.

"Si muore generalmente perché si è soli o perché si è entrati in un gioco troppo grande. Si muore spesso perché non si dispone delle necessarie alleanze, perché si è privi di sostegno. In Sicilia la mafia colpisce i servitori dello stato che lo stato non è riuscito a proteggere."

Nella cartellina blu, dove raccolgo le mie prove, c'è anche il libro di Giovanni Falcone. L'ho comprato qualche giorno fa, dopo aver visto il giudice in televisione intervistato da Corrado Augias. Era arrabbiato Falcone e ora, rivedendo quelle immagini con la memoria, credo sapesse bene qual era la fine che lo aspettava. Questa che avevo sottolineato con il lapis era la frase che mi aveva colpita di più.

Ora devo liberare la mente e far posto al greco e al latino. Gli esami di maturità si avvicinano e devo ancora preparare gli orali. Tra le due prove dovrò trovare anche il tempo per organizzare il mio compleanno che coincide con la prova di latino. Aspetto questo giorno come una liberazione. Come se, con il traguardo di questi diciotto anni, potesse iniziare una nuova vita, la mia vita di adulta, e certe emozioni e certi ricordi dolorosi possano improvvisamente diventare passato.

Non ho ancora detto a mio padre che Giovanni tornerà per il mio compleanno, e lui non mi ha chiesto niente. Ma i segnali che mi manda prima della festa non promettono niente di buono. È da una settimana che ha messo su un muso lungo e mugugna per ogni cosa.

È la sera del 23 giugno e siamo tutti in un elegante ristorante a Valderice. Le mie amiche del cuore, i miei compagni del liceo e i parenti. I fratelli di mia madre sono i più emozionati, lo capisco da come mi guardano, hanno gli occhi lucidi. Io lo so che cosa pensano ma credo che la miglior medicina sia farmi vedere felice e sorridente. Mi sento bella dentro il mio vestito nuovo e voglio che loro siano orgogliosi della donna che sono diventata anche grazie al loro aiuto.

Giovanni è qui da qualche giorno ma ha aspettato questa sera per consegnarmi il suo regalo. Mi prende la mano e mi porta fuori sulla terrazza.

"Tieni Margherita, questi sono per te, tanti auguri."

Guardo questo ragazzo e il suo sguardo pieno di tenerezza. Vorrei dirgli tante cose ma resto lì con quei due pacchettini rossi tra le mani. Lascio che il tempo che ci siamo rubati fuori da tutta quella confusione sia il più lungo possibile. Scarto lentamente il primo pacchettino, è quello più piccolo. Un braccialetto di piccole perle di fiume. Nella scatolina più grande ancora perle, stavolta una collana. Me la giro tra le mani, ma non riesco a metterla.

"Che c'è Margherita, non ti piace il mio regalo?"

"No, il regalo è bellissimo, solo che… la collana di perle, ce l'avevo già… e non posso sostituirla perché dentro ci sono mia madre e i miei fratelli… scusami."

Mi guarda come se fossi una pazza e mi sorride.

"Stai tranquilla Margherita, la collana si può cambiare."

Mi abbraccia e so che anche questa volta ha capito anche quello che non sono riuscita a spiegare.

Passato il compleanno, arriva in fretta il giorno degli orali. Davanti alla porta della III D aspetto che arrivi il mio turno per essere interrogata. Le attese mi hanno sempre messo in agitazione, per far scorrere il tempo più in fretta rinnovo il rituale magico delle mie previsioni. Conto gli anelli alle dita delle ragazze che incontro in corridoio. La somma degli anelli sarà il mio voto di maturità. Ne conto 52, non male.

Agli orali ho portato greco e fisica. La tragedia che ho scelto per il mio esame è l'*Edipo re*. Studiare quel testo greco e guardare alle vicende reali intorno a me mi ha fatto riflettere: se Sofocle fosse capitato in Sicilia di questi tempi avrebbe avuto parecchio materiale per le sue tragedie.

Io racconto il mio Edipo alla commissione, la sua fine sciagurata, ma potrei, allo stesso modo, raccontare le fatalità della mia vita. Qualche giorno dopo scopro che il mio rituale magico combatte l'ansia ma non indovina le previsioni: il mio voto è 48.

Mi lascio dietro le spalle anche l'esame di maturità e inizio a pensare all'università. Credo che mi iscriverò a giurisprudenza. Non ho mai abbandonato il pensiero che avevo fin dal primo giorno di liceo, provare a diventare un magistrato.

A casa però la tensione è alle stelle. Mio padre dal giorno del mio compleanno non molla la presa. L'argomento è sempre lo stesso: Giovanni non è il ragazzo adatto a me, è troppo piccolo e poi non è neppure siciliano. "Donne e cavaddi, pigghiali di li vicini", mi ripete sempre, la sua versione siciliana di moglie e buoi. Mi fa arrabbiare, e mi rende triste. Davvero non si è accorto di quanto mi faccia stare bene la sua compagnia? Che finalmente ho trovato qualcuno con cui posso parlare senza nascondere come mi sento. "Lascia stare, con il tempo se ne farà una ragione", so che Antonina fa il tifo per noi. A lei Giovanni piace molto, ma con mio padre si rivela inutile anche la sua mediazione. La sua ostilità nei confronti di questo ragazzo cresce ogni giorno, ormai è sempre lui che mi telefona, non voglio dargli il pretesto delle bollette troppo alte.

Le sue condizioni di salute, nel frattempo, non fanno che peggiorare. Tra qualche giorno dovrà ritornare al nord, questa volta a Bergamo, dove finalmente potranno operarlo al cuore. In fondo ha solo paura di perdermi, è spaventato dall'idea che io possa andare via da Trapani, via da lui. Sono io la sua famiglia che non c'è più. In me vede mia madre, in me vede i miei fratelli, tutto quello che della sua vita è sopravvissuto a quel maledetto 2 aprile. Le mie rassicurazioni non valgono a nulla: cosa puoi dire a un uomo che saluta sua moglie e i suoi figli una mattina e il giorno dopo gli riportano quello che resta dentro due sacchetti di plastica?

La partenza di mio padre è prevista per fine giugno. Decidiamo che andrà Antonina con lui e io mi occuperò di Giuseppe Salvatore. Negli stessi giorni arriverà Giovanni, saremo di nuovo noi tre, come l'anno scorso. È il terzo intervento in pochi anni, ormai per lui sono un'abitudine, è sicuro che andrà tutto liscio anche questa volta.

Lo abbraccio più forte che posso sulla porta di casa, questa volta ho paura di non vederlo tornare. Prima di lasciarlo andare glielo dico, sia fatta la sua volontà, è il mio regalo per lui. "Papà ho deciso, lascio Giovanni."

Il viaggio a Bergamo dura meno del previsto. I medici hanno valutato le sue condizioni generali e non se la sono sentiti di operarlo. Preferiscono continuare la terapia, e rimandare la decisione a dopo l'estate. Ma anche aspettare ancora può essere pericoloso. Si stabilisce che l'intervento si farà a Milano, in una clinica privata. È domenica 19 luglio, siamo tornati a casa dalla spiaggia, per evitare di prendere il sole nelle ore più calde. Mio padre guarda la televisione in soggiorno, io sono in camera mia che leggo un libro. La sigla del telegiornale nell'ora sbagliata mi fa sussultare. È l'edizione straordinaria, corro in salone con un brutto presentimento. Mio padre fissa lo schermo immobile, sul suo volto non traspare nessuna emozione. In onda c'è di nuovo quella scena, ancora morte e devastazione.

"Oggi pomeriggio in via d'Amelio, alle 16.58, è stato ucciso Paolo Borsellino con cinque uomini della sua scorta. Un'autobomba piazzata a poche decine di metri dal palazzo dove abita la madre del magistrato ha trasformato quella strada in un girone infernale..."

Guardo le immagini di quei cadaveri sotto le lenzuola bianche immacolate. Le auto sono disintegrate e continuano a bruciare, l'esplosione ha incrinato i muri dei palazzi, c'è fumo, sangue dappertutto. Appoggio la mano sulla spalla di mio padre, che non si è nemmeno accorto che ci sono anch'io. Non ha cambiato espressione, non ha detto una parola, ma sulle guance le lacrime hanno iniziato a scendere.

"Con il magistrato sono morti anche gli uomini della sua scorta: Emanuela Loi di anni 24, Claudio Traina di anni 26, Vincenzo Li Muli di anni 22, Eddie Walter Cosina di anni 31 e Agostino Catalano di anni 43."

Continuiamo a guardare le immagini che scorrono, nessuno ha voglia di dire niente. Il dolore ci unisce e ci divide anche stavolta. Siamo lì insieme nella stanza, e per il momento questo ci basta.

Ora resta solo la rabbia e non è solo la mia.

Agnese Borsellino, la vedova, rifiuta i funerali di stato. La gente di Palermo si ribella.

"Questo è il nostro funerale", urlano ai poliziotti che impediscono l'accesso alla chiesa.

È un coro unito con le mani alzate: "Fuori la mafia dallo stato".

Ai funerali dei cinque uomini della scorta arriva il presidente della Repubblica Oscar Luigi Scalfaro. Le forze dell'ordine e il capo della polizia Vincenzo Parisi riescono a fatica a proteggerlo dalla folla.

L'epilogo di questa guerra violenta di assassini senza volto è nelle parole e negli occhi di Antonino Caponnetto, Falcone e Borsellino erano per lui come figli. Insieme avevano costruito il maxiprocesso, condiviso difficoltà e speranze. Nei momenti difficili, quando erano sotto attacco li aveva sempre difesi.

Ora è lì, sulle scale dell'obitorio dopo aver salutato per l'ultima volta Paolo Borsellino.

"È finito tutto."

Il giornalista lo segue con il microfono mentre lui sale in macchina e abbassa il finestrino.

"Ma non c'è assolutamente speranza per questa città?".

"È finito tutto."

"Perché è finito tutto dottore Caponnetto?"

"Perché... non mi faccia dire altro... non mi faccia dire altro..."

A settembre la clinica stabilisce la data per l'intervento. Papà e Antonina partono per Milano, un'altra partenza e un altro aereo, bisogna andare lontano per continuare a vivere. Io resto a Trapani, cerco di nascondere come mi sento. Per Giuseppe Salvatore il papà e la mamma sono andati, anche stavolta, a fare una vacanza. Non saprei cosa dirgli, se le notizie che arrivano non fossero positive. Ma la telefonata tanto attesa arriva presto, dopo poche ore di sala operatoria.

"Tuo padre sta bene. È in terapia intensiva ma è una prassi. I medici dicono che ha superato l'intervento come un ragazzino e che ha la tempra di un super eroe."

È vero, non ho dubbi, Antonina non riuscirebbe mai a raccontare bugie. Dopo una settimana sono di nuovo a casa, pochi giorni passati in ospedale lo hanno reso più magro e più vecchio. Ma ancora una volta la vita riprende il suo ritmo di sempre: papà ricomincia a occuparsi dell'azienda, anche se solo per poche ore al giorno, Antonina ha il suo negozio di scarpe, mentre io finalmente inizio i corsi all'università.

Il 17 di settembre, intorno alle 22.30, davanti alla sua villa a Santa Flavia, a Palermo, viene ucciso Ignazio Salvo. "L'esattore" di Cosa nostra, già condannato nel maxiprocesso. Lo ammazzano davanti agli occhi della moglie Giuseppina. Sta salutando i suoi ospiti quando sicari dal volto coperto, che fino a quel momento avevano osservato e spiato i suoi movimenti, sbucano dall'oscurità. Gli si parano davanti e lo fulminano con tre colpi di arma da fuoco. Ignazio Salvo muore, il suo cadavere resta a pochi passi dalla sua mercedes bianca parcheggiata in giardino mentre i killer scappano nel buio.

Sei mesi prima avevano già ammazzato il suo grande amico, Salvo Lima, in precedenza deputato e ora europarlamentare democristiano. Lima quel giorno era appena uscito dalla sua villa per andare in un hotel, un convegno dove era atteso anche Giulio Andreotti, a cui era molto vicino. I killer erano in moto e hanno bloccato la macchina. Lima è uscito di corsa con la speranza di riuscire a scappare e l'hanno freddato con tre colpi di pistola.

Mi domando perché dopo i giudici ora ammazzano i politici. Io ho capito perché hanno ucciso Chinnici, Saetta, Scopelliti: c'era il maxiprocesso e i magistrati dovevano avere paura. Un collega morto da portarsi dietro nella camera di consiglio. Un messaggio sempre presente: "State attenti quando giudicate perché rischiate di fare una brutta fine". Ma ora che il processo è finito e le condanne sono definitive perché sono i politici a finire nel mirino?

Inizio a leggere i giornali perché voglio capire meglio. "Ucciso Ignazio Salvo, l'intoccabile", titola *la Repubblica*. L'articolo è di Attilio Bolzoni, è uscito il giorno dopo il delitto.

"...E così lo chiamavano questo 're di Salemi', l'intoccabile Ignazio Salvo, l'esattore, uno dei terribili cugini che hanno dominato e soffocato la Sicilia fino ai primi anni Ottanta travolti poi dalle confessioni dei pentiti e dalle grandi indagini giudiziarie. Hanno ucciso uno della vecchia guardia, un mafioso che rappresentava il potere che fu..."

Strappo la pagina, la ripiego e la metto nella cartellina.

Quel giornalista ha ragione. Questa mi sembra una partita a scacchi che la mafia sta giocando su più tavoli. Da una parte c'è da intimidire lo stato dal volto onesto, quello che ha combattuto in prima linea Cosa nostra ottenendo risultati mai raggiunti prima. Dall'altra ci sono gli uomini di mezzo, i mediatori. Quelli che prima riuscivano a dare garanzie all'organizzazione ma dopo il maxiprocesso hanno dimostrato che quel potere non ce l'hanno più. Anche questo è un avvertimento e ho l'impressione che siamo ancora in guerra, che la partita di Cosa nostra non è ancora finita.

Il 26 settembre Carlo Palermo ritorna a Trapani per la prima volta dopo l'attentato. C'è una commemorazione di Mauro Rostagno nella villa comunale per il quarto anniversario della sua morte. Ha lasciato la magistratura, adesso, ed è diventato deputato. È stato eletto con La Rete, il movimento creato dall'ex sindaco di Palermo Leoluca Orlando. Tra i suoi fondatori ci sono anche Nando Dalla Chiesa, Claudio Fava e altre personalità in prima linea contro la mafia. Alle ultime elezioni nazionali hanno fatto il pieno di voti qui in Sicilia. Sono stati la vera novità delle elezioni dello scorso aprile, insieme all'affermazione al nord della Lega. Lo scenario politico consolidato dà segnali di cedimento, la gente non ha più fiducia nei vecchi partiti.

Anche a Milano c'è un pool di magistrati. Ha messo su un'inchiesta ribattezzata "Mani pulite" che sta svelando un livello di corruzione capillare nella gestione della cosa pubblica. Il primo arresto eccellente è avvenuto a febbraio, un esponente di primo piano del partito socialista, Mario Chiesa, è stato preso con le mani nel sacco, mentre intascava una tangente. Il segretario del partito, Bettino Craxi, ha provato a bollarlo come una mela marcia, ma man mano che le indagini si allargano l'opinione pubblica si rende conto che non è affatto un episodio isolato.

Ho scoperto che Carlo Palermo tornava a Trapani leggendo un articolo di *Repubblica*, "Torna il giudice Palermo a combattere la mafia" e ho deciso di andarci senza dire niente a mio padre. Intorno al palco c'è parecchia gente, soprattutto ragazzi ma non solo. È una serata che sa ancora di estate, stringo in mano questo giornale in cui si fa riferimento anche alla strage.

"Aveva lasciato la Sicilia sette anni fa, 'miracolato' da quell'autobomba che sul lungomare di Pizzolungo, invece di far saltare in aria la sua blindata, uccise una giovane donna e i suoi due bimbi. Ma ora, dopo i massacri di Capaci e di via D'Amelio, Carlo Palermo ha deciso di tornare. Ormai fuori dai ranghi della magistratura, deputato della Rete, l'ex sostituto procuratore di Trapani scende nuovamente in campo in Sicilia nella lotta alla criminalità. Da un nuovo posto di combattimento, quello di presidente del Coordinamento antimafia... ha annunciato che l'associazione si costituirà parte civile per le stragi di Capaci e di via D'Amelio e per gli omicidi di Salvo Lima e di Ignazio Salvo. 'Quattro inchieste strettamente collegate – dice Carlo Palermo – che la Superprocura dovrebbe avocare per consentirne una gestione unificata'."

Vari interventi si alternano, dalle ultime file aspetto di veder salire sul palco il giudice. Sono arrabbiata con lui. Mi sento tradita, e non ragiono lucidamente. Sarebbe dovuto venire alla nostra di commemorazione, penso, quella del 2 aprile. A ricordare mia madre e i miei fratelli che morendo gli hanno salvato la vita. Ma poi penso che quest'anno non sono voluta andarci neanch'io. Non dopo quelle sentenze di assoluzione, uno schiaffo che brucia ancora in faccia. Mi sembra una iniziativa inutile stare in mezzo a sindaci e assessori, a persone che non ho mai visto e a cui non sento realmente che i nostri cari stessero a cuore, ma che vengono qui a fare la passerella o a farsi fotografare. Lo so perché, ogni volta che passo dal luogo della strage, c'è sempre l'erba alta intorno alla statua di mia madre e dei miei fratelli. E quella statua ce l'abbiamo messa noi, a nostre spese.

Comunque almeno una telefonata avrebbe potuto farmela, visto che era a Trapani. Neanche a febbraio si era fatto vivo. Era venuto a Castelvetrano per incontrare gli studenti di una scuola e io l'ho saputo solo dopo. Possibile che in tutti questi anni non si sia mai chiesto che faccia ho, qual è la mia voce, come ho fatto a diventare grande, se vado a scuola o se sono diventata anch'io una drogata, come quelli che gli stanno tanto a cuore. Perché non è venuto a chiedermi come ho passato questi anni, come ho fatto a sopravvivere a tanto dolore?

Vorrei parlarne con Giovanni, è in momenti come questo che sento di più la sua mancanza, solo lui potrebbe capire la delusione che provo nei confronti di questo signore. Ma devo farmi forza, sono stata io a lasciarlo, non posso telefonargli.

Carlo Palermo è salito sul palco, me ne accorgo dal silenzio improvviso che mi si è creato intorno. È visibilmente emozionato, si interrompe spesso, ma anche tra la folla vedo tantissimi occhi lucidi.

Mi sento in imbarazzo. Non riesco a parlare astrattamente come in qualsiasi luogo. Mi sento in colpa per avervi abbandonato. Per essermi arreso dopo che altri erano morti al posto mio.

Ecco, adesso intorno a me non c'è più nessuno in questo momento. Solo io e lui, queste parole sono soltanto mie.

Ma io vorrei tornare tra voi. Voglio. Voglio esservi vicino, perché ne ho bisogno anch'io, per ritrovare me stesso. Per ritrovare la forza di continuare a cercare. A capire quello che altri non hanno capito o voluto capire. A cercare quello che altri non hanno cercato o voluto cercare. Sette lunghi anni mi ci sono voluti per ritornare. Ci sono volute le stragi di Capaci e di via d'Amelio per farmi vincere timore e disagio. Per farmi capire che, se la mia vita ha un senso, dovevo ritornare, per riprendere a cercare.

Poi la voce gli manca, e il silenzio che è durato per qualche lunghissimo secondo viene ricoperto da un applauso.

Il 15 dicembre dal pool di Mani pulite arriva il primo avviso di garanzia nei confronti del segretario del partito socialista Bettino Craxi. Per una strana coincidenza, sono passati esattamente nove anni dal giorno in cui il nome di Craxi finì inavvertitamente nei decreti di perquisizione disposti da Palermo nei confronti delle società di Ferdinando Mach di Palmstein. Quella dimenticanza avrebbe significato per Carlo Palermo la fine della sua inchiesta di Trento. Le indagini dei magistrati di Milano sono arrivate a Craxi seguendo un percorso completamente diverso, ma a distanza di tempo quelle intuizioni dell'ex giudice sui finanziamenti illeciti a quel partito si sono rivelate fondate.

Dal parlamento, dal suo scranno alla camera dei deputati, le accuse di Carlo Palermo contro quel partito si fanno sempre più nette. A ridosso di Natale lo scontro diventa frontale in particolare con il ministro della Giustizia Claudio Martelli.

Palermo lo accusa di scarsa trasparenza nella gestione del suo ministero, vuole chiarire un suo possibile coinvolgimento in un conto estero di cui in quei giorni si parla molto, il conto "Protezione", su cui sarebbero confluite parte delle tangenti. Insieme ad altri deputati de La Rete si fa promotore di un'interrogazione parlamentare.

Il 24 dicembre Martelli lo attacca pubblicamente in una lettera apparsa sul *Corriere della Sera*. Ipotizza che Palermo sia il protagonista, insieme ad altri parlamentari, di un'agenzia di "pescatori nel torbido e di falsari". Ricorda ai lettori che il consiglio superiore della magistratura lo giudicò disciplinarmente colpevole di avvalersi di "metodi disonesti" e di "modalità vergognose" nell'espletamento del suo mandato di magistrato. Mette anche in dubbio la sua salute mentale, riportando stralci del referto medico che nel 1990 giudicò Palermo "permanentemente non idoneo al servizio" in quanto "affetto da grave psiconevrosi ansioso depressiva con persistenti manifestazioni fobiche".

Palermo gli risponde punto per punto, in una lettera aperta sullo stesso giornale: "Scusate se sono sopravvissuto", si intitola.

Per quanto riguarda la pronuncia del Csm (peraltro annullata dalla Cassazione) vorrei precisare che le "modalità vergognose e disoneste" – cui ha fatto riferimento Martelli – non sono quelle che avrei tenuto io conducendo l'istruttoria, ma quelle che io avrei (secondo una denuncia) addebitato al difensore di uno dei miei imputati (venne poi accertato che la parola "disoneste" non venne da me usata). Vorrei anche ricordare al signor ministro che nelle varie pronunce definitive che mi riguardano, vi è la costante affermazione che ho sempre agito solo "perseguendo fini di giustizia". Quanto poi alle cause della mia dispensa dal servizio del gennaio 1990, il ministro sa bene che le malattie che vennero accertate nei miei confronti e di cui non mi vergogno anche se non pensavo di doverle declamare in piazza furono: a) ipertensione arteriosa con impegno ventricolare sinistro; b) marcata cefalea con segni di interessamento del vestibolo cerebellare e marcata neurolabirintosi destra post traumatica; c) ipoacusia all'orecchio destro a 2 metri, sclerosi del timpano destro e nevralgia del trigemino; d) grave psiconevrosi ansiosa depressiva post traumatica con persistenti manifestazioni fobiche; e) gastroduodenite cronica con ulcera biliare: il tutto come conseguenza dell'attentato e delle successive gravissime e persistenti minacce. Ora spero che mi si scuserà se ho avuto la "fortuna" di sopravvivere a quell'attentato; se, per l'esplosione di 100 kg di tritolo, avverto qualche continuo mal di testa; se ci sento poco e non posso rimanere diritto all' impiedi, se, come accertato nella visita specialistica, in me erano testualmente presenti: idee pessimistiche e sensi di colpa, tono depresso e timore di un altro attentato. E se negli esami era scritto che, vista la mia giovane età, vi erano rischi di alterazioni displastiche. Mi si scuserà, spero, ma non capita tutti i giorni di incontrare sulla strada un'autobomba e di vedere, al posto proprio i brandelli di tre corpi e due agenti invalidi a vita. Ma non si preoccupi per la mia salute, il signor ministro. Le stragi di Capaci e di via D'Amelio mi hanno restituito la forza di tornare in Sicilia, anche se, come ben sa, questo mi costa qualche piccola ulteriore minaccia. E ciò, per riprendere a cercare, come posso, giustizia e verità. E non sono certo le sue infondate accuse, o quelle di qualche ex imputato, magari piduista, che continua a denunciarmi, che mi danno peso. Non ho mai temuto i giudizi, penali né quelli della gente. Non mi agito tanto. Credo nei giudici e nei processi. Cui sono certo non vorrà sottrarsi l'onorevole Martelli, per le sue odierne affermazioni, nascondendosi dietro qualche immunità. Peraltro, le mie "assurde" ipotesi di finanziamento illecito che denunciai alla Commissione inquirente otto anni fa e le accuse "persecutorie" che mi fece l'allora presidente del consiglio Craxi – e che Martelli pare oggi ricalcare, mi sembra, con peggior stile – illuminano. Proprio in questi giorni.

Alcune settimane dopo il deputato Carlo Palermo si reca personalmente a Milano. Supera l'assembramento di cameramen e operatori televisivi fermi davanti alle scale d'ingresso del palazzo di giustizia. Sono appostati lì a ogni ora del giorno, la facciata del tribunale è l'immagine di apertura di tutti i telegiornali, si riversa da mesi nelle case degli italiani.

Palermo ha chiesto di essere ricevuto dai magistrati, si è fermato un' ora e mezzo a parlare con Antonio Di Pietro. Gli ha consegnato un paio di valigie di documenti fotocopiati. All'interno ci sono alcuni dei risultati raggiunti nella sua inchiesta sul traffico d'armi, sul finanziere socialista Ferdinando Mach di Palmstein. Le indagini che a Trento era stato costretto ad abbandonare. E ci sono quei documenti che in quei giorni i magistrati di Milano stanno cercando di acquisire dalla Camera, con qualche difficoltà. Tutti i bilanci del Partito socialista dal 1985 fino ad allora.

Il 1993 si apre con una notizia che fa il giro del mondo. Il 15 gennaio i carabinieri del Ros arrestano il capo dei corleonesi Totò Riina. Quello stesso giorno arriva a Palermo Giancarlo Caselli: è il nuovo capo della procura.

Se qualcuno pensava che con l'arresto di Riina finisse l'offensiva mafiosa si sbaglia. Cosa nostra è stata decapitata ma anche senza il boss c'è chi porta avanti la strategia della tensione. Sembra una resa dei conti.

Il 27 marzo viene emesso dalla procura di Palermo un avviso di garanzia contro Giulio Andreotti accusato di concorso esterno in associazione mafiosa.

Due giorni dopo viene indagato con la stessa ipotesi di reato anche il giudice Corrado Carnevale.

Tutti i vecchi equilibri stanno per franare.

Quella primavera porta le bombe. Il 14 maggio in via

Fauro, a Roma, ci sono cento chili di tritolo dentro un'auto. L'autobomba è destinata a Maurizio Costanzo. Il telecomando viene premuto con pochi secondi di ritardo. Il giornalista che nelle sue trasmissioni aveva condannato duramente la mafia si salva, e con lui la moglie e l'autista. Resta un cratere di 40 metri, ci sono sette feriti e viene evacuato un edificio.

Il 27 maggio, a Firenze, è un'altra strage di innocenti. È notte, l'una è passata da quattro minuti. In via dei Georgofili, a pochi passi da piazza della Signoria e alle spalle della galleria degli Uffizi ci sono 250 chili di esplosivo dentro un furgone. È un fiorino bianco rubato qualche giorno prima. L'esplosione e l'incendio che si sviluppa subito dopo distrugge la torre dei Pulci, devasta la galleria degli Uffizi e sventra il cuore di Firenze. Quella notte muoiono Angela Fiume, custode dell'accademia, 36 anni, suo marito Fabrizio Nencioni, 38 anni, ispettore dei vigili urbani, le loro bambine Nadia di 8 anni e Caterina di appena 50 giorni. Muore con l'esplosione anche lo studente di architettura Dario Capolicchio di 22 anni. Ci sono decine di feriti. Davanti al cratere, in mezzo ai detriti, i vigili del fuoco cercano di spegnere l'incendio e capire che cosa è esploso nel cuore della città.

"No, non è stato il gas, qui c'è odore di polvere da sparo."

Vedo le immagini della strage di Firenze e penso che tutto questo sia un incubo. Oggi come otto anni fa le bombe ammazzano i bambini e questa volta non è uno sbaglio. I cadaveri di Nadia e Caterina sono quelli di Giuseppe e Salvatore. Perché non è stato fatto niente per fermare questa follia omicida. Dov'è lo Stato, come ci possiamo difendere? Chi è che vuole queste morti e perché?

Saranno i pentiti a raccontare anni dopo i retroscena dei

preparativi della strage. Tra i responsabili ci sono uomini coinvolti nel processo su Pizzolungo. Quelli prima condannati all'ergastolo e poi definitivamente assolti in cassazione. Nel mese di aprile, quando evidentemente la decisione di sferrare l'attacco era già stata presa, Gioacchino Calabrò, il carrozziere di Castellammare del Golfo manda a chiamare un ragazzo. È Vincenzo Ferro, studente di medicina e figlio del boss di Alcamo Giuseppe Ferro, l'uomo che fu arrestato nell'aprile del 1985 all'interno della raffineria di Alcamo. Anche lui processato e assolto per la strage di Pizzolungo. Calabrò ordina al ragazzo di mettersi in contatto con lo zio Antonino Messana, fratello di sua madre e muratore a Prato. Serve una base logistica per preparare l'attentato e deve mettere a disposizione il suo garage. L'uomo non è d'accordo, lavora onestamente, ha tre figli e non vuole avere niente a che fare con la mafia. Calabrò non accetta rifiuti e costringe Vincenzo Ferro a fare quattro viaggi a Prato per convincere lo zio. Non solo dovrà mettere a disposizione un garage ma anche ospitare degli uomini. Lo zio capisce che non ha alternative, accetta ma chiede che Vincenzo sia presente. Il 23 maggio Messana chiama il nipote, gli uomini sono arrivati. Vincenzo arriva a Prato e trova il commando che sta preparando la strage. Sarà Vincenzo Ferro, diventato collaboratore di giustizia, a raccontare tutto quello che avvenne prima di quel massacro di innocenti. L'anno dopo sarà il padre a seguire le orme del figlio raccontando la sua storia di mafia ai magistrati di Firenze.

Alla primavera segue un'estate di terrore. Da Firenze a Milano a Roma gli obiettivi sono i monumenti e le vittime innocenti. È il 27 luglio, sono le 23.15, quando a Milano in via Palestro, davanti a villa Reale esplode un'autobomba. Il padiglione di arte contemporanea viene distrutto. Muoiono tre vigili del fuoco che erano intervenuti perché dall'auto usciva del fumo, un vigile urbano e un immigrato che dormiva sulla panchina del parco.

Dopo solo mezz'ora esplodono a Roma due bombe. Una sul retro della basilica di San Giovanni in Laterano e l'altra di fronte alla chiesa di San Giorgio al Velabro. Nelle stesse ore viene registrato un black-out telefonico a palazzo Chigi, la sede della presidenza del consiglio rimane isolata per alcune ore.

È una delle notti più buie d'Italia.

Io non riesco a capire che significato abbia tutto questo. È un succedersi di eventi ai quali non riesco a dare un filo logico. Mi sembra di rivedere le scene che ho visto quando ero una bambina, prima che morissero i miei, nei giorni di Natale. Pensavo fosse un film invece era tutto vero. I morti innocenti della strage di Natale nel lontano '84 me li ricordo ancora. E ora, a distanza di nove anni, qualcuno ha deciso che noi tutti dobbiamo avere paura.

Sono spaventata. Io lo so che cosa significa trovarsi la morte in casa senza un perché e ora questa paura appartiene a tutti.

Sono così stanca. Quest'estate è un incubo che vorrei finisse al più presto. Vorrei tornare indietro di due anni, a San Vito Lo Capo con Giovanni e Giuseppe Salvatore a fare buche sulla sabbia e rincorrere palloni che volano via con il vento.

Maledetta mafia, maledetta me.

Devo andare via, staccare con queste immagini di morte che evocano solo fantasmi del passato.

Voglio partire per qualche giorno.

I miei amici vanno a Pantelleria, ho deciso, chiederò a mio padre il permesso di fare il primo viaggio da sola.

Anche per lui non è un bel periodo ma non può dirmi di no, ormai sono maggiorenne.

Una sera, ai primi di agosto, ci provo.

"Sai papà, all'università quest'anno è andato tutto bene, sono in regola con gli esami"

"Sì Margherita, lo so. Brava."

"Ecco papà, volevo dirti che i miei amici, quelli che conosci, stanno organizzando un viaggio..."

"Dove Margherita, dove vogliono andare a fare questo viaggio?"

"A Pantelleria papà, partiranno fra qualche giorno e io..."

Non ci posso credere, mi ha detto che posso andare. Un miracolo, si parte.

Ho già fatto le valigie prima ancora di avvertire i miei amici che andrò con loro.

È la mia prima vacanza da sola, libera di rientrare quando voglio, senza orari, senza la paura di essere rimproverata. Mi lascio alle spalle tutti i pensieri e le domande. Prendo quella nave e penso al mare, al sole e alla mia libertà. Pantelleria è bellissima ed è divertente ritrovarsi con gli amici fuori dalle solite abitudini. Ho scoperto di questi ragazzi che conosco da anni lati del carattere nuovi, piccole stranezze, e la vacanza insieme ci ha regalato una complicità inaspettata. Ho conosciuto altri amici e sono sicura che questo è solo il primo di tanti altri viaggi.

Torno a casa a fine agosto e mi sento un'altra persona. Sono pronta ad affrontare un altro anno di università e sono sicura che riuscirò a dare un senso a tutto quello che è successo prima di partire.

Oggi è il 16 di settembre e ieri sera hanno ammazzato un prete. La mafia ha ucciso Don Pino Puglisi, il parroco antimafia di Brancaccio. Lo hanno freddato sotto casa sparandogli alla testa il giorno del suo compleanno. Aveva 56 anni e la sua missione era costruire speranza in una quartiere di mafia. Voleva che i suoi ragazzi capissero il valore della legalità, delle regole, aiutava i poveri e i disperati.

È una guerra senza fine.

Mio padre oggi non è a pranzo con noi, è andato a Palermo per lavoro. È partito presto questa mattina con la sua macchina. Io e Antonina abbiamo pranzato insieme, sistemato la cucina e abbiamo deciso di prenderci una piccola pausa per riposare. All'improvviso è arrivata Maria Pia, la sorella di mio padre con suo marito.

"Dai Margherita, Antonina, andiamo subito a Palermo in ospedale, Nunzio si è sentito male."

Mi preparo di corsa e dico ad Antonina di sbrigarsi. Appena fuori casa sono io quella che si ferma.

"Antonina aspetta, vado a prendere il libretto sanitario e il pigiama."

Mia zia mi blocca mentre riapro il cancello.

"Vai Margherita, il libretto non è necessario."

Saliamo in macchina tutti insieme e imbocchiamo subito l'autostrada per Palermo. Non c'è traffico e arriviamo in ospedale velocemente. Saliamo di corsa le scale. Nessuno ci ha indicato il reparto, il numero di una stanza. All'entrata vedo alcuni parenti di mio padre.

"Dov'è papà, qual è il reparto?".

Non mi rispondono, si parlano tra loro.

"Ma ancora non glielo avete detto?"

No, nessuno mi ha detto niente. Nessuno mi ha ancora

detto che mio padre solo poche ore fa è entrato in un bar per la sua pausa pranzo. Non si è neanche seduto, aveva fretta di tornare a casa, ha ordinato un succo di frutta al banco. Non ha nemmeno avuto il tempo di chiedere aiuto, si è accasciato a terra, privo di sensi. E adesso è su un letto di marmo. Ha gli occhi chiusi e il volto sereno. Aveva solo 46 anni.

Antonina è distrutta. Cerco di farle forza, di spiegarle che comunque dobbiamo andare avanti. Non è giusto che Giuseppe Salvatore la veda in questo stato. È lui, più di tutti, che ha bisogno di essere consolato. Lo guardo e solo ora mi accorgo che sembra mio padre, un piccolo Nunzio Asta, i suoi stessi lineamenti, lo stesso sguardo.

La morte di mio padre, oltre al lutto, porta altri problemi che non mi sarei mai sognata di dover affrontare. Poche settimane dopo ricevo una raccomandata firmata dal curatore fallimentare: la casa di Pizzolungo è all'asta insieme a quella di Trapani costruita con i sacrifici di mio nonno materno Salvatore.

Vado nell'ufficio di mio padre e comincio a leggere i documenti che sono sulla scrivania e dentro i cassetti. Ci vuole poco a capire: l'azienda di mio padre è fallita e io sto perdendo tutto. La cassaforte è vuota, i libretti bancari con la speciale elargizione sono stati svuotati. In questi anni ha bruciato tutto, anche ciò che era mio, per permettere alla sua azienda di andare avanti. Tutti i beni di mio padre dovranno essere venduti per far fronte ai creditori. A me resta in proprietà l'equivalente di un quarto della casa al mare e la metà di quella che mia mamma aveva ereditato dai suoi genitori. Il curatore fallimentare mi spiega che l'unica cosa che posso fare è comprare tutto quello che è andato all'asta. Ho 19 anni, sono senza lavoro e ora devo trovare i soldi per comprare due case che pensavo fossero mie.

Non ho il tempo per chiedermi come è stato possibile tutto questo disastro, so solo che non posso perdere anche la casa di Pizzolungo, perché lì dentro c'è rimasto tutto quello che ho. Lì ci sono le ultime immagini di mia madre e dei miei fratelli.

Devo iniziare a lavorare, non ho scelta. Riesco a essere assunta in Regione, c'è una legge della giunta che me lo permette. Ma intanto iniziano ad arrivare le proposte di persone intenzionate a comprare la casa di Pizzolungo. Per cercare di tenerla devo fare una controfferta.

Chiamo il curatore fallimentare. Gli chiedo quanto è stata valutata la casa, devo trovare un modo per trovare quella cifra. Sono disperata, nessun parente riesce ad aiutarmi, ne parlo in lacrime a una mia collega d'ufficio, Giovanna.

"Non so cosa fare, devo andare in banca. Io non ho niente se non questo lavoro."

"Non ti preoccupare Margherita, ti diamo una mano io e mio marito, ne parlo a Gianni."

Ci conosciamo da poco, ma si comportano già da veri amici. È proprio Gianni, suo marito, che mi accompagna in banca e si propone come garante per la mia richiesta di mutuo. Non sarà necessario, la banca accetterà come mio garante Antonina.

Da adesso in poi, per un bel po' di anni, buona parte del mio stipendio se ne andrà per riscattare la mia casa di Pizzolungo, uno dei luoghi più cari della mia memoria.

Un avvocato e un prete

Vedere questi due carabinieri che mi aspettano immobili davanti alla porta dell'ufficio, questa mattina, mi ha fatto tornare bambina. Come se non avessi poi fatto tanta strada da quel giorno di prima media, quando arrivarono in classe a controllare quanti erano i bambini ridotti a brandelli su quella strada maledetta. Io ero lì, dietro quel banco a fare il mio disegno senza sapere che di lì a poco sarei entrata, senza tanti convenevoli, dritta nel mondo degli adulti.

Sono qui per me, questi uomini in divisa, e io non voglio sapere che notizie portano, non voglio che la mia ferita possa riaprirsi proprio adesso che ha iniziato a farsi cicatrice.

Sono stata davvero brava in questi ultimi anni, posso dirmelo. Ho lavorato sodo per ricomprare la casa della mia famiglia che dopo il fallimento di mio padre rischiavo di perdere. Ogni mese una rata del mutuo, gran parte dei miei stipendi è servito a questo. Il lavoro ha dato un ritmo armonioso alle mie giornate e a me quell'autonomia che prima non avevo. I miei colleghi sono diventati i miei nuovi amici. Abito sempre a Trapani con Antonina, che continua a lavorare nel suo negozio di scarpe. A volte il fine settimana la aiuto. Con noi c'è Giuseppe Salvatore che ormai è cresciuto, ha quindici anni, è un adolescente. Sono la mia famiglia, la morte di mio padre non ha fatto altro che unirci sempre di più. Un legame fatto di cose non dette ma vissute insieme, con un codice di complicità tutto nostro fatto di sguardi e di silenzi. Voglio bene a questa donna che ha sempre rispettato il mio dolore, che mi ha fatto da madre senza sostituirsi a mia madre, e a questo ragazzino che crescendo assomiglia sempre più a mio padre.

Di mafia adesso non si parla quasi più, non ci sono più le stragi, né per fortuna i morti ammazzati per strada. Dopo le bombe del '93 sembra che Cosa nostra si sia dissolta come neve al sole. Nel frattempo io ho inseguito l'ordinata ripetitività dei giorni tutti uguali, che non riservano brutte sorprese. Ma ci sono ancora dei momenti in cui mi prende questa strana sensazione: mi si fermano i pensieri e improvvisamente mi sembra che stia per accadere qualcosa di terribile. Allora uso le mie strategie. Mi metto subito a fare qualcosa, se c'è qualcuno a casa lo chiamo e inizio a parlare, se sono sola apro la dispensa e cerco la nutella come quando ero bambina e se c'è il sole esco immediatamente a fare una passeggiata.

"Signora Asta, buongiorno. Dobbiamo solo notificarle degli atti."

Questa volta non riesco a muovermi, a parlare, è come se fossi diventata di vetro. E i carabinieri forse l'hanno capito che in questo momento sto male e hanno smesso di allungarmi la busta verde che hanno in mano, ma stendono le braccia per raccogliermi. Per non rischiare che cadendo io vada in frantumi, frammenti minuscoli sul pavimento, impossibili da rincollare.

La lettera arriva dalla corte d'assise di Caltanissetta. Si è aperto un nuovo procedimento sulla strage di Pizzolungo, mi scrivono per sapere se sono intenzionata a costituirmi parte civile. Un altro processo, e io non ho più alcuna fiducia nella giustizia. Cosa c'è di nuovo? Per quale motivo gli esiti della vicenda dovrebbero essere diversi, questa volta? Non riuscirei a sopportare un'altra delusione. Ci avevo sperato di far riaprire il processo, me le ricordo le parole dell'avvocato: "Ci vogliono nuove prove per ricominciare a fare indagini". Io ho ancora la mia cartellina chiusa in un cassetto con tutti gli articoli, gli appunti, il libro di Falcone. Il tentativo di una ragazzina di capire un gioco grande, così più grande di me. Mio padre, lui ci aveva sperato fino in fondo. E il suo cuore ne era uscito ancora più malconcio.

Il dubbio mi tormenta. Ci penso su a lungo, è giusto che la mia mamma e i miei fratelli siano rappresentati in aula. Devo battermi in tribunale e chiedere giustizia in loro nome. Ma devo fare in modo di non ripetere certi errori che ha commesso mio padre. È necessario trovare un altro avvocato che mi dia una mano.

Cerco su internet per capire se ci sono delle associazioni che possono aiutarmi e che offrono consulenza legale. Non mi ci vuole molto per imbattermi nel sito di Libera, un'associazione antimafia di cui ho già sentito parlare. Cerco i loro contatti, vedo chi sono i referenti più vicini e scopro che c'è un coordinatore provinciale anche a Trapani. Si chiama Giuseppe Gandolfo ed è un avvocato.

Provo a raccogliere delle informazioni su di lui, ne parlo con colleghi e amici di Marsala, è lì che c'è il suo studio.

"Conoscete un certo avvocato Gandolfo? È delle vostre zone."

Il giorno dopo mi rassicurano. Ne parlano tutti bene, a quanto sembra è una persona preparata e molto onesta. Mi decido a chiamarlo nel dicembre del 2002.

"Pronto avvocato?"

"Sì, sono io, chi parla?".

"Sono Margherita Asta, ho bisogno di parlare con lei. Vorrei un appuntamento."

"Possiamo vederci a inizio gennaio, dopo le vacanze...", lui coglie nell'esitazione della mia voce una leggera delusione, e aggiunge immediatamente: "Se non si tratta di una cosa urgente".

"È una cosa molto importante avvocato."

Mi trova la prima data disponibile, fissiamo un appuntamento. Ha una voce giovane, il tono è professionale ma cordiale, mi ha trasmesso fiducia. Chiedo a Francesco, un mio collega, di accompagnarmi. Alla fine dell'incontro potrò chiedergli cosa ne pensa e valutare le sue impressioni.

Arriviamo a Marsala di primo pomeriggio davanti allo studio dell'avvocato. Giuseppe Gandolfo ha la faccia da bravo ragazzo e una bella parlantina. Mi saluta con una stretta di mano sincera e accenna un sorriso. Credo sappia già chi sono e qual è la mia storia.

"Allora lei è Margherita Asta, per me è un piacere conoscerla."

Non ho nessuna intenzione di farmi condizionare e gli dico subito come la penso.

"Avvocato, io non ho fiducia nella giustizia. Credo però che sia doveroso che qualcuno rappresenti mia madre e i miei fratelli in tribunale."

Lui annuisce e continua ad ascoltarmi in silenzio. Voglio parlargli apertamente.

"Io non ho soldi, considerato che lei comunque ci guadagna in fama difendendo le vittime innocenti, le chiedo se per la sua parcella può aspettare la conclusione del processo quando il magistrato mi liquiderà le spese legali."

Lo metto subito alla prova e lui mi risponde con una bella risata.

"Va bene Margherita, mi sembra che lei abbia le idee chiare. Non si preoccupi per il mio onorario, in qualche modo ci arrangeremo..."

Cerco di recuperare perché capisco di essere stata un po' troppo diretta.

"Beh, quando arriva la provvisionale c'è anche il rimborso delle spese legali. Le pagherò comunque tutta la parcella."

Mi guarda sorridendo.

"Va bene Margherita ma si metta in testa che in questo momento il denaro è l'ultimo dei pensieri. È un onore che lei abbia scelto me per difendere i suoi morti e la sua storia."

Bene, ho detto tutto quello che dovevo dire, la sua risposta è stata chiara e adesso posso anche rilassarmi. Mi guardo intorno e vedo una scrivania ordinata, la foto di una bambina che deve essere sua figlia e un'altra foto. Ci sono due persone che si abbracciano, una è Rita Borsellino e l'altro è Don Luigi Ciotti, il fondatore di Libera. Dietro la scrivania, attaccata al muro c'è una locandina dell'associazione.

In quello studio, insieme a un amico conosciuto in ufficio e un avvocato trovato su internet, sento che la mia vita sta cambiando di nuovo.

Giuseppe Gandolfo è un avvocato impegnato sul fronte dell'antimafia. In Sicilia puoi trovare questa "sottocategoria di legali". Sono quelli che sposano le cause perse e guadagnano poco. Scovano storie dimenticate, sostengono le vittime di racket e di usura, difendono i familiari di quelle morti che non trovano colpevoli e seguono i parenti delle vittime di mafia dentro e fuori i tribunali.

"Faremo la costituzione di parte civile e io la seguirò fino alla fine del processo. Però noi abbiamo un altro percorso da fare insieme. Possiamo darci del tu?"

Guardo questo giovane avvocato dallo sguardo intelligente e determinato per cercare di interpretare le sue parole. Non ho capito esattamente cosa vuole che io faccia, quello che si aspetta.

"Ho bisogno di te e della tua determinazione per rendere la rete di Libera a Trapani più forte e l'azione dell'associazione più incisiva. La tua storia può essere uno straordinario impulso per trovare persone che hanno voglia di darci una mano contro la mafia e il malaffare."

Mi parla per più di un'ora dell'associazione e delle attività che stanno organizzando insieme a un gruppo di volontari.

"Ci penso avvocato, grazie e ci sentiamo presto."

Esco dallo studio, basta uno sguardo tra me e Francesco per capire che abbiamo avuto la stessa impressione: è l'avvocato che fa per me. Quando resto sola a casa ripenso alla proposta che mi ha fatto Gandolfo, cerco altre notizie su Libera e provo a immaginare qual è il contributo che potrei dare.

Mi piace il loro progetto: vogliono sensibilizzare le persone nella lotta alla mafia e promuovere i principi della legalità e della giustizia. Cercano di creare una comunità alternativa alle mafie, convinti che la società civile debba fare la sua parte, affiancare lo stato, e che oltre all'attività di repressione debba esserci un'offensiva di prevenzione culturale. Sono impegnati, tra le altre cose, sul fronte dei beni confiscati.

Se la mia storia può essere utile a cambiare le cose io ci sto. Se raccontare la storia di Barbara, Giuseppe e Salvatore, con tutto il carico di dolore che questo può comportarmi, può servire a svegliare le coscienze io farò la mia parte.

Nelle mie notti passate sveglia a chiedermi perché fossi scampata all'attentato non ero mai riuscita a darmi una risposta. Stasera, dopo aver parlato con quell'avvocato che mi ha accolta come una sorella, ho capito che sono rimasta viva anche per raccontare la storia di mia madre e i miei fratelli e che in questo modo posso dare un senso alla loro morte. Mi ha fatto capire che posso smettere di essere una vittima per diventare una testimone contro la mafia.

Comincio a partecipare da spettatrice alle varie iniziative di Libera organizzate dal coordinamento provinciale di Trapani e mi lascio coinvolgere sempre di più.

Accetto l'invito di Giuseppe Gandolfo per un incontro che si tiene a Trapani per dare vita a un presidio cittadino. Mi ritrovo circondata da persone che da anni sono impegnate nella mia città nelle attività antimafia. Non sono poliziotti o carabinieri e nemmeno magistrati. Sono insospettabili insegnanti, studenti, commercianti, impiegati, sindacalisti, piccoli editori. Sono Rino, Salvatore, Ottavio, Fabio, Licchia, Giovanna, Valentina, Cettina e tanti altri.

Alla seconda riunione quando arriva il momento di decidere chi sarà il referente di Libera Trapani mi accorgo che la decisione è già stata presa: sono io.

Guardo Giuseppe, il mio avvocato, e cerco di dirgli che non sono pronta, non mi sento all'altezza, ma lui mi fa capire con uno sguardo che non mi sarà data la possibilità di tirarmi indietro. Sento la responsabilità della loro fiducia, ma ne sono anche contenta. Ora ho una nuova famiglia, una grande, generosa e testarda famiglia.

Decidiamo di organizzare insieme la commemorazione per il 2 aprile seguente, il 2004. È da tanto tempo che ho smesso di parteciparvi. Da quest'anno voglio che smetta di essere la solita passerella, ma un momento sincero di ricordo. C'è un ragazzo del gruppo che vuole organizzare la messa e chiamare il coro. Si chiama Giuseppe ed è quel ragazzino che piangeva a dirotto davanti a ciò che restava di mia madre e i miei fratelli il 2 aprile 1985.

Provo a contattare anche il giudice Carlo Palermo per chiedergli se ha voglia di unirsi per la commemorazione.

"Signor giudice?"

"Chi parla?"

"Signor giudice, sono Margherita, Margherita Asta"

Il telefono, dall'altra parte, mi restituisce il suo silenzio.

"Volevo invitarla a Trapani per l'anniversario della strage..."

Carlo Palermo non parla. Penso che non ci sia più nessuno all'altro capo del telefono.

"Pronto, pronto..."

"Sì, ci sono... mi dispiace..."

Ancora silenzio, imbarazzo, forse paura.

"No, Margherita, ti ringrazio ma non ce la faccio. Ho avuto un infarto e sono ancora convalescente... A presto..."

"Arrivederci."

Rilascio la mia prima intervista a una tv locale. La giornalista è una attenta al look, e quando mi vede arrivare si mette a ridere.

"Tu sei Margherita? Ma come ti sei vestita?"

In effetti sembro uscita da una vecchia fotografia. In questi anni ho continuato a vestirmi spesso con gli abiti di mia madre, soprattutto nei momenti importanti. È come se in questo modo lei fosse lì con me a farmi coraggio. La giornalista ride, la sua risata è fresca e squillante come il campanello di una bici. Mi sono messa a ridere subito anch'io, da quel momento siamo diventate amiche.

Passano i mesi e gli impegni si moltiplicano. E per la prima volta accetto di raccontare in pubblico la mia storia. Sono stata invitata in una scuola media di Erice e con me c'è Salvo Vitale, amico fraterno di Peppino Impastato. Non potevo avere compagni migliori, quello presente e quello ideale, per la mia iniziazione alla parola.

Ho pensato per tutta la notte a che cosa avrei dovuto raccontare, da dove iniziare e dove terminare la mia storia e sono riuscita a scrivere una paginetta di appunti che mi porto dietro. Mi siedo e li guardo tutti questi ragazzi. Sono emozionata come non mi capitava da tempo.

"Mi chiamo Margherita Asta, avevo dieci anni quando la mafia ha disintegrato mia madre e i miei fratelli. Io sono sopravvissuta perché quella mattina sono andata via 5 minuti prima con un'amica. Mia madre Barbara accompagnava i miei fratellini Giuseppe e Salvatore di 6 anni a scuola. Si sono trovati lì per caso quando è scoppiata l'autobomba che doveva uccidere il giudice Carlo Palermo."

Non ho bisogno di appunti, la mia storia esce da sola come se fosse rimasta lì tutto questo tempo per essere raccontata. Pensavo di non aver pianto invece ho il viso bagnato di lacrime che sono scese senza farmi male. Questi ragazzi sono rimasti ad ascoltarmi immobili e ora mi guardano in silenzio. Penso che ognuno di loro abbia il diritto ad avere il miglior futuro possibile e che questo si può realizzare solo dopo aver sconfitto la mafia in tutte le sue forme. Che non c'è nessun posto dove puoi essere realmente al riparo dalla barbarie che rappresenta, e non è necessario sfidarla apertamente o essere un eroe per vedere distrutta la propria vita o quella delle persone a cui vuoi più bene. Mia madre non c'entrava niente, i miei fratelli avevano solo sei anni, eppure chi ha schiacciato quel telecomando non si è fatto scrupoli nel versare il sangue degli innocenti. Chiunque poteva trovarsi al loro posto.

Uno di loro si alza, avrà sì e no dodici anni e una faccia che non mostra timidezze.

"Ma non le viene la voglia di fare a loro quello che hanno fatto a lei?"

No, non ci ho mai pensato. Non ho mai avuto sete di vendetta. Vorrei soltanto guardarli negli occhi e chiedergli perché l'hanno fatto.

A luglio del 2004 Giuseppe mi propone un altro passaggio fondamentale. "Vieni, partiamo, andiamo a un incontro nazionale dei referenti di Libera dove conoscerai Luigi."

Luigi è Don Luigi Ciotti, il presidente di Libera e del gruppo Abele. Con le sue scelte ha fatto lo stesso percorso della mafia ma dall'altra parte della barricata. Quando Cosa nostra gestiva le raffinerie di eroina Luigi era un prete di strada che salvava i ragazzi dalle droga e dalla disperazione. Dopo le stragi di Capaci e di via d'Amelio, ha intuito che ci voleva l'impegno di tutti per far fronte all'offensiva mafiosa e che non si poteva lasciar soli magistrati e forze dell'ordine. In poco tempo è riuscito a mettere in rete più di 1500 associazioni presenti sul territorio nazionale fondando Libera, Associazioni, Nomi e Numeri contro le mafie. Una delle prime azioni che Libera ha svolto è stata quella di raccogliere più di un milione di firme per far approvare la legge che prevede l'uso sociale dei beni confiscati alla mafia. È stata restituita così parola e speranza a Pio La Torre e a quella legge tanto odiata dai mafiosi che si lasciava dietro una catena di morti. Io so molto di lui ma non l'ho mai incontrato. Ho letto le sue interviste, ho visto le sue foto, ne ho parlato con Giuseppe e i volontari di Libera Trapani.

Mi piace questo prete coraggioso e la sua determinazione. Ripenso a quello che mi lascio alle spalle, al destino che mi è toccato in sorte e mi sembra di aver trovato finalmente un momento di riscatto. Quest'uomo, in questo momento della mia vita, credo sia stato mandato da mia madre.

L'incontro è a Savignano sul Panaro, in provincia di Modena. Quel viaggio in aereo Palermo-Bologna me lo ricordo bene, accompagnai il volo con la curiosità di restituire volti e sorrisi alle voci dei volontari di Libera con i quali stavo ore al telefono ma che non avevo mai visto.

Arrivo e ad accogliermi ci sono loro, almeno ottanta amici che arrivano da tutta Italia, sono i referenti dell'associazione. C'è Lorenzo, poi incontro Marco, Francesco, Daniele, Anna, Enza. Fino a quel momento per me erano solo delle voci, ora invece sono amici in carne e ossa e sono lì con me. Tra di loro c'è una donna con i capelli chiari, gli occhi azzurri delicati, quel viso lo conosco già, è quello della foto nell'ufficio di Gandolfo. Si avvicina a me per dirmi che tra i nuovi amici c'è anche lei, Rita Borsellino, sorella di Paolo. Ci guardiamo in silenzio, mi prende la mano e poi ci stringiamo in un abbraccio che vale più di mille parole. In quella sala respiro un'aria nuova, un vento di primavera e la voglia di ricominciare un'altra battaglia in nome dei miei cari. C'è anche il "Gruppo Niscemi", un gruppo di volontari che si è messo a disposizione e cucina per noi. Mi sembra di avere intorno una grande famiglia e sento a quel tavolo l'aria buona che si respirava a Pizzolungo nei pranzi delle feste quando c'erano ancora mia madre e i miei fratelli. Durante una pausa mi raggiunge Giuseppe.

"Margherita ti devo presentare una persona."

Davanti a me c'è Luigi Ciotti. Incontro lo sguardo limpido di un uomo determinato. Ho l'impressione che lui sappia già tutto di me e non parlo solo della storia di mia madre e di miei fratelli. Credo che lui conosca e comprenda le dimensioni del mio dolore e della mia sofferenza.

Si siede accanto a me.

Vado veloce e tiro tutto in un fiato

"Sono Margherita Asta, sto cercando di far ricordare la storia di mia madre e dei miei fratelli e allo stesso tempo mi sto impegnando nelle attività di Libera perché sono d'accordo con quello che lei… con quello che tu stai portando avanti. Non c'è bisogno di predicare ma di praticare."

Guardo Giuseppe come a chiedergli se sono stata brava, se ho detto qualcosa di sbagliato e lui mi sorride.

Luigi, mentre parlo, continua a guardarmi negli occhi. Sento lacrime grandi e pesanti scendere sul mio viso.

Lui mi accarezza la testa.

"Io voglio sapere perché sono morti."

Mi asciuga le lacrime con la sua mano come faceva mia madre.

"Lo so Margherita, ce la faremo."

Arriva il momento dell'assemblea plenaria, siamo tutti nella sala consiliare di quel piccolo comune che ci ha ospitati. Lui è seduto davanti a noi e comincia a parlare.

"Io sono cosciente dei miei limiti, delle mie fragilità ma anche delle mie responsabilità. Io sono un uomo di parte e sto da una parte sola: quella dei diritti, della dignità della vita. Dalla parte della giustizia e della ricerca della verità. Solo l'assunzione di responsabilità da parte di ognuno di noi è la vera, concreta e migliore risposta alla violenza criminale."

Le sue parole sono per me una medicina contro tutto quel dolore e quelle morti ingiuste.

"Sant'Agostino diceva che la speranza ha due figli: la rabbia per vedere le cose e il coraggio di cambiarle."

Mentre sono lì distratta a fare tutte le mie riflessioni mi sento chiamare.

"Qui fra di noi oggi c'è Margherita."

Mi fa cenno di alzarmi e andare da lui.

Sono emozionata, timida, impacciata e mi avvicino guardando a terra.

"Voglio donare a Margherita questa croce simbolo dell'impegno antimafia."

Alzo gli occhi e prendo tra le mani questa croce d'oro, in una cerimonia che ha il sapore di un'investitura ufficiale.

Quella croce è stata donata a Luigi Ciotti da Elisabetta Baldi che l'ha realizzata con i gemelli del marito.

Questa croce sono i gemelli d'oro di Antonino Caponnetto.

Mi guardo intorno e vedo i volontari di Libera. Molti di loro sono giovani, studiano o lavorano e non hanno avuto niente a che fare con la mafia. Se lo fanno loro che non hanno subito quello che è capitato a me io devo fare ancora di più e meglio.

La sera sono una spettatrice. C'è una partita di calcio tra i volontari di Libera, di quelle da oratorio, con i pantaloni tirati su e i calci negli stinchi. In squadra ci sono anche Don Ciotti e l'avvocato Gandolfo.

Guardo il prete mentre insegue l'avvocato, gli ruba il pallone, li vedo ridere. Una scena che mi racconta più di tante parole.

Ho deciso di costituirmi parte civile nel nuovo processo per la strage di Pizzolungo. Giuseppe Gandolfo, il mio avvocato ha ricostruito con la cancelleria le varie fasi di questo nuovo capitolo giudiziario e non sono mancate le sorprese.

Questo processo è nato grazie alle dichiarazioni dei pentiti, alcuni di loro conoscevano fatti che riguardavano la strage e questo ha permesso ai magistrati di Caltanissetta di aprire un fascicolo. Erano le "nuove" prove di cui aveva parlato l'avvocato di mio padre tanti anni fa. Le rivelazioni dei collaboratori di giustizia sono finite in un'unica indagine e a maggio del 2002 è stato chiesto il rinvio a giudizio per quattro imputati. Alla sbarra ci sono i boss della mafia siciliana: il capo indiscusso Totò Riina, il referente del mandamento di Trapani Vincenzo Virga, Antonino Madonia, uno dei killer più spietati dei corleonesi e Baldassare Di Maggio, un passato criminale ai vertici della famiglia di San Giuseppe Jato e un presente da collaboratore di giustizia.

La prima udienza si è svolta nel giugno del 2002 e in quella sede Riina e Virga avevano scelto un rito alternativo, l'abbreviato. Per una serie di ritardi e di dimenticanze della cancelleria del tribunale io vengo avvisata cinque mesi dopo, a processo già in corso. Nello stesso periodo, esattamente il 22 novembre il giudice per l'udienza preliminare del tribunale di Caltanissetta condanna all'ergastolo il capo di Cosa nostra Totò Riina e il capomandamento di Trapani Vincenzo Virga riconoscendoli come mandanti della strage di Pizzolungo.

Giuseppe Gandolfo, il mio avvocato mi spiega che, in teoria, potrei chiedere di annullare tutto ma decidiamo insieme che quel giudizio è talmente importante che nessun errore formale, anche se riguarda me, può metterlo in discussione. Leggeremo insieme la sentenza per capire perché sono stati condannati.

L'11 febbraio del 2003, diciotto anni dopo la morte di mia madre e i miei fratelli, entro per la prima volta in un'aula di tribunale. Ho davanti a me i giudici della corte d'assise di Caltanissetta. Chiedo al mio avvocato chi sono.

"Il presidente del tribunale è Letterio Aloisi, il giudice a latere Fabrizio Nicoletti e il pubblico ministero si chiama Luca de Ninis. Quelli con la fascia, invece, sono i giudici popolari."

Mi siedo in prima fila e inizio a guardarmi intorno, mi sento impaurita. Sto cercando di capire chi sono gli imputati quando il presidente comincia a parlare.

"Di Maggio Baldassare, detenuto assente rinuncia, difeso dall'avvocato Spadafora, presente.

Madonia Antonino, detenuto ad Ascoli. Ascoli siete in linea per favore?"

"Sì, signor presidente da Ascoli, l'imputato Madonia Antonino è presente."

Faccio fatica a capire chi sono le altre persone che siedono accanto a me. Mi viene in aiuto Giuseppe.

"Sono quasi tutti avvocati Margherita, rappresentano le parti civili: gli uomini della scorta, il comune di Erice, la presidenza del consiglio dei ministri e altri soggetti."

Pensavo di incontrare Carlo Palermo a questo processo ma al suo posto c'è l'avvocato Sorce. Anche questa è un'occasione mancata.

Ora è il nostro turno.

"Si dà atto che è pervenuta la notifica alla signora Asta Margherita del verbale della scorsa udienza e del decreto che dispone il giudizio.

È presente Asta Margherita? C'è qualcuno per la signora Asta?"

Mi giro verso il mio avvocato, non so che fare. Lui si alza in piedi.

"Avvocato Gandolfo Giuseppe del Foro di Marsala."

"È lei il difensore della signora Asta?"

"Sì, sì. Sono il suo avvocato e ci costituiamo parte civile in questo processo."

"Signor presidente, chiedo scusa, c'è l'imputato Madonia Antonino che chiede di rendere dichiarazione spontanea prima possibile."

La voce è quella di un agente della polizia penitenziaria in collegamento da Ascoli. L'imputato è in video conferenza, non ha un volto, è un puntino su un monitor collocato piuttosto lontano da dove sono seduta.

"Sì, un secondo che manca il cancelliere e poi autorizziamo."

Madonia ha chiesto di parlare, ha delle cose da rivelare. Magari si è deciso a raccontare che cosa è successo quel maledetto due aprile. Forse ha saputo che sono in aula e questo lo ha spinto a fare delle dichiarazioni. Il presidente della corte sbriga delle procedure formali relative alle udienze precedenti poi ritorna in collegamento con Ascoli.

"Ora c'era Madonia, voleva fare delle dichiarazioni spontanee?"

Da quel monitor lontano, per la prima volta sento la voce di uno degli uomini che potrebbe aver ucciso mia madre e i miei fratelli.

"Signor presidente buongiorno."

"Buongiorno."

"Voglio rendere spontanee dichiarazioni e vorrei farlo in questa fase."

"Sì, prego."

"Perché questa è la prima udienza che si sta svolgendo ad Ascoli. Io prima mi trovavo a Cuneo."

"Sì, vada avanti."

"Per il regolare svolgimento delle udienza, in questa saletta di Ascoli… non mi è concesso di poter parlare riservatamente con il mio legale, per concertare la linea di difesa."

"Ma non ha un telefono là signor Madonia."

"Come?"

"Non c'è il telefono?"

"Sì, ma è qua, diciamo, senza l'apposito box insonorizzato per poter parlare riservatamente con il proprio legale. A Cuneo… c'era."

"Non so la situazione là di Ascoli qual è… Non ci posso fare nulla."

"Come dice la legge, il mio colloquio con l'avvocato deve essere massimamente riservato per concertare le linee di difesa. Non mi sento garantito."

Il presidente inizia a spazientirsi.

"Dunque signor Madonia, gli spostamenti vostri, suoi e di tutti i detenuti italiani non dipendono dalla corte, da questa corte e da nessun altra corte ma solo dall'organizzazione della direzione penitenziaria. Se lì non c'è il box non le posso fare nulla. Si appartano le altre persone e lei può chiamare il suo avvocato quando vuole e come vuole..."

"Eh, ma questo è un mio diritto..."

"Si allontanano gli agenti di qualche metro e lei parla con il suo avvocato che è presente qua... Ora andiamo avanti, l'imputato viene licenziato."

Resto in silenzio mentre si svolge questo strano siparietto, anche l'avvocato scuote la testa.

È il momento di sentire il primo collaboratore di giustizia, si chiama Antonino Cascio e anche lui è in video conferenza da una località riservata perché vive sotto protezione. Giuseppe mi spiega che è un mafioso delle nostre zone, legato alla famiglia di Castellammare del Golfo.

Solo in quel momento vedo l'enorme mole di documenti che il pubblico ministero ha davanti a lui. Sono i fascicoli con tutti gli atti dell'istruttoria. Chiedo a Giuseppe se li posso consultare e lo vedo in imbarazzo. Ce n'è uno in particolare che ha attirato la mia attenzione, è quello dei "reperti fotografici". Mi mette sotto le mani altri fascicoli perché ha capito quali sono le mie intenzioni.

“Voglio vedere quelle foto, Giuseppe.”

“Sei sicura Margherita?”

“No, non sono sicura, ma ci voglio provare.”

Apre il fascicolo insieme a me e le scorriamo una a una. C’è il luogo della strage, le macchine sventrate, la grande buca che ricordo di aver visto al ritorno dai funerali. C’è la macchia di sangue lasciata sul muro di una villetta da uno dei miei fratelli. E poi ci sono le foto di ciò che è rimasto dei corpi. Nella prima c’è il volto senza cranio di uno di loro, una maschera flaccida di carne. Guardo la foto e non so dire chi dei due sia, se Giuseppe o Salvatore. I miei fratelli erano gemelli, ma tra di loro diversissimi, uno era biondo, una cascata di riccioli, l’altro moretto e con i capelli lisci. In un’altra c’è un piedino nel giardino di una villa, poi c’è l’immagine del torace di uno dei miei fratelli trapassato dalle sbarre di ferro di quello che era il sedile dell’auto.

“Vai avanti avvocato.”

Vedo il busto di mia madre sventrato con i resti sparsi intorno a lei, non la riconosco. Leggo il referto del medico legale.

“Ben poco rimaneva di quella donna, pur dopo che i resti del corpo erano stati ricomposti nella camera mortuaria. Completamente sfigurata per avere riportato l’asportazione del volto, della donna residuavano parte del cuoio capelluto e parte della guancia sinistra. Dal tronco dilaniato fuoriuscivano gli organi interni. Lo stesso si presentava mancante di parte dell’arto superiore destro reciso all’altezza dell’avambraccio, mentre gli arti inferiori erano rimasti attaccati al resto del tronco ma squarciati in più parti; tali miseri resti erano stati rinvenuti – perché ivi catapultati – a circa centro metri dall’esplosione.”

C'è la foto di una gamba, il lembo del suo vestito verde.

Vai avanti avvocato, ci sono rimaste le ultime due immagini, sono le sue mani, le mani di mia madre le riconosco, in una c'è la fede.

Ormai non vedo e non sento più niente. Sono nell'aula di quel tribunale ma è come se fossi morta.

No, non sono morta perché mi gira la testa, ho la nausea, sto male.

Non mi ricordo nient'altro di quella giornata in tribunale, non ricordo neanche come sono tornata a casa. So soltanto che ho pianto e vomitato per una intera settimana. Quelle immagini mi ossessionavano, ma avevo voluto mandarle tutte giù. Come una medicina che fa schifo.

È il mio avvocato, Giuseppe Gandolfo, che mi spiegherà, dopo qualche giorno, l'importanza di quel pentito sentito durante l'udienza. Quella mattina, incalzato dal pubblico ministero, il collaboratore di giustizia ha ricostruito i retroscena della strage di Pizzolungo. Ha rivelato di essersi affiliato alla famiglia di Castellammare nel 1982 quando il capo era Nino Buccellato. Poi questi era stato ucciso e dopo anche il figlio.

"E in seguito, verso la fine dell'anno, abbiamo ricevuto notizia che eravamo tutti fuori dalla famiglia, eravamo stati tutti posati..."

"Chi erano gli autori di queste decisioni?"

"Era stata la commissione provinciale che... avevano scalzato il Niccolò Buccellato e avevano preso le redini... Poi ci hanno richiamato perché ci hanno ritenuto non colpevoli e non responsabili di alcune cose che accusavano i castellammaresi. E allora incominciai a conoscere il nuovo capofamiglia che era Vincenzo Milazzo di Alcamo in quanto di Castellammare non ne hanno fatto nemmeno una famiglia ma è stata abbinata a quella di Alcamo e il capomafia era Vincenzo Milazzo che era pure capomandamento."

"Si ricorda quali uomini di onore facevano parte di Castellammare all'epoca?"

"C'era Evola Giuseppe, Evola Natale, io, Mercadante Michele e Gino Calabrò."

"Ecco, con particolare riferimento a Gino Calabrò, lei può darci altre indicazioni? Chi era, cosa faceva?"

"Sì, Gino Calabrò era un carrozziere, aveva un'officina."

"Aveva rapporti stretti con Vincenzo Milazzo?"

"Sì, sì."

"Lei aveva rapporti stretti con Milazzo?"

"Sì, sì eravamo abbastanza vicini..."

"Lei parlò mai con Milazzo della strage di Pizzolungo e se sì, in che occasione?"

"Io dopo incontrai Milazzo, dopo un due o tre giorni che era successo il fatto e ho chiesto qualche notizia. Dico: ma sta cosa che è successo a Trapani che..? E lui mi ha spiegato alcune cose."

"Sì, che cosa le riferì?"

"Mi ha detto che erano stati loro."

"Chiarisca chi sono loro."

"Sì, mi disse che erano stati loro, gli alcamesi a fare questo… questa cosa. Mentre parlava si vedeva che… la sua mortificazione in faccia, perché era molto mortificato per il fatto che erano morti quei due bambini. Mi confidò che se avesse avuto lui in mano il telecomando forse non avrebbe premuto il pulsante in quell'attimo in cui c'era quell'altra macchina vicina. Quando mi spiegava 'ste cose quasi… quasi piangeva. Era mortificato a raccontarmi questa cosa.

E poi mi disse che forse non c'era motivo di fare tutto 'stu casino, mi ha detto lui. Fare tutto 'stu coso quando si poteva raggiungere lo scopo meglio di come poi è finita, in un altro modo, facendolo con le pistole e i fucili insomma."

"Senta..."

"Ma che purtroppo l'ha dovuta fare perché… era stato ordinato così."

"Lei capì a che cosa si riferiva, dicendo che era stato ordinato così?"

"E, si riferiva sicuramente a Totò Riina."

"Ascolti, le disse della partecipazione di altre persone, a parte gli uomini di Alcamo?"

"No, no..."

"Con riguardo in particolare a un uomo della sua famiglia?"

"Per quanto riguarda quell'uomo della mia famiglia, quello che mi ha detto di sicuro e che si lamentò di Gino Calabrò perché l'avevano incaricato di cambiare il vetro a quella uno, mi pare… a quella macchina che poi hanno usato lì. Non… non so… non ricordo più esattamente. Si trattava di una macchina che è stata molto discussa durante il processo, a cui è stato cambiato un vetro. Forse perché quando l'hanno rubata l'avevano rotto per mettere 'stu vetro nuovo e che Gino Calabrò nel comprare il vetro..."

"E perché si lamentava?"

"Si lamentava perché, nel comprare il vetro, non l'ha

comprato pagandolo in contanti ma ha fatto il buono. Ha lasciato delle tracce, per cui poi... poteva essere raggiunto, come in effetti è stato raggiunto dopo dalla... polizia."

"Quindi coinvolse Gino Calabrò a tutti gli effetti nella preparazione della strage?"

"Guardi signor pubblico ministero, Gino Calabrò è stato coinvolto sicuramente per la questione della macchina, della uno, poi non... non lo so, non ho notizie certe che fosse coinvolto nell'attentato vero e proprio. Questo non glielo so dire, non... Però per quanto riguarda la macchina è stato... è stato impegnato."

"Ascolti, lei nei precedenti contatti con l'autorità giudiziaria ha riferito anche di altre circostanze utili a ricostruire la vicenda... nel periodo immediatamente antecedente all'esplosione. Può riferire alla corte su queste osservazioni?"

"Ah, sì, sì. Io vedevo che c'era un gran movimento nella famiglia di Alcamo in quei giorni. Specialmente Milazzo ogni giorno, una volta o due, andava sempre a Palermo, Palermo San Giuseppe Jato, non so, a parlare con... io pensavo che andasse a parlare con... Bernardo Brusca... e nello stesso tempo con Riina. Perché erano questi i... erano queste le persone con cui..."

"Senta, l'ha pensato lei o gliel'ha detto Milazzo?"

"No, non me l'ha detto Milazzo. Non mi ha detto niente su questo fatto. Io vedevo che c'era ...'stu movimento in tutta la famiglia di Alcamo. Pensavo dovesse succedere qualcosa ma non sapevo cosa."

"Io non le ho chiesto se Milazzo aveva avvisato lei che era in preparazione un evento delittuoso così grande. Le ho chiesto soltanto se le aveva esplicitamente riferito che i suoi viaggi erano diretti a contattare Totò Riina e Bernardo Brusca."

"Sì, mi... No, che mi... che mi abbia detto che parlava con Riina o con Bernardo Brusca questo no, ma che andava a Palermo sì."

"Uh... e lei da cosa trasse la deduzione che andava a trovare loro?"

"Sì, siccome quando lui... andava a Palermo, andava sempre per incontrare o Riina o Bernardo Brusca, sempre queste erano le persone con cui lui trattava. E per me, quando mi diceva 'sono andato a Palermo' era ovvio che si fosse incontrato con Riina e Bernardo Brusca."

"Milazzo le disse anche chi ebbe in mano il telecomando?"

"Sì, quando mi.... mi spiegava 'stu fatto, quando mortificato mi spiegava 'sto fatto, mi disse 'Se l'avevo io il telecomando in mano forse non avrei premuto, avremmo aspettato un altro giorno. Ma il telecomando ce l'aveva in mano Antonino ma...' Antonino si intende Antonino Melodia."

È di nuovo il pubblico ministero Luca De Ninis a incalzare il collaboratore per ricostruire gli eventi di quella mattina di sangue.

"Senta, Milazzo le fece capire e le specificò direttamente se lui, dal punto in cui era posto, ebbe modo di osservare la presenza dell'altra autovettura in anticipo?"

"No, questo non lo so. Ma penso che avessero preso di mira solo la vettura del giudice. Per cui non... non se ne sono, penso, quasi neanche accorti dell'altra vettura. Forse il Milazzo se ne è accorto ma non... non ha potuto fare niente. Sempre forse però..."

"Senta, sa chi era il capomandamento competente sul luogo della strage?"

“Sì, il capomandamento sul luogo della strage era Vincenzo Virga allora. E a proposito di Virga, anche parlando, il Milazzo mi disse che anche lui si lamentò di questo fatto così eclatante, quando non c'era motivo. Perché come disse lui... proprio le parole dette in quell'incontro furono: 'Perché non c'era bisogno di fare tutto 'stu casino quando si poteva uccidere a bastonate il giudice'.”

“Le disse così?”

“In quanto aveva notato che ogni sera portava fuori il cane, sulla stradella vicino a casa sua e lo potevano fare in modo diverso.”

“Senta, le spiegò anche perché, invece, si scelse l'altra strada, visto che lui e Virga non erano d'accordo?”

“Ma, guardi, l'accordo sia del Milazzo e sia del Virga non serviva a niente. Con l'ordine di Riina non si poteva neanche dire 'ma discutiamola questa cosa'. Erano ordini perentori che non si discutevano. Per cui... se qualcuno dei due, sia il Milazzo che il Virga, avesse fatto capire qualcosa... di non essere d'accordo, ci andava di mezzo la loro vita.”

“Questo a lei le risulta perché glielo riferì Milazzo o le risulta personalmente come esperienza vissuta all'interno dell'associazione?”

“No, no, questo come esperienza. Non me l'ha detta Milazzo questa cosa, ma come esperienza mia so che non si poteva neanche discutere un ordine di Riina.”

Nella stessa udienza, dopo Antonino Cascio un altro collaboratore di giustizia, Francesco Milazzo, della famiglia di Paceco, del circondario di Trapani fornisce un nuovo elemento da aggiungere alla ricostruzione dell'attentato. La domanda del pubblico ministero è precisa.

"Senta, con riguardo a Pizzolungo, lei ha rilasciato delle dichiarazioni che riguardano una conversazione. Vuole riferire alla corte?"

"Sì. Il giorno prima dell'attentato al dottor Carlo Palermo eravamo a Siggiare in una proprietà di Vincenzo Virga. Ero io, Vincenzo Virga e Vito Parisi. Quando ce ne siamo andati che ci siamo salutati mi ha comunicato di non scendere a Trapani l'indomani perché doveva succedere una cosa grande. L'indomani c'è stato l'attentato."

È passata poco più di una settimana da quell'udienza e io ho bisogno che Giuseppe, il mio avvocato mi dia una mano a ricostruire alcuni passaggi. È lui che mi racconta nei dettagli l'importanza di quelle prime testimonianze che hanno puntato il dito sugli uomini che hanno programmato ed eseguito la strage. Sono quelli che mi facevano paura dopo che erano stati assolti. Ora so che avevo ragione ad aver paura.

Mi domando come mai questi uomini sono stati liberati se le prove contro di loro erano così evidenti. Ma allo stesso tempo mi convinco che finalmente potrò ottenere giustizia, e che con questo nuovo processo saranno condannati tutti i responsabili. Ma è Giuseppe a frenare il mio entusiasmo.

"Mi dispiace Margherita, ma la giustizia è una via senza ritorno, una volta che la sentenza è passata in giudicato e l'imputato è stato assolto nessuno può più processarlo per lo stesso reato."

"Ma non è possibile, abbiamo dei testimoni che stanno raccontando che sono stati loro a mettere la bomba, a schiacciare il telecomando..."

"Lo so Margherita ma noi ci dobbiamo fermare qui ed aspettare che questo nuovo processo renda giustizia ai nostri morti. Quello che posso dirti è che Calabrò è in carcere per altri delitti e anche Filippo Ferro. Vincenzo Milazzo ha avuto una morte tragica insieme alla sua fidanzata. Anche questa è una storia che è venuta alla luce solo dopo le rivelazioni dei pentiti."

"Me la racconti?"

"Certo che te la racconto. Pochi giorni prima della strage di via D'Amelio era sparita un ragazza. Si chiamava Antonella Bonomo ed era la fidanzata di Milazzo. Una bella ragazza incinta di tre mesi che faceva l'insegnante. Il suo uomo era sparito da qualche giorno ma lei non era molto preoccupata, era convinta che sarebbe ritornato come le altre volte. Qualche giorno dopo viene avvicinata da Gioacchino Calabrò che la invita ad andare a casa sua per incontrare Vincenzo. Antonella va a Castellammare del Golfo con la sua auto. Davanti alla villetta incontra sulle scale Antonino Gioè che già conosceva, gli chiede notizie di sua moglie, lui la invita a entrare e in quella casa viene strangolata. Per lei e per il suo bambino non c'è stata nessuna pietà. Milazzo era stato ammazzato qualche giorno prima, attirato in una trappola dagli stessi amici che dopo averlo salutato gli hanno sparato a bruciapelo. I pentiti, in particolare Antonino la Barbera, hanno raccontato che l'ordine arrivò direttamente da Totò Riina e in quel caso nessuno si poteva permettere affetti, legami o passioni."

"Che storia terribile. Ma perché li hanno uccisi?"

"Non lo so Margherita, ci sono solo ipotesi. Alcuni pensano che Milazzo doveva essere ucciso perché non era riuscito a contrastare l'ascesa di un clan rivale o forse perché non approvava l'ascesa stragista di Cosa nostra. Altri pensano che quella ragazza era pericolosa perché conosceva troppi segreti e qualcuno sosteneva che avesse un parente nei servizi. Solo anni dopo hanno ritrovato i loro corpi. Il cadavere di Antonella Bonomo fu portato in una cava vicino all'autostrada Palermo-Mazara del Vallo. Lì c'era già il corpo di Vincenzo Milazzo. Cosa nostra aveva scelto lo stesso cimitero per quella storia d'amore."

Giuseppe Gandolfo ora non è più solo un avvocato, è diventato un amico. Penso che se non avessi avuto lui accanto forse non sarei riuscita ad arrivare alla fine. Con i suoi racconti ha rimesso insieme molti pezzi che mancavano alla mia storia. Andiamo insieme alla udienze. Lui parte da Marsala, mi viene a prendere a Trapani e attraversiamo la Sicilia per arrivare a Caltanissetta. Nei nostri viaggi condividiamo le nostre impressioni ed è lui che mi guida dentro episodi che io non conosco. È lui che mi racconta chi sono i due uomini accusati della morte di mia madre e i miei fratelli.

"Antonino Madonia, quello che era presente nella prima udienza è un killer spietato, boss del quartiere palermitano di Resuttana, da sempre legato a Totò Riina. Faceva parte del gruppo di fuoco che ha ucciso decine di persone durante la guerra di mafia. È l'uomo dei delitti eccellenti: è già stato condannato per l'omicidio di Pio la Torre, è stato uno degli uomini che ha ucciso il generale Carlo Alberto Dalla Chiesa, ha fatto esplodere l'autobomba che ha disintegrato Rocco Chinnici ed era tra i mafiosi che hanno ammazzato Ninni Cassarà con Roberto Antiochia. È considerato una della menti del fallito attentato a Giovanni Falcone all'Addaura."

Quel puntino che ho visto il quel monitor dentro quell'aula di tribunale e che si lamentava perché non poteva parlare in maniera riservata con il suo avvocato potrebbe essere uno degli assassini di mia madre.

Giuseppe mi racconta anche la storia di Baldassare Di Maggio, prima mafioso e poi collaboratore di giustizia. Io me lo ricordavo bene quel nome e quanto i giornali parlarono di lui quando raccontò di quel presunto bacio fra Totò Riina e l'ex presidente del consiglio Giulio Andreotti.

"Scusa Giuseppe mi spieghi bene come è finito il processo Andreotti. E quello nei confronti di Corrado Carnevale?"

"Cara Margherita è molto semplice: Andreotti è stato assolto per il reato di associazione di stampo mafioso, ma prescritto per il reato di associazione semplice commesso fino al 1980. Per i giudici, almeno fino a quella data, il sette volte presidente del consiglio ebbe rapporti molto ravvicinati con uomini di Cosa nostra. Il giudice Carnevale invece era stato condannato in appello a 6 anni per concorso esterno in associazione mafiosa ma poi è stato assolto in cassazione con formula piena e senza rinvio per non aver commesso il fatto. Quello che ti posso dire è che non ci sarà processo in grado di far luce sulle troppe ombre della nostra storia recente, gli indicibili accordi tra mafia e politica. Anche la storia di Baldassare Di Maggio, per esempio, non è chiara fino in fondo."

Giuseppe tira un respiro, e riprende il suo racconto.

"Quell'uomo è stato l'autista del capo di Cosa nostra. Apparteneva alla famiglia mafiosa di San Giuseppe Jato, all'epoca della sua affiliazione comandata da Bernardo Brusca. Per un periodo, a partire dalla fine del 1985, è stato anche reggente del mandamento, scelto dallo stesso Riina dopo l'arresto di Brusca Senior e il confino a Linosa del figlio Giovanni.

Nel 1989 Giovanni Brusca tornò a San Giuseppe Jato e riprese il suo posto. I rapporti con Baldassare Di Maggio divennero molto tesi e nemmeno Riina riuscì a riportare la pace tra i due. L'ex autista del capo decise allora di fuggire dalla Sicilia per paura che i Brusca lo facessero fuori.

Di Maggio ricompare all'improvviso nel 1993, esattamente i primi giorni di gennaio. Viene arrestato a Novara, rivela immediatamente di essere un uomo di Cosa nostra e chiede di parlare con il generale dei carabinieri Francesco Delfino. Ha da fare delle rivelazioni importanti. Il 15 gennaio, a Palermo viene arrestato dai Ros Totò Riina. In un furgoncino insieme ai carabinieri davanti al covo del capo indiscusso c'è proprio Baldassare Di Maggio."

Giuseppe mi racconta che lo stesso Brusca, diventato successivamente un collaboratore di giustizia dichiarò che Di Maggio era una copertura e che Riina era stato tradito da Bernardo Provenzano che all'epoca era il suo vice.

"Giuseppe, ma tu cosa pensi, come sono riusciti ad arrivare a Riina i carabinieri?"

"Non ho nessuna certezza Margherita, l'unica cosa certa è che qualcuno poi, dopo l'arresto del capo è riuscito a svuotare il covo lasciato inspiegabilmente incustodito dagli uomini del Ros."

"Poi che cosa è successo?"

"È successa una cosa piuttosto strana perché Di Maggio, durante il programma di protezione dei testimoni è tornato tranquillamente a San Giuseppe Jato per uccidere gli uomini vicini al suo nemico dichiarato Giovanni Brusca. Ha agito liberamente fino a quando non è stato arrestato."

"Un killer vendicativo protetto dallo stato?"

"Detta così è un po' forte, ma in effetti questo mancato controllo su Di Maggio scatenò all'epoca un sacco di polemiche sul programma di protezione."

"Ma perché lui e Brusca si odiavano tanto?"

"Questioni di donne e di potere, questo raccontano uomini di Cosa nostra a loro vicini che poi si sono pentiti. Comunque leggi qua, questo è il verbale dell'udienza che si è tenuta a ottobre. Noi non c'eravamo ma è interessante studiarla per seguire le prossime udienze e perché i protagonisti, con le loro dichiarazioni, sono proprio Di Maggio e Brusca."

Giuseppe ha sottolineato con un lapis alcune parti del verbale. Inizio così a capire qual è stata l'importanza di questi uomini nella strage. A ricostruire il quadro delle responsabilità è il pubblico ministero Luca De Ninis.

"Evidentemente il ruolo di vertice dal punto di vista decisionale è quello di Riina, Virga è interessato in quanto rappresentante provinciale del territorio in cui l'attentato doveva aver luogo. Antonino Madonia è un personaggio di vertice dell'organizzazione con una particolare esperienza nella predisposizione dei telecomandi e degli ordigni insieme a Di Maggio che aveva il compito specifico di procurare e fornire agli esecutori materiali l'esplosivo con il quale è stato realizzato l'attentato. Questi due imputati, Madonia e di Maggio, fungevano più specificatamente da raccordo e da collegamento tra le decisioni dei corleonesi e della cupola e l'esecuzione materiale affidata alle cellule del trapanese."

Inizio a capire che la strage di Pizzolungo non è un episodio isolato ma solo uno dei passaggi che hanno portato alle stragi del '92 e del '93. A fornirmi ulteriori elementi sono sempre le considerazioni del pubblico ministero quando traccia le possibili cause che hanno spinto i vertici di Cosa nostra a deliberare l'attentato. Mi sembra chiaro che una decisione così grave poteva essere presa e concordata solo dai vertici dell'associazione criminale.

"Al di là del movente localistico relativo a quella raffineria di droga scoperta ad Alcamo appena un mese dopo, si delinea un movente di più ampio respiro, che coinvolge gli interessi della commissione regionale e che si ricollega ad una strategia stragista comune ad altri episodi delittuosi, un movente di attacco frontale allo stato di eliminazione preventiva di quei soggetti che per le loro esperienze, al di là delle indagini in corso, rappresentano un simbolo, una personificazione della volontà dello Stato di annientare gli interessi criminali curati dall'organizzazione, in particolare attraverso l'incentivazione del fenomeno della collaborazione e quindi attraverso la rottura dall'interno dei meccanismi solidaristici su cui l'organizzazione si fonda. Carlo Palermo, secondo l'impostazione di questo processo rappresentava proprio questo e per questo motivo, al di là degli interessi delle fazioni locali di Trapani, anche Cosa nostra siciliana e il suo gruppo di gente corleonese e di San Giuseppe Jato aveva interesse alla sua eliminazione fisica."

Tra i verbali che Giuseppe mi ha messo a disposizione ci sono anche le dichiarazioni di Giovanni Brusca. È diventato un collaboratore di giustizia ed ha alle spalle decine di omicidi. È l'uomo che azionò il telecomando a Capaci, che uccise e sciolse nell'acido il piccolo Giuseppe Di Matteo, tredici anni quando fu rapito e quindici quando fu ucciso perché suo padre era diventato un collaboratore.

Le sue dichiarazioni non corrispondono alla versione resa da Baldassare Di Maggio ma i magistrati, tra i due, si affidano alla versione di Brusca che ritengono, in questo caso, più attendibile.

Giovanni Brusca è un mafioso che conosce bene i segreti di Cosa nostra. Il padre è da sempre uno stretto alleato di Totò Riina ed è proprio lui, al rientro dal periodo di confino, a raccontargli i motivi dell'attentato: Carlo Palermo poteva convincere uomini di Cosa nostra a collaborare. Il killer di Capaci fornisce altri elementi sull'attentato. Dice di aver parlato di quei fatti con Gioacchino Calabrò da lui conosciuto in quanto uomo di onore della famiglia di Castellammare e per aver commesso con lui alcuni omicidi. In una circostanza Calabrò, lamentandosi del comportamento di Vincenzo Milazzo, raccontò alcuni particolari della macchina servita all'attentato. Il carrozziere di Alcamo si lamentava del fatto che Milazzo lo sfruttava quando aveva bisogno e non lo chiamava a dividere i "benefici", comportamento non consono ad un uomo d'onore e biasimava se stesso per non essersi sfogato in presenza "dei palermitani" così da mettere in evidenza il comportamento del Milazzo agli occhi dei suoi superiori gerarchici. Per Brusca i "palermitani" a cui si riferiva Calabrò erano quelli che avevano partecipato con lui al confezionamento dell'autobomba, ovvero Giuseppe Giacomo Gambino, Antonio Madonia e Nicola di Trapani.

Ciò di cui si lamentava concretamente il Calabrò era il fatto che Milazzo lo aveva mandato a comprare il vetro della fiat uno utilizzata per la strage, esponendolo direttamente alle indagini della polizia, cosa che non sarebbe avvenuta se si fosse deciso di rubare una macchina dello stesso anno di fabbricazione di quella già posseduta per prelevarne il pezzo. Se la prende con Milazzo anche perché ritiene che Palermo poteva essere ucciso con mezzi meno potenti, mentre era a casa da solo a passeggiare, senza coinvolgere bambini.

Leggo e penso che quelle morti innocenti che erano la mia vita non le vogliono sulla coscienza nemmeno i mafiosi.

Le udienze vanno avanti e non sempre decido di essere presente. Mi divido tra il lavoro, l'impegno con Libera e il processo. Quando non ci sono io c'è il mio avvocato. Ci sono altri tre collaboratori di giustizia che hanno parlato della strage di Pizzolungo. Ho chiesto a Giuseppe di farmi avere il verbale. Voglio capire quali altri elementi sono emersi con le dichiarazioni dei pentiti.

Uno si chiama Giovanni Battista Ferrante e ha iniziato a collaborare nel 1996. Ha un passato criminale di tutto rispetto: è stato condannato per l'omicidio di Salvo Lima e ha confessato di aver partecipato alla preparazione delle stragi di Capaci e via D'Amelio ma anche a quella di via Pipitone Federico e all'omicidio di Cassarà. È un uomo della famiglia di San Lorenzo, il suo capo era Pippo Gambino e racconta anche lui che dentro Cosa nostra nessuna aveva voglia di parlare dei morti innocenti della strage di Pizzolungo. Così riferisce di due incontri secondo lui collegati all'attentato. Il primo è tra Gambino e Bruno Calcedonio, un architetto affiliato alla potente cosca di Mazara del Vallo.

"...poco tempo dopo la strage praticamente è arrivato a casa di Mario Troia, quindi nel magazzino di Mario Troia, l'architetto, quindi Bruno Calcedonio è arrivato e quando... quando, praticamente, si è avvicinato a Pippo Gambino... cioè ho visto le espressioni di entrambi, perché Pippo Gambino praticamente gli ha chiesto tipo: 'Che cosa avete fatto?' E lui ha alzato le mani per dire: 'È successo'."

Secondo Ferrante non era la prima volta che i due uomini si incontravano e in un'altra occasione, precedente all'attentato, il Calcedonio aveva fornito al Gambino dell'esplosivo. Anche per questo il collaboratore ha ricollegato questi gesti alla strage. Ha raccontato di essere andato personalmente a ritirare l'esplosivo da Calcedonio insieme a Salvatore Biondino e di averlo conservato fino al 1993. Lo stesso esplosivo venne consegnato ad Antonino Madonia per predisporre l'ordigno utilizzato in occasione del fallito attentato all'Addaura.

Saranno le relazioni tecniche a chiarire la veridicità dei collaboratori e a fornire indicazioni utili sulle relazioni fra i vari attentati. Tra le varie sostanze esplodenti rinvenute sia all'Addaura che a Pizzolungo e anche sul rapido 904 c'è un esplosivo pulverulento nitroglicerinato che si chiama Brixia 5, di uso civile, utilizzato in cave e cantieri. Giovanni Brusca, nelle sue dichiarazioni, ha detto di non conoscere quale tipo di esplosivo venne usato per Pizzolungo ma di sapere che in quel periodo l'associazione mafiosa si approvvigionava da un tale che si chiamava Francesco Piediscalzi, guardiano della cava Modesto nella zona di Camporeale.

Per i collaboratori di giustizia, in particolare per Giovanni Brusca, l'esperto di esplosivi è imputato in questo processo ed è Antonino Madonia. È lui che ha premuto il telecomando dell'autobomba destinata a Rocco Chinnici, ed è sempre lui che ha confezionato la bomba per l'Addaura.

Ma le indagini sui vari componenti dell'autobomba di Pizzolungo portano ancora più lontano. Gli esperti hanno trovato anche il Semtex, un esplosivo plastico militare di produzione ceca. Viene utilizzato per amplificare la potenza della deflagrazione. È stato usato per la strage del rapido 904 ma anche per l'attentato in via d'Amelio. Quel Semtex proviene dall'arsenale sequestrato alla mafia, nel 1996 in contrada Gambascio, a San Giuseppe Jato ed è lo stesso che, nel maggio del 1985 era stato sequestrato a Poggio San Lorenzo a Rieti nella villa di Pippo Calò. Mi chiedo come ha fatto la mafia ad aver a disposizione anche l'esplosivo militare.

Il processo va avanti e, udienza dopo udienza, vengono sentiti altri collaboratori di giustizia che completano la descrizione con ulteriori dettagli. Ma il quadro di insieme è stato delineato.

La corte d'assise arriva alla sentenza il 29 maggio del 2004. Io sono a Caltanissetta con il mio avvocato e stiamo aspettando che i giudici escano dalla camera di consiglio dal pomeriggio. Dobbiamo fare presto perché stasera c'è la recita di sua figlia. Giuseppe non la vedrà. Quando i giudici leggono il dispositivo è già buio pesto. Baldassare Di Maggio è condannato all'ergastolo, Antonino Madonia è assolto.

Io arrivo alla fine del processo dopo aver visto e sentito tutto quello che per anni mi era stato nascosto e sempre più convinta che io devo continuare a combattere la mafia con le uniche armi che ho a disposizione: la memoria e il ricordo dei miei cari.

Nel processo di appello arriva anche la condanna per Antonino Madonia. I giudici di secondo grado di Caltanissetta accolgono la richiesta del procuratore generale e condannano anche lui quale concorrente nella strage di Pizzolungo. L'ergastolo sarà confermato anche dalla corte di cassazione.

I giudici di appello inseriscono a pieno titolo la strage del 2 di aprile "all'interno della strategia stragista dell'ala corleonese di Cosa nostra elaborata da Totò Riina e dalle famiglie palermitane a esso alleate tra le quali la famiglia Brusca, la famiglia Gambino e la famiglia Madonia... Riina è stato indicato dalle stesse fonti di prova esaminate in questo processo come mandante della strage mentre le altre indicazioni dirette o indirette che sono state fornite indicano nei Brusca, nei Gambino, nei Madonia alcuni dei capi famiglia coinvolti nella deliberazione ed esecuzione della strage di Pizzolungo il cui movente, plurimo e articolato, ha comunque alla base la sfida di Cosa nostra alle istituzioni dello stato e in particolare a quegli uomini che manifestavano la precisa volontà di svolgere fino in fondo e senza tentennamenti il proprio ruolo istituzionale di contrasto e repressione nei confronti dell'organizzazione mafiosa, la cui ragione d'essere storica sta nella strutturale collusione con settori importanti dello stato ed in definitiva nella garanzia di poter lucrare comunque attraverso manovre, contatti, alleanze e scambi 'latu sensu' politici l'assoluta impunità".

Mi fermo e rileggo le ultime righe di questa sentenza. Penso che bisogna indagare su quella "strutturale collusione con i settori importanti dello stato", capire e individuare quali sono state le manovre, i contatti, le alleanze e gli scambi come li definiscono i giudici "latu sensu" politici. Voglio sapere chi sono i complici di Cosa nostra.

Continuo a leggere le motivazioni della sentenza.

"La convinzione di Riina e dei suoi alleati di un sostanziale isolamento degli uomini dello stato che rifiutavano il tradizionale atteggiamento che è stato definito di convivenza con la mafia, indusse Cosa nostra negli anni Ottanta a pensare di poter sfidare lo stato e questi suoi fedeli servitori deliberandone l'eliminazione fisica al duplice scopo di dissuadere dal seguirne l'esempio e dall'indurre lo stato a venire a patti con Cosa nostra mantenendone una sostanziale impunità.

L'attentato di Pizzolungo diretto contro il dottor Carlo Palermo costituisce l'ennesima azione terroristica di Cosa nostra contro un magistrato che aveva osato sfidarla così come aveva sfidato in precedenza altri poteri forti, subendone pesanti ritorsioni. Non è escluso che con la soppressione di Carlo Palermo il vertice siciliano di Cosa nostra pensasse di rendere un favore non solo a se stesso."

E allora a chi pensavano di fare un favore i vertici di Cosa nostra?

"Al contempo, collocandosi la strage a distanza temporale di soli pochi mesi dagli arresti ordinati dal pool dell'ufficio istruzione di Palermo, a seguito delle propalazioni di Tommaso Buscetta, l'attentato costituiva una risposta terroristica a quelle iniziative giudiziarie e doveva servire ad alzare il livello dello scontro e ad annunciare la prospettiva terroristica alla quale l'organizzazione si stava indirizzando come reazione al venir meno delle tradizionali protezioni e garanzie di carattere "politico", un messaggio in funzione intimidatoria rivolto soprattutto a Caponnetto, Falcone e Borsellino che della rinnovata vitalità dell'iniziativa giudiziaria antimafia erano protagonisti ma anche un messaggio ai propri referenti politici perché valutassero le conseguenze di quelle scelte sul piano della rottura degli equilibri instaurati negli anni precedenti nei rapporti mafia-politica."

Ora, rivedendo gli anni che mi lascio alle spalle, segnati da morti e stragi capisco qual era l'obiettivo di Cosa nostra: trattare con lo stato la propria immunità.

Ho ancora altre carte da leggere.

Totò Riina e Vincenzo Virga sono stati condannati all'ergastolo. Il capo di Cosa nostra come mandante della strage del 2 aprile, Virga perché come boss della famiglia di Trapani ha dato appoggio e sostegno all'attuazione del piano criminale.

Conservo di quella sentenza una dichiarazione di Giovanni Brusca e le considerazioni dei giudici.

Il collaboratore di giustizia racconta che "proprio a lui era stato demandato il compito di far 'aggiustare' il processo sulla strage che era in corso davanti alla corte d'assise di Caltanissetta; tale attività l'aveva svolta tra la fine del 1989 e l'inizio del 1990. Per questo si era recato a Caltanissetta per prendere contatti con Giuseppe Piddu Madonia che a sua volta si avvaleva della collaborazione di tale Salvatore Ferraro, 'uomo d'onore' della famiglia di Caltanissetta. Entrambi avrebbero tentato di avvicinare il presidente della corte d'assise; ha proseguito il Brusca riferendo che, prima di lui, anche il Di Maggio era stato impegnato in tale attività (per la quale aveva costretto uno dei testimoni, tale Mariano Saraceno, a fornire una testimonianza diretta a scagionare alcuni degli imputati e facendo anche pressioni su giudici)."

I giudici valutano le dichiarazioni di Brusca ritenendole attendibili.

"Al riguardo va innanzitutto specificato che il merito delle decisioni assunte nel primo processo celebrato per la strage vengono qui in discussione unicamente in funzione della decisione da assumere in questa sede nei confronti degli odierni imputati; non è certo questo un ulteriore grado di giudizio, utile come tale a rimettere in discussione la decisione assunta nei confronti di quegli imputati e certo non è questa nemmeno la sede nella quale valutare il comportamento dei magistrati che quelle decisioni hanno assunto. Tuttavia nell'ottica e con le finalità appena specificate, lo scrivente giudice nota che dalla lettura della motivazione delle sentenze emesse nell'ambito del primo processo per la strage risulta pienamente riscontrato quanto ora dichiarato da Giovanni Brusca. Va ovviamente premesso che tale conclusione non discende dalla mera considerazione dell'esito del processo come se necessariamente esso debba essere stato aggiustato solo perché gli imputati sono stati assolti. Se non altro, occorre tenere conto che l'intrapresa collaborazione di molti soggetti inseriti in Cosa nostra in epoca successiva alla celebrazione di quel processo ha comportato l'acquisizione di informazioni e prove delle quali quei giudicanti ovviamente non disponevano. Inoltre bisogna riconoscere la complessità tecnica del processo e la difficoltà per i giudici di districarsi in un groviglio indiziario molto complesso, anche segnato – purtroppo – da comportamenti non ortodossi delle forze dell'ordine.

Piuttosto, tale conclusione discende dall'esame del tenore della motivazione della sentenza emessa dalla corte d'assise d'appello di Caltanissetta. Già sopra si sono illustrate le innumerevoli anomalie che palesa il percorso argomentativo seguito dai giudicanti; ritiene lo scrivente che la motivazione di quella sentenza sia espressione di un procedimento di formazione del giudizio assolutamente non corretto."

Mi piacerebbe sapere se qualcuno ha indagato sull'esito di quel processo dopo le dichiarazioni di Giovanni Brusca.

Ora prendo queste tre pagine della sentenza e le metto nella mia cartellina come se fossero una piccola rivincita in mezzo a tutte queste storie di morte raccolte in questi anni. Sono riconoscente verso questi magistrati che non hanno dimenticato e non dimenticheranno la strage di Pizzolungo e che sono riusciti ad aggiungere un pezzo di verità alla storia di mia madre e i miei fratelli ma non possiamo fermarci qui. Per noi, per il nostro Paese, per tutto il sangue innocente che continua a pesare sulle nostre coscienze.

C'è ancora un pezzo che manca alla mia storia. E questo pezzo mancante ha un nome e un cognome.

Ho 31 anni adesso, la stessa età che aveva mia madre quando è stata dilaniata dall'esplosione. E Carlo Palermo non l'ho mai incontrato davvero. Ci siamo sfiorati una sola volta tanti anni fa e ho parlato con lui in un paio di telefonate imbarazzate

Il mio messaggio nella bottiglia lo affido alle pagine del *Corriere della sera* nel 2006, nel corso di un'intervista: "Quando ero piccola dicevo sempre: è stata colpa sua. Ero una bambina, che potevo saperne di mafia e di attentati? Sapevo solo che i miei fratellini e la mia mamma erano morti e la bomba che li aveva uccisi era per quel signore, non per loro… Io credo che il giudice Palermo eviti di incontrarmi perché nei miei confronti ha un grande senso di colpa. Mi dispiace. Io invece l'ho cercato e non mi arrendo, vorrei tanto fare un chiacchierata con lui".

Inaspettatamente la bottiglia arriva a destinazione, ma facendo un giro più lungo del previsto. È Luigi che mi telefona per primo. Ha capito quante aspettative ripongo in questo incontro, ed è lui che mi rassicura e mi sprona ad andare avanti.

"Non ti preoccupare Margherita, incontrerai il 'tuo giudice'. Ti ci accompagno io. Mettiti in contatto con lui, che andiamo insieme."

Si aggiunge anche Giancarlo Caselli che al telefono mi dice che farà di tutto per venire a Trento con noi.

Ascolto il consiglio di Luigi, chiamo Carlo Palermo.

Con voce emozionata gli propongo questo incontro, spiegandogli che non era soltanto per me che lo chiedevo, che anche Luigi Ciotti e Gian Carlo Caselli avevano piacere di incontrarlo.

"Sì, Margherita, d'accordo. Ma non so dirvi ancora quando."

Mi spiega che nell'ultimo periodo le sue condizioni di salute sono peggiorate, problemi molto seri al cuore, che deve evitare qualsiasi situazione possa dargli tensione. In qualche modo sono riuscita a rassicurarlo, possiamo vederci quando vuole appena starà meglio. E se preferisce possiamo essere noi ad andare a trovarlo.

"Va bene, allora ci risentiamo per stabilire una data."

Chiudo il telefono e già mi chiedo quanto tempo far passare prima di poterlo richiamare. Questa volta ci credo sul serio, potrebbe essere la volta buona.

I mesi passano nel tentativo di fissare una data che sia compatibile con gli impegni del giudice e quelli di Don Ciotti. Giancarlo Caselli per impegni di lavoro non riuscirà a partecipare.

Finalmente ne salta fuori una che può andar bene: il 22

novembre. Nei giorni che mi separano dall'incontro ripenso spesso a quella data e a quel numero, il 22. È il giorno della nascita di mia madre e dei miei fratelli, e il 2 è il giorno in cui sono morti. In qualche modo sembra che quell'incontro sia scritto nel mio destino.

La partenza si avvicina sempre di più. Come tutte le cose attese tanto a lungo, mi divido tra aspettative troppo grandi e la paura di rimanere delusa. Per fortuna nei giorni immediatamente precedenti devo andare a Roma, e non avrò troppo tempo per pensarci. Libera quest'anno ha organizzato la prima edizione di Contromafie. Sono stati ribattezzati gli "Stati Generali" dell'antimafia. Una tre giorni di riflessione e di confronto per individuare strategie concrete nella lotta alle mafie. "È mai possibile", chiede Luigi Ciotti a chiusura dei lavori "che alcune migliaia di delinquenti riescano a bloccare la libertà di un intero paese?"

Con lui ci salutiamo e ci diamo appuntamento a Trento, davanti allo studio di Carlo Palermo. Ritorno in Sicilia per poche ore, giusto il tempo di passare da casa per un cambio di vestiti in valigia. Il giorno dopo c'è già un altro aereo prenotato da tempo, un volo per Verona, da lì proseguirò in treno. Devo essere in aeroporto molto presto, la cosa migliore da fare sarebbe andare subito a dormire ma non ci riesco. Sono nervosa. Non so cosa aspettarmi da questo viaggio.

L'unica volta che ho "incontrato" Carlo Palermo è stato nel 1993. A casa nostra in quei giorni era arrivata una copia di un libro scritto da lui, indirizzata a mio padre. Era stato lui a dirmi che forse mi avrebbe fatto piacere leggerlo. Avevo smesso da tempo di chiedergli spiegazioni su come erano andate realmente le cose, ma evidentemente, anche se non ne parlavamo più, si era reso conto che il mio bisogno di capire mi bruciava ancora dentro. Probabilmente ha pensato che in quel libro avrei potuto trovare alcune delle risposte che cercavo.

La copertina è grigia, c'è un cane mostruoso che addenta l'Italia, dalle sue fauci cadono gocce di sangue. Si intitola *L'attentato*. Mi misi a leggerlo subito.

Quando pensai di iniziare a raccogliere questi appunti era il 10 novembre 1985. Entro qualche giorno avrei dovuto prendere servizio presso il Ministero di Grazia e Giustizia. Dopo tanti anni ritornavo a Roma, sulla mia auto, animata da uno solo dei miei due cani che mi avevano tenuto compagnia prima a Trento, poi a Trapani. Correvo velocemente tra quelle bianche saline che forse non avrei più rivisto. Quante volte mi sembrava di averle percorse, attraversandole con l'auto di servizio a sirene spiegate! Eppure ciò era avvenuto solo per trentaquattro giorni, e cioè fino a sei giorni prima che il regalo venisse recapitato.

Trapani sfuggiva rapidamente al mio sguardo ed io fuggivo rapidamente da lei.

Lì avevo trascorso il più difficile periodo della mia vita, che era culminato nella cessazione dello svolgimento delle mie funzioni giudiziarie. Nella mia definitiva resa.

Pochi giorni dopo l'arrivo del libro mio padre mi colse di sorpresa.

"Ti va di venire a Erice questo pomeriggio? C'è Carlo Palermo."

Non me l'aspettavo. Gli dissi la prima cosa che mi passò in mente: "È venuto per noi?".

"No Margherita, è venuto a presentare il suo libro."

L'incontro si teneva nel salone dell'ostello della gioventù, arrivammo con qualche minuto di anticipo e ci mettemmo seduti nelle prime file. C'era già molta gente, lui non ancora. Alcune persone che non conoscevo salutarono mio padre. Dopo un po' entrarono gli uomini della scorta, infine Carlo Palermo.

Attraversò la sala, si fermò a chiacchierare con qualcuno, infine andò a sedersi vicino al microfono e iniziò subito a parlare. Non si accorse di me, del mio sguardo che lo chiamava.

Guardavo il suo volto serio, la sua espressione triste, e ascoltavo la sua voce che ogni tanto si spezzava per caricarsi di sdegno e commozione. Le sue parole, come nervosi colpi di pennello, disegnavano nell'aria, nello spazio che c'era tra di noi, degli scenari che non riuscivo ad afferrare completamente. Trento, Trapani, Roma, le inchieste, l'attentato, le minacce.

Alla fine della presentazione, quando gli organizzatori lasciarono spazio alle domande del pubblico in sala, avrei voluto alzare la mano, fargli sapere chi ero, e fargli una domanda molto precisa: "Ma a me, solo a me, non sente di avere proprio niente da dire?".

Ovviamente non lo feci. Io e mio padre ci mettemmo in fila per salutarlo mentre lui firmava le dediche. Un saluto cordiale e veloce, una stretta di mano. Presto, circondato dalla sua scorta, lo vidi sparire.

Fu l'ennesima occasione mancata. E certo ci rimasi male. Il suo libro finì a far compagnia a tanti altri su qualche scaffale.

Ma ero poco più di una ragazzina, allora. E speravo davvero che lui potesse riconoscermi, in quella grande sala e tra tutta quella gente, senza avermi mai vista prima. O che decidesse di fermarsi a parlare con me, a dispetto delle minacce arrivate puntuali anche quel giorno.

Domani ci rivedremo, sono cambiate tante cose da allora. C'è stato un nuovo processo, alcune delle responsabilità sulla strage in cui hanno perso la vita mia madre e i miei fratelli sono state accertate. Molte altre non sono mai state provate. Ma soprattutto sono io ad essere diversa. E non penso più che quel giorno ci sia stato tra lui, mia madre e i miei fratelli uno scambio di vite. Non è lui il responsabile della loro morte.

Quando riesco a chiudere gli occhi è già l'alba. E la mattina arrivo troppo tardi in aeroporto. Il tabellone delle partenza indica che l'imbarco è già in corso e allora corro, corro, in uno slalom tra i bagagli fino allo sportello della compagnia aerea.

"Mi dispiace signorina, il check-in è chiuso."

La ragazza nella sua divisa blu mi guarda e scuote leggermente la testa. Chissà quante volte l'ha già vista questa scena. Per lei sono il solito passeggero arrivato in ritardo che adesso inizierà a supplicarla.

"La prego, devo proprio prenderlo questo aereo."

Ha già una risposta pronta per queste situazioni, e me la serve senza esitazioni.

"Se vuole posso controllare la disponibilità di posti sul prossimo volo..."

Mi metto a farfugliare frasi sconnesse, sul giudice che mi aspetta a Trento, su mia madre e i miei fratelli, su questo incontro che aspetto da così tanto tempo. Non me ne sono neanche accorta, ma prima ancora di finire quel ragionamento, le lacrime hanno iniziato a rigare le mie guance.

Io non lo so se ha capito almeno la metà delle frasi che ho detto, ma qualcosa dentro di lei devo averla smossa. Il suo sguardo non è più severo, la vedo alzarsi per raggiungere un addetto alla sicurezza poco distante.

"Senti, qui c'è un problema urgente da risolvere. Questa ragazza deve partire, per forza. Questa è la sua carta d'imbarco, falla passare... anzi accompagnala."

Non so chi sia questa hostess, non sono nemmeno riuscita a leggere il nome sulla targhetta. Quel che è certo è che non mi dimenticherò mai di lei.

Ho un posto vicino al finestrino e un signore distinto accanto che legge il suo giornale. Finalmente sento la tensione allentarsi, vorrei dormire ancora un po' per non arrivare troppo stanca, dopo l'aereo mi aspetta il treno, ma non ci riesco. Per distrarmi sbircio tra le pagine del quotidiano che il mio compagno di viaggio sfoglia lentamente, leggo i titoli. Le notizie di politica e di cronaca si rincorrono senza particolari sussulti, poi arriva l'articolo che mi fa compagnia per il resto del viaggio: "La sonda Mars non risponde più, l'abbiamo perduta".

Penso a questi scienziati della Nasa in pena per il loro veicolo spaziale, smarrito a milioni di chilometri di distanza da casa, che non fa più avere sue notizie. "La sonda è persa, come a un vecchio amico bisogna dirle addio." Li immagino tristi e sconsolati, dentro i loro laboratori, che studiano missioni speciali per andare a cercare la loro "piccola Mars".

Mi sporgo un po' di più verso le pagine per leggere meglio e scopro che hanno veramente mandato un'altra sonda per cercarla. La piccola Mars l'avevano mandata su nello spazio a fare le foto di Marte. Era stata bravissima, la sua missione doveva durare due anni ed era andata avanti per più di dieci, inviando sulla terra immagini straordinarie e inedite del pianeta rosso. Arrivo alla fine dell'articolo e sorrido a questo signore che mi guarda un po' spazientito, vuole girare pagina ma per educazione aspetta che io abbia finito. Sono all'epilogo, è il direttore della missione che lancia l'ultimo messaggio di speranza: "Solo un miracolo potrà permetterci di scoprire dov'è e di farla rivivere...". E ormai lo spero anch'io, mi sono affezionata a lei. In qualche modo sono anch'io in viaggio verso una destinazione lontanissima per ritrovare una parte di me che nel tempo si è perduta.

Il volo è veloce, atterro a Verona e mi sembra di essere in un altro continente. Ho lasciato il sole, qui fa freddo e una foschia ricopre tutto e fa sfumare i contorni. Arrivo in stazione giusto in tempo per prendere il treno per Trento. Guardo fuori dal finestrino questo paesaggio sconosciuto.

Ripensando al nostro ultimo incontro, e a quel libro, mi torna alla mente un altro episodio, una cosa successa pochi mesi dopo la morte di mio padre.

Mi cercò il curatore fallimentare della Publiprint. Il magazzino della casa editrice era andato in fiamme, l'incendio venne considerato doloso, ma il titolare continuò a proclamare la propria innocenza.

In un primo momento non collegai quel nome, Publiprint, a *L'attentato*, il libro del giudice. Avevo già iniziato a combattere con le banche per far fronte ai debiti di mio padre, quando mi disse che era un curatore fallimentare pensai subito ci fosse ancora qualcosa da pagare. E invece questa volta no, erano dei soldi che avrei dovuto incassare. Carlo Palermo aveva devoluto tutti i diritti del suo libro alla mia famiglia.

A Trento il freddo mi punge la faccia. Non prendo un taxi, preferisco andare a piedi. Ho ancora un po' di tempo a disposizione. Attraverso una città pulita, vedo un castello, le strade del centro, la cattedrale. Penso a quanto tutto questo sia diverso da casa mia. E a quanto deve essere stato forte per Palermo l'impatto con Trapani dopo il suo trasferimento. Sono già arrivata. Sul marciapiede, davanti a un elegante portone di legno c'è Luigi che mi aspetta.

Ci salutiamo, io sono felice di non essere sola. Sono felice che ci sia proprio lui con me in questo momento. Saliamo le scale insieme e arriviamo davanti alla targa dello studio legale dell'Avvocato Carlo Palermo.

Il giudice ci apre la porta e ci invita a entrare. Io lo guardo e rivedo la foto dell'uomo seduto sul letto di ospedale con il pigiama azzurrino, con le mani che si stringono come a farsi compagnia e lo sguardo triste. Carlo Palermo è uguale a venti anni fa, io invece sono diventata una donna. Ci salutiamo con un abbraccio, qualcosa che cerca di assomigliare a un abbraccio. È un misto di timidezza ed imbarazzo. Siamo fatti entrambi di materiale troppo fragile per stringere troppo. Non siamo due semplici amici che si rincontrano dopo tanto tempo.

Ci aiuta Luigi a toglierci dall'imbarazzo. È lui che inizia a parlare e scioglie la tensione inevitabile che c'è in questo salotto.

Palermo risponde alle domande. Stanno parlando della

sua salute. Colgo solo dei frammenti della loro conversazione.

"Defibrillazioni… quasi due minuti."

Ha gli stessi occhiali che aveva la mattina della strage o almeno è riuscito a ricomprarli uguali.

Ha avuto due arresti cardiaci, all'ultimo è sopravvissuto per miracolo. Anche il suo cuore non è passato indenne da tutto quel dolore.

Continuano a parlare tra di loro, ma di tanto in tanto il giudice si ferma a guardarmi. Vuol capire le mie intenzioni con gli occhi, prima ancora che con le parole.

Non so quanto tempo sia passato da quando siamo lì, forse neanche mezz'ora. Luigi decide che è arrivato il momento di lasciarci soli. Vedere davanti a me questi due uomini che a loro modo mi hanno cambiato la vita mi commuove.

Ora ci siamo io e lui, seduti l'uno di fronte all'altra. Ho tante cose da chiedergli ma non so più bene da dove partire. Ho ancora addosso la strana sensazione che mi ha lasciato il nostro abbraccio, quando ci siamo salutati. Come se fosse quel contatto il punto possibile per un inizio. Comincia lui.

"Come stai Margherita, che cosa hai fatto in questi anni?"

Potrei dirgli che ci sono stati momenti che non sapevo come fare, che il dolore era più forte della voglia di vivere ma non lo faccio. Sono stati anni difficili, gli dico, ma non mi lamento. Ho una nuova mamma, Antonina, e un fratello, Giuseppe Salvatore, che ormai è maggiorenne. Mio padre è morto da tempo, ma questo lui lo sa bene.

"Tuo padre mi è stato sempre vicino. Quando ho lasciato la magistratura l'unica telefonata che ho ricevuto è stata la sua. 'Dottore, mi dispiace molto', per me è stato importante. Possiamo darci del tu, va bene?"

E dandogli del tu, allora, gli chiedo di raccontarmi come sono trascorsi, per lui, tutti questi anni. La sua vita dopo Trapani.

"Gli anni passati a Roma, al ministero, sono stati i più brutti della mia vita."

Mi racconta che passava da un ufficio all'altro, tollerato quando non apertamente ostacolato dai suoi superiori. Con alcuni di loro c'erano vecchie ruggini che risalivano agli anni delle inchieste di Trento, nessuno faceva i salti di gioia ad averlo tra i piedi. Le pratiche che gli venivano passate avrebbe potuto sbrigarle un qualsiasi impiegato, ma le minacce contro di lui continuavano. Per questo motivo diventava ancora più stridente il contrasto tra il suo lavoro, del tutto privo di senso, e la vita blindata che lui e la famiglia, le sue figlie, erano costretti a sopportare. Finché un giorno dal ministero di Grazia e Giustizia gli proposero una soluzione definitiva.

"Dovevo sparire per sempre. Vengo convocato da un alto funzionario che mi dice 'sa, il ministro è molto preoccupato per la sua incolumità, mi ha incaricato di trovarle una sistemazione...', sto zitto, e ascolto incredulo, 'all'estero. Ho scartato i paesi europei, dove lei è troppo noto, gli Stati Uniti per le presenze mafiose, e i paesi orientali...'. A occhio e croce, lo interrompo io, rimangono il Polo Nord e l'Australia."

È il primo accenno a un sorriso da quando sono qui. Un sorriso per nascondere l'amarezza.

Avrebbe dovuto sparire senza lasciare tracce. Gli proposero un incarico in un organismo internazionale simile all'Onu, in Canada. Avrebbe conservato il suo stipendio di magistrato e avuto diritto a un'indennità milionaria. In cambio doveva rinunciare alla sua identità anagrafica e a qualsiasi contatto con l'Italia. Carlo Palermo avrebbe smesso di esistere.

"Quando un giudice muore, non si scarta nessuna pista, ogni indizio può essere utile, anche gli appunti più scarni. Pensa a quanto sarebbe stato importante ritrovare l'agenda rossa di Borsellino..."

La chiave per comprendere le ragioni dell'attentato, dice Palermo, forse erano già lì, tra le carte della sua inchiesta di Trento. Documenti che neanche lui a quei tempi era riuscito a leggere correttamente, non ne aveva colto la reale portata, ipotesi che hanno trovato nuove conferme alla luce delle cose che sono successe in seguito. Sarebbe bastato ripartire da lì, mi dice, muoversi tra le ombre del passato e le realtà del presente. Eppure, in quei fascicoli, nessuno aveva mai veramente provato a guardare.

"Lo sai dove sono adesso quei faldoni? In uno scantinato, a Venezia. L'ultima volta che ci sono stato, di più di 300.000 pagine ne restava meno di un terzo, ammucchiate alla rinfusa per terra. È tutto quello che resta di quattro anni di inchieste. Della mia vita di giudice."

Così, se gli altri non indagavano, decise che ci avrebbe provato lui.

"Quando ero giudice non potevo indagare su di me." Ma quando lasciò la magistratura, decise che ci avrebbe provato.

E per la ricerca della verità quest'uomo ha sacrificato tutto. Ha perso la moglie e ha visto le figlie crescere da lontano, perdendosi il dono prezioso della loro infanzia.

In cambio ha avuto una vita blindata e telefonate mute nel cuore della notte, ha vissuto in stanzette gelide, per poi venirne cacciato per le continue minacce di morte.

Cerca la verità, e più lei gli sfugge più lui la cerca. È il solo senso che si è dato per essere sopravvissuto all'attentato. Non ha mai smesso.

"Come giudice, sai, penso di aver fatto diversi errori. Di giustizia, in fondo, ne ho realizzata ben poca. Il processo di Trento che ho chiuso di corsa prima di venire a Trapani è stato una sconfitta, gli imputati sono stati tutti assolti. E la verità neanche io la conosco. Forse dovranno passare ancora due o tre generazioni."

Mentre mi parla Carlo inizia a scrivere su un bigliettino. Sono le sue intuizioni, le sue ipotesi investigative, nuove piste su cui ha lavorato.

Servizi segreti, Massoneria, P2, Mafia, banche nazionali e internazionali. La sua convinzione è che tutti questi fenomeni criminali nella realtà non sono sconnessi, separati, come nei procedimenti penali. Invece, ci sono interessi e persone che convergono e in alcune occasioni coincidono.

"Personalmente ho sempre creduto poco alle coincidenze."

"Perché non mi hai mai cercata? Sei venuto a Trapani diverse volte." Ma non lo dico come un rimprovero. Quei giorni in cui l'ho odiato, o ho creduto di farlo, sono scivolati via, in un tempo lontanissimo. Vorrei soltanto che mi sentisse vicino, fargli capire una volta e per sempre che non ha niente da rimproverarsi, io non lo faccio.

"Non lo so, non è facile dirlo con le parole. È una ferita sempre aperta..."

Mi sembra di sentire mio padre, quel pomeriggio al mare, durante le nostre passeggiate la domenica. Ero una bambina e anche quel giorno avevo sperato che mio padre mi prendesse la mano e mi spiegasse come fare a sopravvivere con un dolore così profondo dentro al cuore.

"È un debito troppo grande per un uomo... Ho cercato di pagarlo nell'unico modo che conoscevo."

Mi passa il suo biglietto. Ci sono nomi noti, rientrati nel processo, e altri che leggo ora per la prima volta. Guardo quest'uomo con gli occhi lucidi, che mentre mi parla guarda da un'altra parte, e mi rendo conto di quanto deve essere stata grande la sua solitudine e la sua sofferenza.

"Grazie, lo conserverò."

Infilo il suo biglietto in una tasca, non so ancora cosa ne farò. Penso che ognuno di noi debba scegliere la propria via per uscire dal dolore e Carlo Palermo, continuando a cercare nuovi tasselli, ha scelto la sua.

Anch'io ho fatto la mia scelta. Mia madre e i miei fratelli vivono in me, con la mia vita rendo onore alla loro memoria, vivo e combatto raccontando la loro storia. Questo alimenta la mia fiamma, è la mia speranza.

Ma ormai le parole non servono più, e allora non mi escono più neanche di bocca. Rimangono dentro, come gli amori mai espressi.

Il nostro incontro finisce qui.

Il resto sono saluti.

"Ciao Margherita."

"Ciao Carlo, ci risentiamo presto?"

La sua risposta non mi dà certezze.

"Non lo so... sai, io non chiamo molto neanche le mie figlie...

Io oggi non sono sola a ricordarvi. Ci sono alcune delle persone che erano accanto a me il 2 aprile 1985. Le sorelle di mia madre: zia Dorina che se ne sta un po' in disparte e zia Vita che in tutti questi anni non ha mai smesso di vegliare su di me. C'è zio Vincenzo al quale toccò il riconoscimento di quello che restava di mia madre e da allora quell'immagine non lo abbandona mai. Antonina e Giuseppe Salvatore, la mia nuova famiglia, senza di loro arrivare fino a qui sarebbe stato molto più difficile. Ci sono gli amici di sempre e volti nuovi, quelli dei volontari di Libera che mi hanno aiutata a organizzare questa giornata. Vedo lo sguardo attento di Giuseppe Linares, il capo della mobile, il poliziotto che qualche anno fa, alle cinque di mattina, dopo anni di indagini saliva orgoglioso le scale della questura dopo la cattura del latitante Vincenzo Virga. Riconosco poco più in là il volto di Andrea Tarondo, un magistrato bolognese che ha deciso di venire a Trapani per stare in prima linea a combattere la mafia e che è diventato un amico.

Siamo tutti raccolti intorno alla statua dove mia madre, oggi e per sempre, stringe forte a sé i miei fratelli circondata da una siepe di fiori colorati laddove era stata piazzata l'autobomba. C'è il sole nel mare come quella mattina e il vento porta l'odore della primavera.

Qualche anno fa, in questo stesso posto c'erano i cartelli dei lavori in corso. Avevano deciso di realizzare qui davanti uno stabilimento balneare, la vostra tomba si sarebbe presto trasformata in un parcheggio. Ho iniziato a lottare. Anche in questa battaglia non sono stata sola perché ho avuto accanto Luigi e i volontari di Libera. Siamo riusciti a far interrompere i lavori. Con i risarcimenti ottenuti come parte civile nei processi di mafia il comune di Erice ha acquistato il terreno. Nascerà un parco della Memoria e della Coscienza civica, con un'area giochi per i bambini e un centro di documentazione antimafia.

Non è la sola vittoria oggi. Quando arriva il momento del silenzio per onorare il vostro ricordo io sento una mano che prende la mia. Nell'istante esatto in cui ritorno bambina a cercare mia madre dentro quelle stanze piene di gente questa volta ho trovato una mano, la mano del giudice Carlo Palermo.

Dopo il nostro incontro mi ero convinta che sarebbe rimasto per sempre fuori dalla mia storia. Avevo definitivamente perso ogni speranza.

E invece eccoci finalmente uno accanto all'altro. Lui stretto dentro il suo impermeabile e lo sguardo triste e io con il completo nero e gli occhiali da sole per nascondere le lacrime. Un pezzo che ritorna al suo posto dopo tanto tempo.

Questa volta Trapani è stata generosa con Carlo Palermo. Lo hanno accolto come un amico, un fratello che è stato via per tanto tempo e infine ha deciso di tornare. È arrivato con un giorno di anticipo, in una serata piovosa e fredda, e ha trovato ad attenderlo la città illuminata dalle candele. Una fiaccolata per Barbara, Salvatore e Giuseppe. Gli sguardi della gente, gli abbracci e le strette di mano, hanno allontanato i fantasmi del passato e un po' delle sue paure.

E adesso intorno a noi ci sono i bambini delle scuole elementari di Trapani. Hanno fatto un regalo bellissimo ai miei fratelli, una di quelle magie di cui solo i bimbi sono capaci.

Siamo nel seminario vescovile di via Cosenza. Nel grande salone con il palco per gli spettacoli, dove anche i miei fratellini avevano recitato le loro poesie emozionati e impauriti. Non c'è una sedia libera in questa giornata dedicata a voi. Le maestre hanno spiegato in classe che cosa è successo il giorno della strage, e questi bambini sono riusciti a trasformare tutta quella sofferenza in qualcosa di bello. I loro quaderni si sono riempiti di storie e disegni. Il dolore si è travestito con i colori di un fumetto, l'emozione di una poesia dimenticata, le parole di una favola a lieto fine, o le note di una canzone.

Mi hanno donato tutti i loro lavori e io li ho messi insieme a quelli di Giuseppe e Salvatore. Pensavo che i loro quaderni lasciati a metà, che avevo chiuso in un baule da tanto tempo, rimanessero lì per sempre invece questi bambini ci hanno aggiunto pagine nuove piene di colori.

Adesso sono in macchina, sulla Cisa. È un tratto terribile, sempre con la nebbia e d'inverno anche la neve. Ormai ci sono abituata. Sto andando a Parma da mio marito. Sono andata a vivere in un posto così diverso da Trapani. Non vedo il mare, non sento il vento ma l'ho fatto per amore.

Lui si chiama Enrico, mamma, e sono sicura che ti piacerebbe. È grazie a te che l'ho conosciuto, in una di quelle occasioni dove penso che sia tu dal cielo a mandarmi segnali.

Ero stata invitata a Parma per la presentazione di un libro che parla di voi e di altre vittime di mafia. Non dimenticherò mai quel giorno. Quel ragazzo alto è stato tra i primi che è venuto a salutarmi quando sono entrata. Quel sorriso timido e la tenerezza con la quale mi aveva stretto la mano mi aveva spinta a cercarlo con lo sguardo anche dopo. Sono quelle piccole cose che accadono senza che ne comprendiamo il significato. Sentivo ancora il calore di quella mano dentro la mia. Lo sai mamma, vero, quanto mi mancano le tue mani? Non era nelle prime file, non c'era nelle seconde e nemmeno in fondo alla sala. Antonella Mascali, l'autrice del libro, ha iniziato a presentare al pubblico le storie che aveva scelto di raccontare. "Ma guarda che maleducato", ho pensato "se n'è andato prima della fine dell'incontro." Antonella, che è anche una amica, deve essersi resa conto che sono poco presente e mi dà una ginocchiata sotto il tavolo. "Margherita, sveglia, tocca a te. La racconti la tua storia o chiamo una controfigura?"

La delusione è svanita quando la presentazione è finita. Ho ritrovato Enrico in fondo alla sala, dietro a un banchetto seminascosto. Era uno degli organizzatori di quell'incontro, e quella sera si occupava della vendita dei libri.

Andiamo tutti a cena nel locale di un suo amico, appena fuori Parma. Io e Antonella saliamo nella sua macchina, un corolla grigia, con noi ci sono due suoi amici Roberto e Flavia. Stiamo confrontando le impressioni sulla serata quando mi squilla il telefono.

È Salvatore, un ragazzo di Libera, in quei giorni stiamo organizzando un concerto dei Modena City Ramblers all'interno di una cava confiscata al boss Vincenzo Virga. Ma ci sono alcuni problemi da risolvere. Rispondo in modo risoluto, non lascio molto spazio a eventuali repliche. Vedo Enrico che mi guarda dallo specchietto retrovisore. La telefonata dura pochi minuti ma deve avere già capito che ho un caratterino niente male.

Il ristorante è caldo e accogliente, ci siamo seduti in un tavolo rotondo e lui era di fronte a me. Abbiamo parlato e scherzato, mentre spazzolavamo piatti interi di parmigiano e prosciutto. Ho capito che mi somigliava, che potevamo andare d'accordo, neanche lui di fronte al buon cibo si tira mai indietro. Tu lo sai, vero, che ero già innamorata?

Abbiamo parlato di tutto quella sera, di politica, di amicizia, di mafia. Alzarsi da quel tavolo è stata una gran fatica, il viaggio di ritorno sapeva già di nostalgia. Enrico mi avrebbe riaccompagnata in albergo e il nostro incontro sarebbe finito lì. Una foto tra amici dopo la presentazione di un libro, niente di più.

In macchina c'è stanchezza e silenzio. Io sto già pensando agli impegni del giorno dopo e non riesco a dare un senso a quella grande tristezza che mi accompagna da quando sono uscita dal ristorante.

"Antonella, come arrivo in stazione domani mattina?"

Ma invece mi risponde Enrico.

"Non preoccuparti, vengo a prenderti io."

Forse avrei dovuto dire che non era il caso, che avrei potuto chiamare un taxi vista l'ora, ma in quel momento ho pensato solo che ero felice perché l'avrei rivisto.

La mattina successiva è già lì che mi aspetta, nella hall dell'albergo, invece io sono in ritardo. Impossibile inventare contrattempi a quell'ora. Ma lui non se la prende, saliamo in macchina e so che ho solo pochi minuti per rompere il silenzio.

"Ci vieni al mio compleanno? Tra due mesi, nell'isola di Mozia. È un posto fantastico."

Non ha esitazioni.

"Certo che ci vengo, sarà un piacere."

Avrebbe potuto lasciarmi al parcheggio, invece mi apre lo sportello e mi accompagna fino al treno. Arriviamo al binario.

"Margherita, sei vuoi davvero che venga a Mozia, dovrò chiamarti."

"Certo."

"Dovresti darmi il tuo numero di cellulare..."

Quando serve una penna e un foglio di carta non si trovano mai. Frugo nella mia borsa inutilmente.

"Non serve scriverlo, Margherita. Dimmi il numero, non lo dimenticherò."

Ci salutiamo con una stretta di mano che diventa un abbraccio.

"Torni a Trapani adesso?"

"No, vado nel bunker."

"Nel bunker?"

Ci scherziamo sopra, lo chiamiamo il bunker perché il telefono non prende. È un posto vicino Roma, sto andando lì a un incontro di formazione per i referenti di Libera.

Mi sorride mentre salgo sul treno. Mi metto al finestrino come una bambina per salutarlo. Il treno parte e lui rimane sul marciapiede della stazione, lo vedo diventare sempre più piccolo fino a quando non scompare. Sul treno le prime paure. Avrei dovuto scrivergliello il numero, basta un attimo per dimenticare. Passano due giorni durante i quali non ho più sue notizie. Penso di essermi sbagliata, di aver frainteso gli sguardi, forse ho interpretato male le complicità. Mi ha detto che viene al mio compleanno per non farmi restare male.

Poi una sera arriva un sms da un numero sconosciuto.

"Come è andata al bunker?"

Non può essere che lui.

"Sì, tutto bene, sono sopravvissuta."

"Posso chiamarti o ti disturbo?"

"Mi puoi chiamare, mi fa piacere sentirti."

Il cellulare squilla dopo un secondo eppure il mio cuore ha il tempo per accelerare i battiti. Rispondo con l'emozione di una bambina.

"Pronto?"

"Ciao Margherita, sono Enrico, è bello sentire la tua voce." E lui non può immaginare com'è bello per me sentire la sua.

Iniziamo a telefonarci sempre più spesso, e a vederci. Partiamo un fine settimana per la Toscana. Avevo già deciso di passare il ponte del Primo Maggio con una mia amica che abita a Pisa. Ho tenuto a battesimo sua figlia, ha poco più di un anno e ho voglia di vedere entrambe.

"Ti va di venire con me?"

"Certo. Ma lungo la strada voglio portarti a vedere un posto."

Saliamo lungo le colline tra Parma e Piacenza. Per me sono luoghi nuovi, così diversi dalla Sicilia. Arriviamo in questo borgo medioevale bellissimo arrampicato tra cielo e terra. C'è la rocca che domina la piazza, il borgo fortificato che la circonda. È il centro storico di Castell'Arquato.

Enrico mi racconta che è qui che hanno girato una parte del film *Ladyhawke*.

"Ti ricordi, la donna falco e l'uomo lupo. Lei era Michelle Pfeiffer e lui Rutge Hauer."

"Sì, qualcosa ricordo, forse lei che si trasformava di notte o di giorno…"

"Erano due innamorati. Lei una bellissima cortigiana e lui un prode cavaliere. Un giorno il signore del Borgo, un uomo dall'animo malvagio e corrotto che si era invaghito di lei ha trasformato i due fidanzati in animali, una maledizione terribile. Lui diventava lupo di notte quando lei era donna e lei falco di giorno quando lui era uomo. Stavano insieme di giorno quando il falco rimaneva appollaiato sul braccio del cavaliere. E la notte era il lupo che vegliava su di lei. Sempre insieme ma eternamente divisi."

Non mi sembra proprio un buon auspicio per la nostra storia.

"Poi, durante un'eclisse solare il maleficio si è dissolto e i due hanno potuto amarsi per tutta la vita."

Ci guardiamo ed esplodiamo in una grande risata.

Dopo due anni ci siamo sposati.

Non è stato facile, mamma, tornare ad amare. Ricordi quante volte ti avevo detto che non ci riuscivo più, che avevo un blocco nel cuore? Ero diventata diffidente, avevo paura di perdere tutto di nuovo come era successo tra noi. Enrico ha rotto questa corazza. L'ha fatto con la tenerezza, con le parole della semplicità e con tanta pazienza. Quando dico che sono rimasta in vita per raccontare la vostra storia si arrabbia, ma poi mi segue in qualsiasi iniziativa. Aspetta di prendermi per mano e portarmi a camminare su di un prato. Dal giorno dei vostri funerali non ci sono più riuscita. So che quando accadrà di nuovo sarà con lui.

Quella mattina, allo specchio, con quel velo bianco sulla testa avrei voluto le tue mani ad accarezzarmi il viso. Mi sono guardata e ho rivisto te che sorridevi nella foto del tuo matrimonio.

Ci siamo sposati nella chiesa della Madonna di Lourdes. La stessa dove sono stati battezzati Giuseppe e Salvatore. Ti ricordi quel giorno? Durante la messa non ci fu un attimo di pace: smetteva di piangere uno e iniziava l'altro, ma fu una giornata piena di gioia.

Ci sono tantissime persone ad aspettarmi qui fuori. Alcuni li conosci ma tanti altri sono arrivati da ogni parte d'Italia. Hanno voluto essere qui perché questo è il giorno più bello della mia vita e perché sanno che tu non ci sarai.

Ripenso anche a papà, in questo momento. In quell'intervista, subito dopo la strage, disse che tutto quello che voleva dalla vita era portarmi all'altare. Oggi non c'è lui ad aspettarmi, mentre scendo da questa macchina bianca, ma c'è una persona che per me è come un padre. Luigi Ciotti, commosso come non l'avevo mai visto. Entriamo in chiesa insieme, sotto l'altro braccio c'è mio fratello Giuseppe Salvatore, mi accompagnano lungo la navata.

Luigi mi consegna a Enrico e ricompare dietro l'altare per celebrare il matrimonio. Per saldare il cielo con la terra, come dice sempre.

Te lo giuro, mamma che non ho mai pensato di non farcela, nemmeno durante le notti più buie. Ho solo avuto paura di non trovare una strada, una via, e Luigi rappresenta un punto di riferimento da quando è entrato nella mia vita.

Voglio bene a quest'uomo che mi ha fatto capire che la mia storia, la nostra storia, non è soltanto una storia privata. Perché il dolore è un fatto personale ma la mafia no. Luigi insieme a Libera ha dato dignità a molte storie di vittime di mafia dimenticate ricordandole nella giornata della Memoria e dell'Impegno. Si celebra ogni anno il 21 marzo, è la nostra primavera. Ho conosciuto tragedie come la mia, persone che hanno perso tutto quello che avevano di più caro. Condividere il dolore è un'esperienza che ogni volta mi fa diventare più consapevole e più forte. Le nostre storie sfilano l'una accanto all'altra, in un immenso corteo che attraversa ogni volta una città diversa. Ognuno ha la sua ferita da riparare, ma tutte insieme compongono una ferita più grande che è stata inferta al nostro Paese. Smetterà di sanguinare solo quando ci saranno verità e giustizia per i nostri morti.

Io non mi sono fermata mai in questi anni, ho lasciato segni vostri dappertutto. A Formello, a Roma, c'è una scuola che porta il tuo nome, Barbara Rizzo, a Fermo, nelle Marche, c'è un presidio scolastico intitolato a te, Giuseppe e Salvatore, c'è una palestra a Rivoli, in Piemonte con i vostri nomi, a Taranto ai miei fratelli hanno intitolato un auditorium, a Correggio c'è un Parco che racconta la vostra storia... è un elenco lunghissimo...

A Castellammare del Golfo vi è stata dedicata una biblioteca multimediale. A volerla fortemente è stata una donna a cui mi sento molto legata. Si chiama Antonella

De Miro, ha più o meno l'età che avresti tu adesso, ed è un prefetto. La giunta comunale era stata sciolta per mafia e lei in quel periodo era il commissario straordinario. Da quel paese è partita l'auto imbottita di tritolo e per questo motivo Antonella ha deciso che proprio da lì doveva partire un messaggio di speranza.

Gli impiegati del comune si sono messi d'impegno, lavorando anche oltre l'orario di ufficio, e l'hanno trasformata. Quando entri in quelle stanze ora c'è l'arcobaleno. L'hanno rimessa a posto e quella biblioteca è diventata un luogo colorato e gioioso del sapere. Perché è da lì che parte la sfida alla mafia in una terra come la nostra. Chi entra in quel salone pieno di libri non può non leggere quello che c'è scritto su una lastra di marmo all'entrata.

"Il giorno 2 aprile 1985 Cosa nostra, nel tentativo di uccidere il sostituto procuratore della Repubblica di Trapani dottor Carlo Palermo, faceva esplodere in Pizzolungo un'autobomba, prelevata in Castellammare, provocando la morte dei piccoli gemelli Giuseppe e Salvatore Asta nonché della loro giovane madre Barbara Rizzo.

In memoria di queste vittime innocenti della criminalità mafiosa."

Ho conosciuto Antonella il giorno dell'inaugurazione. Quando mi ha vista è venuta subito verso di me, sembrava mi aspettasse. È coraggiosa e determinata come sanno essere certe donne siciliane. Ha fatto un miracolo in un posto dove la mafia impone ancora regole e necessità. A volte mi rivolgo a lei per chiederle dei consigli, piccole cose che si possono domandare a un'amica, a una madre forse, ma sempre con un grande rispetto. Anche perché non ho mai ho visto questa donna separata dal suo ruolo. Per questo la stimo profondamente, rappresenta il vero volto delle Istituzioni quando sono credibili.

Conservo con grande orgoglio questo messaggio che mi ha inviato un giorno:

"Tu sei una ricchezza per tutti noi...
e per me sei la prova che la vita è un mistero,
che il dolore è un mistero,
che la morte è un mistero
che hanno un senso nella dimensione storica dell'umanità...
e la tua dolcezza e il tuo equilibrio sono di per sé un miracolo
altrimenti inspiegabile..."

Chi vi ha assassinato quella mattina ha cercato di frantumare la mia vita insieme alla vostra ma non c'è riuscito. Ho visto il tuo corpo fatto a pezzi e non ho potuto nemmeno raccoglierli, ho visto il sangue dei miei fratelli disegnare nuvole rosse sui muri bianchi delle case.

In questi anni ho passato notti intere a cercare di indovinare quale poteva essere stato il tuo ultimo pensiero prima dell'esplosione. Chissà se era per me, per Giuseppe e Salvatore, le mamme pensano ai figli in ogni momento della giornata. Non so se eri felice o triste, o se guardando il mare hai visto Marettimo e ti sono venute in mente le nostre giornate felici d'estate. Se passando davanti al moletto dell'hotel Tirreno hai rivisto me che da quegli scogli altissimi facevo i tuffi. Chissà se sei riuscita a pensare a qualcosa di bello prima di morire, se avevi il sorriso o se rimproveravi Giuseppe e Salvatore perché facevano confusione anche in macchina mentre guidavi. So, perché me l'ha detto, che il giudice Palermo in quel momento stava guardando il mare. Quell'uomo era lì, a pochi metri da te, dai miei fratelli, gli avete salvato la vita. E in quel momento si chiedeva se prima o poi gli sarebbe stato possibile fare un bagno, in quello specchio di mare.

Sono passati trent'anni dal 2 aprile 1985. E in tutto questo tempo ho aspettato di incontrarti ancora. Di ritrovarti in un futuro aprile, e camminare accanto mano nella mano. Ho visto morire pezzi di verità uno dopo l'altro, uccisi con un tempismo perfetto prima che si ricongiungessero. Forse basterebbe mettere insieme tutte quelle morti, nel loro ordine naturale, per avere davanti quel "capolavoro di verità scritto con il sangue".

Una volta ho partecipato a un incontro di Libera dedicato ai familiari delle vittime di mafia. C'erano degli esperti che cercavano di aiutarci a superare i nostri traumi, per farci elaborare quello che ci è successo, e permetterci in questo modo di poter raccontare agli altri la nostra storia. Sono stati loro a parlarmi per primi di una tecnica giapponese, si chiama kintsugi e funziona così. Per riparare i vasi di ceramica che si sono rotti si utilizza una polvere d'oro. Non si cerca di far sparire i segni della lacerazione, ma anzi si accentuano, vengono resi ancora più visibili, li si valorizza con un materiale prezioso. Si ottiene in questo modo un oggetto di grande valore. Un intreccio irripetibile di linee dorate, uniche, che racconta come quell'oggetto si è frantumato. Questa pratica nasce dall'idea che dopo una rottura, rimettendo insieme tutti i pezzi, possa nascere una nuova forma ancora più bella.

Io credo, mamma, che per ricomporre i frammenti di ciò che restava dopo quella mattina del 2 di aprile sia stata usata la colla più preziosa: l'amore di tutte le persone che mi hanno presa per mano in questi anni e che hanno fatto un pezzo di strada con me, con noi.

Però tu sola sai quanto è stato faticoso questo percorso. Come sono riuscita a sopravvivere a tutto quel dolore e quante volte sei intervenuta con i tuoi segni perché non perdessi la speranza. Tu sai la forza con cui stringevo il cuscino perché non mi eri più accanto quando mi addormentavo, e non ti avrei trovata al mio risveglio. Quante volte ho trasformato in sorriso il pianto per nascondere agli altri la mia sofferenza.

Ora sono grande e ho capito che sapevi tutto, che portavi già dentro di te il mio dolore. Era quello che tentavi di nascondere quando i tuoi occhi diventavano tristi e tornavano indietro a cercare tua madre.

Voglio dirti madre mia che noi non abbiamo più bisogno di soffrire. Io e te da questa sera saremo sempre insieme, perché io non ho più paura di perderti.

Cara Margherita,

ho finito di leggere il tuo libro di cui ne apprezzo la cura e le ricostruzioni anche storiche.

Mi dispiace molto avvertire l'amarezza e la delusione che traspare nella tua descrizione del rapporto con me.

No, non credo che sarebbe servito cercarti e parlarti.

Non sono mai riuscito a superare le emozioni di quel giorno né il senso di colpa che me ne è derivato e di cui ogni giorno – ti assicuro ogni giorno e notte – rivivo le immagini.

E nemmeno saprei dirti se a determinarlo, nella sua entità, sia stata solo la mia reattività psicologica, o se questa sia stata di gran lunga aggravata dal clima di ostilità vissuto a Trapani dal mio arrivo a quello, anche molto più appesantito, manifestatomi dopo il 2 aprile.

Io non ho subito solo la condanna a morte, ma anche quella a sopravvivere da condannato; e non solo dai mandanti ed esecutori della strage, ma pure da quanti mi hanno fatto sentire responsabile di ciò che avvenne in danno degli altri, da prima ancora che avvenisse l'attentato, per non parlare di dopo.

Per questo motivo, con te come con gli altri, con tutti gli altri (voglio dire tutti: vicini e meno vicini, da familiari a conoscenti, di amici non ne ho avuti), ho ritenuto giusto dover come pagare la pena inflittami, nell'unico modo che mi è parso giusto: con l'isolamento (come lo vivevo da giudice) semplicemente …cercando almeno di capire la verità, nelle varie attività della vita che ho poi svolte, sino ad oggi.

E non dandomi pace e sentendomi inutile sempre di più, nel non trovarla, perché ho sempre pensato che, se ci fossi riuscito, avrei forse potuto trovare il coraggio di affrontare "la condanna" e così liberarmi, almeno un po' (per quanto possibile) dal peso del debito che questa mi aveva accollato.

Forse ti avrei dovuto spiegare tale mio stato d'animo più esplicitamente. Ma anche questo avrebbe avuto (così ho sempre sentito) come il significato di una giustificazione, che, come tale, mi è sempre apparsa come una condotta ipocrita o di maniera, esprimerti.

Non ho cercato te, né altri.

Tentando, per il possibile, anche di evitare i luoghi.

Ho preferito pagare in silenzio la pena della sopravvivenza e del doloroso abbandono della magistratura, come quello… del mio matrimonio, andato a monte.

Lo so che gli altri forse si sarebbero aspettati scuse o …altro.

Io ho preferito pagare con la solitudine e con gli… "accidenti", che mi sono sentito spesso ronzarmi dietro.

Tu non sei sola.

Sei riuscita meravigliosamente a sorgere, a crescere, a stimolare gli altri.

Io, sopravvivendo – nel vero senso della parola: sopravvivendo – ho sentito di essere, da giudice attivo, divenuto un peso per tutti, anche per i colleghi, che cercavano (o avrebbero dovuto cercare) la verità.

Ho cercato allora io, come sono riuscito, la verità per trenta anni, come unico e ultimo scopo di vita.

E forse, proprio dopo il nostro ultimo incontro nel maggio dell'anno scorso (sempre provocato da te) forse stavolta ce l'ho fatta a capire la storia, e proprio per merito tuo.

Ma questo, spero, sarà materia per il prossimo capitolo, per me e per te, da vivere e da scrivere.

Intanto, scusami per il dispiacere che ti ho dato.

E che ho esteso, ahimè, anche a molti altri.

Non so se riuscirò a liberarmi del peso.

Per farlo dovrei riuscire a pagare il debito.

E non è facile.

Tu, con il tuo bellissimo libro, forse riuscirai – e te lo auguro – a liberarti dal tuo di peso.

Ora spetta a me.

Ed è, ti assicuro, molto gravoso.

Mi ci sono impegnato da quell'incontro con te e spero di riuscirci.

Almeno per quanto possibile.

Alla condanna alla mia eliminazione come giudice, non sono sopravvissuto.

Però, per quanto comunque riuscirò a fare, dovrò ringraziare te e a quando, l'anno scorso, mi spronasti dicendomi: "L'anno prossimo saranno trascorsi trenta anni… non dovrai mancare. E… datti da fare…".

Ed io lo sto facendo.

Ciao

Un abbraccio

Carlo

Ringraziamenti

Carlo Palermo per la sua grande lezione di umanità.

Dino Petralia e Claudio Lo Curto per la loro disponibilità e per averci fornito informazioni molto utili sulle vicende che abbiamo ricostruito; i giornalisti Maurizio Struffi e Luigi Sardi e il loro libro *Fermate quel giudice* che sono stati un aiuto importante per raccontare le inchieste di Carlo Palermo; Salvatore Mugno con il libro *Una toga amara*, riferimento per la ricostruzione della vicende legate alla vita di Giangiacomo Ciaccio Montalto.

Giovanni Ferrara perché è stato un punto di riferimento fondamentale in questi mesi e ha sempre trovato una soluzione a tutto; Giovanni Carta per tutti i suggerimenti e per il grande impegno.

Margherita Asta ringrazia:

Zia Vita, zia Dorina, zia Nicoletta, zio Enzo e zio Nino per aver accompagnato la mia crescita.

Don Luigi Ciotti che rappresenta il padre che non ho più.

Giuseppe Gandolfo per il supporto legale e morale in questi anni.

Tutti i soci del coordinamento di Libera di Trapani, compagni di tante battaglie.

All'editore Salvatore Coppola, detto Licchia, la cui vita è stata la dimostrazione che con la Cultura è possibile sconfiggere le mafie.

Un grazie particolare per essermi stati vicini lealmente in tutti questi anni a Antonella Camera, Carmela Biondo, Tommy Ganci, Rino Giacalone, Lucia Licari, Giuseppe Linares, Rino Marino, Ottavio Mattaliano, Salvatore Modica, Giacomo Tranchida e Andrea Tarondo.

Michela Gargiulo ringrazia:

Ringrazio tutti i colleghi giornalisti che, in questi anni, hanno continuato a scrivere storie di mafia con coraggio e passione e sono stati fondamentali per collegare i fatti di cronaca che abbiamo narrato in questa storia.

Grazie a Antonio Giaconi, Franca Selvatici, Annarosa Macrì che non hanno mai fatto mancare i loro preziosi consigli.

Maurizio Villa per avermi aiutata a vedere le forme che può assumere il dolore, Luciano De Majo e Luana Rovini amici e colleghi che non ci sono più ma che mi sono stati accanto con i loro insegnamenti.
Ringrazio mia figlia Sara Anna perché ha avuto molta pazienza.

Indice

FSC
www.fsc.org
MISTO
Carta
da fonti gestite in
maniera responsabile
FSC® C108426

Finito di stampare per conto di Fandango Libri s.r.l.
nel mese di marzo 2015
presso Grafiche del Liri s.r.l.
03036 Isola del Lire (FR)

Redazione Fandango Libri

Ristampa	Anno
10 9 8 7 6 5 4 3 2	2015